Além
do arco-íris

ROBERTO PROCÓPIO DE LIMA NETTO

❋ Além ❋
do arco-íris

romance

EDITORA RECORD
RIO DE JANEIRO • SÃO PAULO
2010

CIP-BRASIL. CATALOGAÇÃO-NA-FONTE
SINDICATO NACIONAL DOS EDITORES DE LIVROS, RJ

L699a
Lima Netto, Roberto Procópio De
Além do arco-íris / Roberto Procópio De Lima Netto. –
Rio de Janeiro: Record, 2010.

ISBN 978-85-01-08895-6

1. Romance brasileiro. I. Título.

10-1162
CDD: 869.93
CDU: 821.134.3(81)-3

Copyright © Roberto Procópio De Lima Netto, 2010

Direitos exclusivos desta edição reservados pela
EDITORA RECORD LTDA.
Rua Argentina, 171 – Rio de Janeiro, RJ – 20921-380 – Tel.: 2585-2000

Impresso no Brasil

ISBN 978-85-01-08895-6

Seja um leitor preferencial Record.
Cadastre-se e receba informações sobre nossos
lançamentos e nossas promoções.

EDITORA AFILIADA

Atendimento e venda direta ao leitor:
mdireto@record.com.br ou (21) 2585-2002

Do not go gentle into that good night,
Old age should burn and rave at close of day;
Rage, rage against the dying of the light.

Não entre suavemente naquela boa noite,
A velhice deve arder e enfurecer ao acabar dos dias;
Esperneie, esperneie contra o apagar da luz.

DYLAN THOMAS (1914-1953)

Sumário

Dedicatória 9
1. Aviso dos céus 11
2. Luz e trevas 15
3. O anjo caído 20
4. Mãe de todos 26
5. Vida de aposentado 34
6. Clóvis sem lei 38
7. O anjo que se foi 45
8. O mestre 49
9. A flor do mar 56
10. Xisto do mal 65
11. Os pescadores 73
12. O homem-bicho 80
13. Assassino 83
14. Sábios conselhos 90
15. Vida difícil 97
16. Se quiser falar com Deus 106
17. As coincidências da vida 114
18. Noite frustrada 121
19. Um aviso 126

20. Castigo   133
21. Projeto salvador   136
22. Barra-pesada   141
23. Triste sina   150
24. Jogo bruto   160
25. Sonho despedaçado   166
26. A estrela que brilha   174
27. Sonhos   181
28. O rapto   186
29. Conversa de político   195
30. E os problemas se avolumam   203
31. A flor do amor   209
32. Coelho fora da cartola   218
33. Agora ou nunca   221
34. A morte na espreita   222
35. Fogo criminoso   229
36. O drama de Anja   237
37. É tudo ou nada   245
38. Comício final   250
39. Artista global   256
40. E agora?   261
41. Eleição complicada   264
42. O dilema   267
43. Golpe final   271
44. Adeus, há Deus!   273
45. A última batalha   281
46. Será que vou te amar?   289

Dedicatória

Ao meu pai, Jacy (1912-2007)

Pai

Roberto Lima Netto

Quanta saudade!
Balão que sobe,
Voa bem alto,
Fala com o Pai.

Estrela guia,
Não tenho mais.
Guardo sua face,
No meu sonhar.

Fogo que arde.
Lembra você.
Amor que aquece,
Meu coração.

Pássaro voa,
pro céu chegar.
Quem sabe um dia,
Vou te encontrar.

O rio corre.
Água pro mar.
Leva meu choro,
A desaguar.

O vento meigo
Traz seus conselhos.
Queria ouvi-los
De seu falar.

Sol a brilhar,
Mostra o caminho.
Me lembra, Pai
O teu olhar.

Balão que sobe,
Leva este verso.
Conta pra ele,
Quanta saudade!

> Se você quiser encontrar a joia mais preciosa, procure-a bem fundo no abismo. Para lá chegar, você precisa ter coragem. Ou ser empurrado.

CAPÍTULO 1

Aviso dos céus

Carlos, mais infeliz do que árvore abatida por um raio, dirige seu Honda Civic pela Av. Vieira Souto em direção ao Leblon. Vem-lhe à mente o quadro na sala de seu apartamento: um navio naufragando, açoitado pelas ondas, fustigado pelo vento. O mesmo vento que agora arranca folhas das amendoeiras, misturando-as em redemoinhos, agitadas como a alma de Carlos.

Pensamentos doloridos ricocheteiam na cabeça de Carlos. *É triste descobrir, aos sessenta anos, que a escada da vida, que tanto trabalho lhe dera para subir, fora colocada no muro errado ... Tinha que encontrar uma nova motivação. Não queria ficar parado, aposentado, profissão de esperar a morte.*

Para no sinal. Sua atenção é atraída por um homem de cabelo vermelho que cruza a sua frente. Já o viu em algum lugar. Tenta lembrar, força a mente, nada. Apenas uma sensação aguda de antipatia. O sujeito chega ao passeio oposto, o verde acende,

Carlos acelera. Mesmo sem ter pressa, pois nada tem para fazer, quer pegar o próximo ainda aberto. Quer ganhar, ganhar sempre, nem que seja do sinal.

Um automóvel surge do nada, atravessa a pista. Carlos pisa forte no freio. O carro desliza no asfalto molhado. Batida forte, metálica. Pega de lado. O outro carro rodopia. O carro de Carlos rodopia. Carlos rodopia. Num átimo, percebe a confusão de cores e gritos, o para-brisa se estilhaçando, nuvens, o céu, um poste, ruídos de metal, o barulho de pneus. Seus ouvidos em torvelinho, barulho de fita de gravador rodando ao contrário, pensamentos que ricocheteiam em sua cabeça.

De repente, ... trevas. A consciência de Carlos acende e apaga, vai e volta. A imagem do navio naufragando. Luz — trevas.

Carlos está deitado no asfalto, cercado por um grupo de pessoas curiosas, preocupadas. Falam, gesticulam, mas ele não consegue entender o que dizem. Percebe o corpo de um garoto inerte ao seu lado. Deve ter uns oito anos. Uma mulher desesperada chora de joelhos, abraçada ao corpo do menino. As pessoas especulam, emitem conceitos, julgam.

— O Honda veio a toda.
— Pegou o carro da mulher no meio.
— Acertou o menino.
— O coroa avançou o sinal, eu vi.
— Parece que ele também foi pro espaço.
— É, junto com o coitado do garoto.

Carlos não sabe o que está acontecendo. São vozes que não consegue concatenar às palavras, palavras que não se ligam, falas que não fazem sentido. Depois de alguns segundos, percebe que está olhando a cena de cima, como num helicóptero.

Um túnel de luz muito branca, emoldurado por um arco-íris, se abre a sua frente, e um ser etéreo, vestindo uma túnica azul-clara, chega perto dele como uma brisa fresca e o convida para segui-lo. Uma fragrância de rosas emana do vulto. Imediatamente sua confusão se evapora, e ele é envolvido por uma tranquilidade que nunca havia experimentado. Pega a mão do anjo azul, sente-se tocando a palma de uma criança, macia como cetim. Ouve uma música suave, caminha em direção à luz, flutua acima da multidão. Vê, no fim do túnel, duas pessoas. Firma a vista, não consegue acreditar. Seu pai e sua mãe, de mãos dadas, o esperam. *Que felicidade!*

Emoldurando a entrada do túnel no arco-íris maravilhoso, de cores tão vivas como nunca vira.

De repente, um choro desesperado atrai sua atenção. Ele para. Olha para baixo. Vê o corpo do menino no asfalto. Sente a dor da mãe do menino como uma faca em seu peito. *Culpado! Seu descuido resultou na morte do garoto, na dor daquela mãe.* Carlos ainda se lembra da alegria que sentiu quando seu filho nasceu. Aquela mãe deve ter vivido sensação parecida. Agora, enfrenta a dor.

Percebe o vulto de luz do menino saindo de seu corpo, de mãos dadas com um anjinho, dirigindo-se ao túnel prateado. Sente uma angústia, quer correr em direção ao menino, quer se comunicar com ele. *Mas... o seu túnel vai se fechar. Será que vai perder novamente seus pais? Quer tanto os encontrar! Mas... e o menino, e a dor da mãe? Mas... Sempre tivera sucesso em sua vida cuidando de si, deixando que cada um se virasse sozinho, convicto de que essa era a lei do mundo. Agora que ia alcançar a felicidade... não podia se deixar dominar por sentimentalismo. O problema da mãe era dela.*

Onde está o anjo azul? O túnel de luz? Meus pais? Busca a entrada, o anjo azul que não mais encontra. O caminho da vida... da morte. *Que besteira! Minha indecisão me fez jogar fora a felicidade. É isso que dá pensar em bancar o herói. Se eu morrer com o túnel fechado... para onde eu vou?* Vieram-lhe à mente as imagens do inferno, que padre Vítor evocava nas aulas de catecismo. Até os gritos horrendos que ele então imaginava voltavam à sua mente. *Por que aquelas imagens, há tanto tempo esquecidas? Eu nunca acreditei nelas. Se morresse, esta angústia de aposentado acabaria, ou seria substituída pelo fogo eterno?*

Luz — trevas. Um filme passa na cabeça de Carlos, as voltas de sua vida, inesperadas, nem sempre boas.

> A jornada da vida é difícil, sofrida, pois a iniciamos sem saber para onde vamos. Só o sábio tem consciência do seu destino: chegar mais perto de Deus.

CAPÍTULO 2

Luz e trevas

Aos dezenove anos, a vida ainda não teve tempo para dar tantas voltas. Carlos acordou com o despertador e, mesmo cheio de sono depois da farra noturna, pulou da cama rapidinho. Era um dia importante, as notas do vestibular iam sair. Vestiu-se, preparou um chocolate com leite de soja gelado e saiu de casa sem acordar seus pais. Morava na Ilha do Governador e resolveu correr até o Fundão.

Percebeu que as pessoas o olhavam espantadas e, pelo reflexo em uma vitrine, viu que esquecera de pentear seus cabelos louros, que, desarrumados pelo vento, lhe davam um ar surrealista. Com as mãos, ajeitou-os como pôde e continuou sua corrida, tentando chegar antes de sua ansiedade.

Olhou para cima e viu um bando de pássaros migratórios, formação em V, dirigindo-se para o sul, determinados a atingir seu objetivo. Esqueceu um pouco suas preocupações. Que bom ser pássaro, livre, sem ter que fazer vestibular. Qual seria a meta deles? Será que os pássaros têm metas?

Carlos continua a correr. Passa ao lado de um menino sentado no meio-fio, que chamava a atenção por seu cabelo vermelho. Parecia confuso, perdido. Carlos vê na calçada, ao lado do jovem, uma sombra, com a forma de um corpo humano. Espantado, diminui o ritmo. Esfrega os olhos, fixa a vista. A imagem desaparece. Ele para, olha para o rapaz, alguns anos mais jovem do que ele. Olhos injetados de sangue, olhar agressivo que parecia querer feri-lo. Carlos sente forte antipatia por ele, que parece recíproca.

— Qual é, cara? Nunca me viu? — pergunta o rapaz.

Sem responder, Carlos recomeça sua corrida, segurando-se para não dar uns tapas no imbecil, mas logo esquece o rapaz de cabelo vermelho. Sua atenção volta-se para seu objetivo: as notas do vestibular.

* * *

Se Carlos tivesse passado meia hora antes, teria presenciado uma cena terrível: o menino sendo assaltado por um pivete com um revólver na mão. Para não perder seu tênis novo, foge e é baleado pelas costas. O único tiro atinge seu coração. Ele cai no chão, mortalmente ferido. Uma grande poça de sangue se espalha pela calçada, empapando as folhas ali caídas. Ainda é muito cedo. O sol está começando a nascer, e a rua está deserta. Ninguém presencia a trágica cena. Clóvis respira pela última vez. Antes que seu corpo comece a esfriar, um vulto negro, uma fumaça escura, o envolve e penetra nele. O sangue, espalhado pela calçada, faz o caminho inverso, e o corpo, antes inanimado, começa a se mexer. Clóvis senta-se no meio-fio, um pouco tonto. Um rapaz louro passa, olha para ele, curioso. Intrometido. Clóvis levanta e, ainda confuso, sem se dar conta do que havia acontecido, segue sua vida. Volta para casa, e ninguém percebe qualquer coisa estranha. Ele chega em casa, duvida até de seu nome. Clóvis? Xisto?

* * *

Carlos não pode se dar conta de que, muitos anos depois, aquele menino de cabelo vermelho iria infernizar sua vida. Não pode, nem poderia saber se, nos embates com Clóvis, conseguiria sobreviver.

Suado, cansado, Carlos chega ao Fundão. Procura se orientar entre todos aqueles prédios. Perguntando aqui e ali, chega ao da engenharia.

Na porta de entrada, um homem de uns cinquenta anos, terno preto todo puído e amarrotado, sacudia uma Bíblia com a mão direita e bradava:

— Cuidado, infiéis! O anticristo está entre vocês. O demo está em cada esquina e quer se apoderar de seu corpo. Arrependam-se de seus pecados e cuidem de suas almas. Antes que seja tarde, antes que seja tarde demais.

Por um instante, a imagem do cabelo vermelho volta à mente de Carlos. Mas ele não está interessado no sermão. Entra e procura o quadro com os resultados. Lê seu nome. Pula, pula contente. Tem vontade de falar com alguém, dividir sua alegria. Olha em volta, caras alegres, caras tristes. mas só vê desconhecidos. Esquece o cansaço e corre para casa.

Seu pai será o primeiro a receber a notícia. O pai trabalhava no Banco do Brasil e, depois de longa carreira, sonhava com sua próxima aposentadoria. Mais de uma vez, Carlos ouvira seu pai declarar: "Quando me aposentar, vou fazer tudo que sempre quis. Vou viajar com sua mãe por esse Brasil afora. Vou rodar pelo mundo todo. Vou ser livre, livre como um pássaro".

Carlos ouvia aquilo havia quase seis meses. Como poderia deixar de ouvir, se o pai repetia a mesma ladainha diariamente e mantinha, pendurado na parede da sala, um calendário em que assinalava os dias que faltavam para sua sonhada liberdade. Deixando marcas no calendário, gravava também em Carlos sinais inconscientes, profundos. Agora faltava somente um dia para seu pai ganhar a liberdade. Já ia se despedindo dos colegas de muitos anos, que, coitados, teriam de esperar sua vez.

O tempo mudara de repente. Uma chuva de verão caía com grossos pingos, mas Carlos não se importava. A água não conseguia lavar a felicidade que carregava, e que iria compartilhar com o pai. Voltou, correndo na chuva, com as roupas lavadas pela água e a alma nadando na felicidade. Seu pai, nas vésperas de seu primeiro dia de liberdade, seria brindado com a grande notícia.

Carlos chegou em casa esbaforido, alegre. Nem esperou o elevador. Subiu a escada correndo até o terceiro andar, ansioso para relatar seu sucesso para o pai. Encontrou a porta do apartamento aberta, a sala cheia de vizinhos. Sua mãe, chorando, abraçou-o. Carlos ouviu a notícia, mas não queria acreditar.

Corre para o quarto. Seu pai está deitado na cama. Carlos abraça o corpo já frio, lavando-o com a água que encharcava suas roupas. Chora alto, chora baixinho, soluça. Assim fica por muitos minutos, até que um vizinho o puxa. Carlos adorava seu pai. *Mas tinha de ser forte, tinha de consolar sua mãe.*

Enfarte fulminante. Os pêsames, o enterro, os pêsames; a missa de sétimo dia, os pêsames, a aposentadoria que não era. A vida parecia andar para trás, com todas as belas recordações de seu pai, do carinho que ele sempre lhe dera. Carlos não consegue tirar um pensamento da cabeça: *a aposentadoria que seu pai não aproveitara, a liberdade que tanto buscara, a prisão da qual ele queria se libertar. Será que seu pai era livre agora?*

> A grande ilusão do ser humano é achar que a felicidade se alcança com bens materiais. Querem sempre mais e mais. Os que atingem a sabedoria descobrem que o caminho da felicidade é simples e está dentro de sua cabeça.

CAPÍTULO 3

O anjo caído

Clóvis queria uma bicicleta, mesmo que não fosse nova. Uma bicicleta só sua. De segunda mão mesmo já servia. Sonhava com isso todas as noites. Seu aniversário de dez anos estava chegando, e esse desejo se realizaria. Seu primo Rogério, cinco anos mais velho, acabara de ganhar uma nova, dessas com dezoito marchas, guidão recurvado para baixo, selim anatômico e todas as novidades aerodinâmicas do momento. A velha, já pequena para Rogério, seria de Clóvis. O presente de seus sonhos tinha o tamanho perfeito para ele. Só faltavam dez dias, exatamente duzentas e quarenta horas para o seu aniversário, para ser feliz, dono de sua bicicleta.

Com sua bicicleta, ele iria voar pelas nuvens dos seus sonhos. Mas o pneu furou dois dias antes da grande data, quando sua tia, sem maiores explicações, doou a bicicleta para o padre vender no bazar da igreja. A palavra decepção não reflete tudo o que Clóvis sentiu na época. Ele morreu um pouco naquele dia.

— Mas a tia prometeu, mãe — disse Clóvis, quase gritando.

— Esse pessoal tem tanto dinheiro, tantas preocupações, a cabeça deles tá em outro lugar.

— Mããão!

— Não grita comigo. Pelo menos, o dinheiro vai para os pobres.

— Pobres? Porra!

Clóvis ficou com raiva, muita raiva, mas sem bicicleta. Ganhou outro presente, um tênis. Não iria rodar, teria que andar. *"Pobres"*, pensou amargurado, *"que pobres? Eu sou pobre."* Naquela noite, Clóvis nem conseguiu dormir direito. De madrugada, saiu de casa e foi andar pela rua, esfriar a cabeça. Andou várias horas, foi longe, como sempre fazia quando estava chateado. Queria apagar sua decepção, esfriar sua raiva. Chegou até a Ilha do Governador. Um pivete, um revólver. Queria seu tênis novo. Clóvis tentou fugir. Um tiro. Uma dor forte. Ele caiu. Sentiu que estava perdendo a consciência.

Quando acordou, não sabia o que acontecera com ele. Estava sentado no meio-fio, um rapaz louro olhando para ele.

— Qual é, cara?

O sujeito era mais forte. Clóvis levantou rapidamente e correu. Voltou para casa, confuso. Duvidava até de seu nome. Clóvis? Xisto?

Clóvis não ganhou a bicicleta no seu aniversário de dez anos, nem no de onze, nem no de doze. Lembrou-se do que o padre tinha falado, quando ele ainda se preparava para a primeira comunhão, que a fé move montanhas. Com fé, poderia conseguir o que quisesse. Como ele queria uma bicicleta, será que deveria rezar todas as noites, pedindo a Deus, implorando a Deus que lhe desse uma? Será que deveria pedir também ao diabo? Este lhe parecia o melhor caminho.

Clóvis nunca deixou o padre desconfiar o que se passava em sua cabeça. Mas fazia suas perguntas, gostava de confundi-lo, de sentir sua aflição quando o colocava no canto:

— Padre, se Deus é tão bom, por que tanta injustiça no mundo? Tem tanto pobre.

— Você ainda é muito novo para entender os desígnios de Deus.

— Ele devia fazer alguma coisa pra arrumar essas injustiças.

O padre nem pensou para responder. Soltou uma saraivada de conceitos que, com uma ou outra variação, vinha repetindo ao longo da sua vida, e que Clóvis já estava cansado de ouvir. E, levantando a mão direita com o indicador apontado para o alto, terminou seu sermão com voz teatral:

— Deus criou o homem e deu-lhe capacidade de escolher o que fazer, filho. Livre-arbítrio. O mundo está assim por causa do homem.

Clóvis olhou para um mural na parede da igreja: Moisés com as tábuas da lei, apontando sua mão direita para o alto. O mesmo gesto. Clóvis se esforçou para não rir e continuou sua argumentação:

— Não por minha culpa, padre. Meu primo Rogério tem dinheiro, tem roupas novas, tem celular caro. Eu fico com as roupas usadas, quando não servem mais para ele. Eu ganho as sobras.

— Filho, cuidado com a revolta, a amargura...

Clóvis estava cansado de sermões. Não esperou o padre terminar:

— Na hora da bicicleta, nem a regra da roupa velha funcionou. Isso não é justo.

— Deus escreve certo por linhas tortas. O problema é que os homens, às vezes, não entendem os desígnios de Deus. Não têm fé.

Clóvis insistiu:

— Mas, padre, Deus não é todo-poderoso? Por que ele deixa existir tanta pobreza, tanta desgraça?

— Claro que Deus é poderoso. Porém, ele quer que o homem aprenda a ser bom.

Clóvis continuava a insistir, o padre a sair pela tangente, repetindo que ele era muito novo para entender os mistérios da vida. Clóvis não expressou seu deboche, só pensou. *Como é que a gente pode aprender a ser bom neste mundo injusto? Não há paciência que aguente. Fé, tive fé, rezei como um sacristão durante um ano inteiro. E o que ganhei?*

Quando Clóvis chegou aos quinze anos, ainda sem bicicleta, resolveu dar um basta naquilo. *Se Deus existisse,* pensou Clóvis, *era contratado dos ricos, trabalhava para eles. Os pobres tinham que se virar sozinhos, talvez com uma ajudinha do diabo. Chega de religião, dessas baboseiras de Deus. Agora, ele iria se virar sozinho.*

Clóvis, revoltado crônico contra as injustiças da vida, tinha inveja de seu primo porque ele era rico, tinha raiva da sua tia porque ela o tratava mal. Ele ponderava sobre as injustiças do mundo e se rebelava. *Gente,* pensava, *é lobo ou corça; uns co-*

mem, e outros são comidos. Queria ser lobo. Para isso, tinha que ganhar dinheiro, muito dinheiro. Tinha que ficar milionário.

A tia de Clóvis era casada com um milionário, e sua mãe, a governanta da casa. *Título bonito, mas, na verdade, era mesmo uma empregada. Lavava a roupa toda, fazia faxina dia sim, outro também, esfregava o assoalho, com a ajuda de uma única empregada, que trabalhava menos do que ela. Tudo isso em troca de comida e um quartinho nos fundos.*

Nascida de família pobre, a tia fora praticamente criada pela mãe de Clóvis, sua irmã mais velha. Era bonita e bem que podia ter se tornado puta. Chegou até a ganhar algum com isso, mas teve sorte; pegou um marido rico, virou dondoca metida a besta. Só queria saber de festas e de jogos de baralho com as amigas. A mãe de Clóvis era também a mãe substituta de seu sobrinho, porque a tia não ligava para o próprio filho. Nesse ponto, ele não era diferente de tantas crianças, filhas de pais ricos, órfãos de pais vivos. Clóvis se revoltava, pois achava que sua mãe tratava melhor o primo do que a ele mesmo, seu filho de verdade.

Seu primo Rogério nunca deixou Clóvis esquecer que era rico, e Clóvis, pobre. Quando ele era pequeno, até que gostava de Rogério. Era seu ídolo. Queria imitá-lo. Mas, com o tempo, percebeu que a vida é muito injusta com quem não tem dinheiro.

Seu sonho continuava sendo ganhar uma bicicleta. Sua mãe sempre tentava consolá-lo:

— Filho, você vai estudar, ganhar dinheiro e poder comprar quantas bicicletas quiser. O importante é estudar.

Ah, ah! pensava Clóvis, *minha mãe não sabe de nada. O importante não era estudar; tinha muita gente com diploma e sem emprego, aceitando qualquer salário. E muitos, que nunca tinham estudado, nadando em dinheiro.*

Clóvis se convenceu de que tinha que ser dono da sua vida, agir por conta própria, sem esperar esmola de ninguém. Nem da tia, nem da mãe. *Ainda vou ser rico*, pensava. *Rico, não, milionário. Neste mundo, só o dinheiro manda. E, para ser rico, vale tudo.*

Afinal, sua própria mãe dava mais atenção ao seu primo do que a ele, seu filho legítimo. Fez suas regras, que escreveu num caderno de espiral. Frequentemente as lia, mexia aqui, mexia ali, aperfeiçoava-as e as guardava bem escondidas em sua gaveta.

De noite, naquela hora em que sua mãe achava que ele estava rezando, Clóvis repetia baixinho: "Para ganhar dinheiro, vale tudo, liberou geral. Esperteza, inteligência, sorte e um pouco de amizade com o diabo. Já que Deus está a serviço dos ricos, só me sobra o diabo mesmo. O erro não está em roubar, mas em ser pego. Devo esquecer os ensinamentos do padre e da minha mãe, e arranjar, na rua, um professor que saiba realmente das coisas. A justiça dos homens não vale pra mim. Vou fazer com que o mundo me dê de volta tudo que me roubou na infância". Clovis repetia essa ladainha toda noite.

Quem poderia adivinhar quanta infelicidade um único ser humano dominado pelo mal pode causar?

> O mundo não se transforma de fora para dentro. Se você quer melhorar o mundo, deve buscar melhorar a si próprio. Os budistas dizem que o ser humano precisa de milhares de encarnações para atingir a luz. Cada vida é uma lição. Algumas pessoas, porque aprenderam muito, já trazem lições do passado, nascem quase prontas.

CAPÍTULO 4

Mãe de todos

Quando Maria nasceu, Mama Estela já era velhinha, uma mulher pequena, de cabelos brancos, com um olhar que deixava perceber uma força que seu corpo não tinha. Toda a energia que o tempo lhe tomava do corpo, devolvia-lhe no olhar. Mama Estela era dessas velhinhas de idade indefinida, talvez noventa, talvez mais, carregando séculos de sabedoria. Uma daquelas pessoas eternas, que ninguém acredita que um dia vá morrer. Mãe de santo do terreiro de Praia Brava, ela ajudava, com suas visões, com sua experiência de vida, com seu amor, o pessoal da colônia de pescadores do local. Uma santa, um ser eterno que existia havia muito, e que continuaria a viver através dos tempos.

Mama Estela estava presente no nascimento de Maria. Ao receber aquela coisinha minúscula das mãos da parteira, percebeu que aquele bebê pequenino, ainda sujo de sangue, seria uma pessoa diferente. A mãe morrera no parto, depois de muito sofrimento. Seu pai, forasteiro em Praia Brava, abandonou a morta e a viva, e sumiu no mundo.

Mama Estela adotou a menina e passou a cuidar dela como filha. Batizou-a de Maria em homenagem à mãe de Deus, em homenagem a Iansã. Maria cresceu. Uma garota bonita, alegre, adorando Mama Estela, aprendendo com ela.

Aos oito anos, um episódio definiu o futuro de Maria. Ela estava conversando com Mama Estela, quando o pai do Zeca, um pescador que morava na colônia, irrompeu no terreiro. Nessa tarde, chovia forte, e o sudoeste soprava bravo. Zeca saíra ao mar com um amigo em um frágil barquinho a vela de criança, e o pai, desesperado, buscava ajuda de Mama Estela, esfregando as mãos, como se tentasse lavar sua angústia.

Antes que Mama Estela pronunciasse qualquer palavra, Maria se intrometeu na conversa. Sem se dar conta do que dizia, uma voz que não parecia ser de uma menina de oito anos saiu de dentro dela: "Zeca vai voltar. Eu vejo". Os dois a olharam espantados. Mama Estela confirmou a sua previsão com um movimento de cabeça. Maria também era vidente.

Maria cresceu. Com seus dezessete anos, era a moça mais bonita da colônia. Alta, morena clara, porte esbelto, fazia belo par com Zeca. Maria vivia em um paraíso. Adorava Mama Estela, que lhe dava conselhos, armas para ser gente. Adorava Zeca, e achava que se casaria com ele.

Tudo dava certo para eles. Maria e Zeca viviam a alegria descontraída que só os jovens conseguem desfrutar, mas a vida prega suas peças, os deuses são imprevisíveis. Poucos dias antes de Maria completar dezoito anos, um acidente mudou seus planos. Foi na noite de São João. Ela acendeu um rojão. Explodiu na sua cara. O lado esquerdo de seu rosto ficou todo queimado, e, mesmo depois da ferida cicatrizada, sua face era uma catástrofe.

O acidente, além de desfigurar o rosto de Maria, deixou feridas difíceis de cicatrizar em sua alma. Nessa época, em plena adolescência, ela era vaidosa, queria ser a menina mais bonita da colônia e casar com Zeca. Depois do acidente, Maria passou meses fugindo dele. Dava desculpas, se escondia, não queria que ele visse seu rosto. Ouviu de Mama Estela que a depressão poderia ser uma pausa na jornada da vida, um tempo para pensar, uma noite escura da alma para chegar mais perto de Deus, mas isso não a consolou.

Para tornar mais grave a depressão de Maria, seu amigo Zeca também teve sua cota de tragédias pessoais. Um dia, voltando do Rio, seu ônibus entrou em uma curva e bateu de frente com uma jamanta, cujo chofer, bêbado de sono, trafegava na contramão. Muitos morreram na hora. Zeca foi levado, em estado gravíssimo, para o hospital.

Foi um tempo duro e triste, mas também um tempo de reflexões a respeito da vida. No seu infortúnio, Maria cresceu. A depressão de Maria durou quase seis meses. Sua recuperação começou com um sonho. Maria estava para se casar com o Zeca. Mama Estela iria realizar a união no terreiro. Maria estava feliz, a vida enfim lhe sorria. Toda a turma da colônia estava presente na cerimônia. Quando Mama Estela chamou o noivo,

Zeca deu um passo à frente, e todos os convidados fizeram o mesmo: homens, mulheres e crianças. Zeca era apenas mais um entre os muitos noivos. Estranhando aquilo, Maria olhou para Mama Estela. "Não se espante, minha filha, você vai se casar com todos." Quando Mama Estela deu início às perguntas de praxe, Maria começou a chorar e fugiu correndo.

Maria acordou triste, com uma emoção muito intensa. Foi conversar com Mama Estela e contou-lhe o sonho. Mama Estela ficou silenciosa por alguns segundos, olhando para Maria com um olhar que parecia mirar o infinito. Disse:

— Maria, você tem uma função nesta vida: servir ao próximo. — E repetiu então o que já lhe havia dito em outra ocasião. — Quando eu morrer, você me substituirá, tomando conta do terreiro. Vai poder concretizar seu sonho de ajudar toda a nossa gente, de casar com toda essa gente. Vai ser a mãe de todos.

Quando Maria descobriu seu dom, quando soube que podia ver no futuro das pessoas e ajudá-las com conselhos, sua vida melhorou. À medida que desenvolvia essa vidência, sua antiga alegria retornou. Ajudando as pessoas, ela se ajudava. Maria acompanhava Mama Estela em suas consultas. A clientela era grande. Vinha gente de Paraty, Angra dos Reis e até mesmo do Rio e São Paulo para buscar conselhos. Para os pobres, elas trabalhavam de graça, mas tinham muitos clientes ricos que deixavam dinheiro suficiente para pagar os custos do terreiro e ajudar o pessoal mais necessitado da colônia de pescadores.

Maria já havia aproveitado muitos anos dos ensinamentos e da companhia de Mama Estela, mas queria mais, muito mais. Ultimamente, a fraqueza de Mama Estela vinha se agravando, e Maria sabia que o dia da separação se aproximava. Mas não podia se imaginar sem o apoio de Mama Estela. A cada dia, Mama Estela morria um pouco. Maria tinha, então, vinte e dois anos. Mama Estela, apesar da idade e do corpo frágil, estava completamente lúcida e cada vez com maior sabedoria de vida.

Um dia, Mama Estela mandou chamar Maria e falou, com voz bem fraquinha:

— Maria, minha hora chegou.

— Deixe de falar assim, Mama Estela, a senhora vai melhorar. A gente precisa muito da senhora.

— Já fiz tudo o que podia pela nossa gente. Agora é a sua vez de ajudar. Eu vou morrer, e você vai ficar no meu lugar, cuidar do terreiro, cuidar da gente de Praia Brava.

— A senhora não pode ir embora. Não pode nos deixar.

— Eu não vou deixar você, mas meu corpo já não consegue viver. Tome esta pedra. Ela é seu amuleto. — Dizendo isso, Mama Estela entregou a Maria uma bonita pedra, roliça, brilhante, azul-escura.

— Sempre que você pegar esta pedra e me chamar, eu estarei ao seu lado.

Aquela tranquilidade na voz enganou Maria, que não queria admitir que a morte de Mama Estela estivesse tão próxima. Mas uma luz dentro de Mama Estela estava se extinguindo. Poucas horas depois, Mama Estela foi se encontrar com Deus.

Era noite cheia de estrelas. De repente, uma luz forte iluminou o terreiro, como se mil sóis brilhassem no céu. Tão forte a luz, que Maria não aguentou, fechou os olhos. Sentiu no ar um aroma suave de rosas. Meteu a mão no bolso. Tirou a pedra e apertou-a na mão fechada. A imagem de Mama Estela se formou à sua frente.

Os pescadores choraram a morte de Mama Estela como se chora a morte da própria mãe. Mas a vida tem de continuar. No mês anterior, haviam nascido dois bebês na colônia. A mãe de um deles, não tendo recursos para criá-lo, pedira a Mama Estela que ficasse com ele. O outro fora simplesmente deixado no terreiro por alguém que ninguém viu. Maria o recolheu na porta. Estava em uma cesta de vime, chorando, embrulhado em um cobertor barato, todo molhado pela chuva, correndo risco de pegar uma pneumonia. A vida seguia seu curso circular. Nascimento, vida, morte, nascimento.

Maria demorou muito para se acostumar a ser chamada de Mãe Maria. Muitos achavam que ela cada vez mais se parecia com Mama Estela. Ela assumiu as funções de mãe de santo e dona do terreiro. Também ficou com a responsabilidade de criar os dois bebês. Uma menina de quinze anos, filha de um pescador do local, veio morar com ela para ajudar em tudo.

Mãe Maria adotou os bebês. Os dois cresceram bem diferentes. O Onça era um cara alegre, de bem com a vida, gostava de fazer amigos, de jogar conversa fora, contrastando com o Chicão, sempre de mau humor, calado, emburrado, de mal com o mundo. Criados do mesmo modo, com as mesmas crenças, pela mesma mãe adotiva, mas tão desiguais!

A história do Onça não era muito diferente da de tantas outras crianças de Praia Brava. Seu nome completo: José da Silva Krunze. Seu apelido, Onça, vinha de seu modo elegante, quase felino, de andar. Silva vinha da mãe, Krunze do pai, marinheiro alemão que, em sua única noite no Rio, deixara aquele presente na barriga da mãe.

Se do Onça pouco se sabe, do Chicão, nada, nem mesmo quem era a mãe. Era o bebê encontrado na entrada do terreiro, quase morrendo de frio. Do Onça, todos gostavam. É bem provável que esse tenha sido o motivo de Chicão ser retraído, ensimesmado. Mãe Maria lhe dizia para imitar o Onça, mas isso só piorava as coisas. Chicão ficou com raiva do Onça, e, sempre que podia, batia no seu irmão de criação. Nos estudos, a mesma coisa. A comparação que faziam com o Onça o fez parar de estudar. Não adiantaram castigo, ameaças, nada. Chicão nunca passou do segundo ano primário. Aos dez anos, quando percebeu que iria repetir a mesma série pela terceira vez, recusou-se a voltar para a escola. Quem deve ter gostado disso foi sua professora, pois Chicão era um problema, brigava com todos os alunos, batia nos mais fracos. Mãe Maria conseguiu que fosse aceito como ajudante de pescador. Não que os homens gostassem dele, mas não poderiam negar um pedido de quem sempre os ajudava.

Quando tinha quinze anos, escondido de Mãe Maria, Chicão começou a beber. No princípio, era só de vez em quando, querendo se afirmar como homem, mostrar para a turma que já era adulto. Depois, passou a fazer uso regular da bebida. Daí para a maconha foi um pulo. Arrumou um casebre e passou a viver sozinho. Mas continuava tendo respeito por Mãe Maria. Por isso mesmo, evitava se encontrar com ela. Há filhos que vêm ao mundo para lhe trazer flores; outros, espinhos. Mas todos lhe trazem lições de vida.

O único amigo de Chicão era o Tuba, que tinha aproximadamente sua idade e que, como ele, não se dava bem com ninguém na colônia. Seu pai tinha um pequeno botequim na beira da estrada, que Tuba herdara. No entanto, se o pai era um cara honesto, Tuba estava sempre metido em negócios sujos. Com a morte do pai, Tuba assumiu a venda. Seu botequim se transformou num bordel para caminhoneiros da BR 101. Chicão ganhava uns trocados, ajudando-o em tarefas escusas.

Mãe Maria agora era tão respeitada em Praia Brava como antes fora Mama Estela. Lembrava sempre dos ensinamentos de sua mentora, de suas palavras para um pequeno grupo de pescadores reunidos no terreiro, que a foram procurar preocupados: "Não devemos reclamar da vida. Para cada porta que se fecha, outra se abre. Os caminhos do ser humano são difíceis, há obstáculos, há labirintos, mas depende só de nós mesmos pavimentar o futuro".

Os pescadores viviam felizes em Praia Brava. É verdade que tinham seus problemas: os peixes estavam escassos, pois a poluição aumentava, mas eles iam levando a vida em paz com Deus. Porém, as coisas estavam se complicando. Uma grande ameaça pairava sobre a comunidade de Praia Brava. Um empresário queria expulsá-los de suas terras, queria tomar suas posses. Fazia ameaças.

Tempos de tensão. Muitos respiravam um ar mais pesado, elétrico. Uns poucos levavam sua vida, sabendo que pior do que o medo é ter medo. Como dizia Mãe Maria: "O ser humano se revela na hora em que tudo dá errado, e você se sente esmagado pela vida. Nos dias felizes, todos são fortes".

> A vida do ser humano é feita de vitórias e derrotas. Herói é aquele que se levanta e segue em frente sem reclamar dos insucessos, sabendo que é o único responsável. Vítima, o que culpa o mundo por suas derrotas.

CAPÍTULO 5

Vida de aposentado

Luz — trevas.

O grande sonho de Carlos era se aposentar, viajar pelo mundo sem horários apertados, sem ter de fazer negócios. Viver a liberdade negada ao pai.

Com três meses de aposentado, caminhando pelo calçadão de Copacabana, Carlos vê as amendoeiras, sopradas pela leve brisa, liberando suas folhas, que planam até o chão. Caem delicadamente, ao sabor do vento, sem pressa de chegar. Assim deve ser a vida dos homens, sem pressa. Pena que poucos são sábios. Carlos olhava as árvores e pensava. *Elas vão recuperar seu verde, a primavera é a solução natural no círculo da vida. Para o homem, não há círculo, só reta, rampa de descida. Depois do outono, o inverno, e depois... não tem primavera.*

Carlos ainda se lembra dos primeiros maravilhosos dias de liberdade. Era livre como um pássaro, com a vida que Deus negara ao seu pai. A imagem do bando de pássaros em formação, que vira no dia da morte do pai, volta-lhe à mente. Liberdade?

Uma semana, duas semanas, um mês, dois meses. Sua bola começou a murchar, o novo virou rotina, o sonho, realidade comum. Carlos ficava mais em casa. Ouvia muita música: jazz, erudita, bossa nova. Fazia palavras cruzadas, assistia a programas de TV e interagia com todos, mandando e-mails. Nada dava certo, o único efeito foi o crescimento da solidão, o aumento da sua angústia.

Carlos fazia um lanche com um amigo no Cafeína, barzinho no fim do Leblon. O amigo, faltando pouco tempo para se aposentar, tinha grandes planos, contando os dias para a sua liberdade. Carlos não queria desiludi-lo, mas sentia a obrigação de prepará-lo, de evitar um choque maior.

— Se ouvir da boca de alguém que a aposentadoria é coisa boa, não acredite — disse Carlos.

— Também não exagera, Carlos — respondeu seu amigo, que sonhava havia anos com sua aposentadoria.

Carlos também sonhara. Agora olha para trás, faz um balanço de sua vida, verifica onde errou, onde acertou. É tarde, o sonho acabou, a vida passou, e ele está sozinho como nunca esteve. Em um filme, quando as cenas não ficam boas, podem ser repetidas. Na vida, não tem videotape.

— Aposentadoria é coisa tão boa que eu estou dando um jeito de desaposentar — disse Carlos — Estou negociando a compra de uma empresa quebrada. Você sabe, minha especialidade é recuperar empresas.

— Você tá maluco. Vai acabar com sua paz? Pensa bem! Você está tranquilo, tem dinheiro suficiente para a velhice; se esse negócio não der certo, aí sim, você vai se arrebentar.

— Paz demais cansa. Aposentadoria é uma ilusão.

O amigo bebeu o café rapidamente, queimando um pouco a língua, deu uma desculpa qualquer e pediu a conta. Mas Carlos ainda insistia. Sentia a obrigação de salvar o amigo.

— Cuidado para não se decepcionar. Às vezes os sonhos se transformam em pesadelos — disse Carlos para quem não queria seu conselho.

— Para com isso, Carlos — disse o amigo, já se levantando para fugir. — Você tá na fossa e quer companhia?

Luz — trevas.

Mesmo sem ter nada para fazer, Carlos pula da cama cedo, escova os dentes, penteia o cabelo e vai para a sala. Dá de cara com o quadro que comprara na feira hippie: um navio afundando. Arranca-o da parede e leva-o para a garagem, deixando-o no chão do depósito, virado para a parede.

Volta ao seu apartamento, abre a janela, olha a manhã nublada da praia de Copacabana. Na sua linha de visão, um pedaço do mar misturado com a névoa, bruma que tapava o sol de sua vida. Por entre a cerração, avista um pedaço de praia, deserta como sua alma, terra arrasada pela guerra da vida. O vento forte, o ribombar das ondas, o mar agitado, o cheiro de maresia, a vida pulsando lá fora. Fora de sua sala. Fora de sua alma.

O que seria das manhãs de sol não fosse o contraste dos dias enfumaçados? A vida do homem também é assim, uma alternância de dias ensolarados e nublados. Porém, depois de aposentado, o sol raramente brilha na alma de Carlos.

Sete e meia. Carlos ainda não perdera de todo a mania de olhar o relógio, talvez porque o tempo demorasse tanto a passar. Uma chuva fininha começa a cair. Ele planejara um banho de mar, mas não com chuva. Senta no sofá, em frente à televisão. Liga, corre pelos canais. Nada interessante. Desliga. Baixa a cabeça, e a segura com as duas mãos nas orelhas. Pensa na vida, que rolou como um trenzinho maluco dos parques de diversão, que finge que vai para um lado e vira para o outro, que devorou seus mais belos sonhos, transformando-o em bilhete corrido de loteria sem prêmio, leão velho sem dentes com diploma de aposentado.

E agora? Veio-lhe a ideia de pegar o carro e dar umas voltas. Dirigindo, tinha a ilusão de estar com o destino nas mãos e esquecia a vida real. Desceu para a garagem, ligou o carro, seguiu pela Av. Atlântica, cruzou para Ipanema, viu um maluco correndo no calçadão de guarda-chuva aberto. Sorriu pela primeira vez naquela manhã. Cada maluco é maluco ao seu modo peculiar.

O carro engole o asfalto. Carlos quer fugir, fugir de sua confusão interior, mas carrega um buraco negro no peito, que suga sua alma. Para no sinal. Meninos fazem malabarismos com velhas bolas de tênis e pedem uma graninha. Carlos não tem trocado.

O sinal abre. Carlos acelera. Mesmo sem ter pressa, pois nada tem para fazer, quer pegar o próximo ainda verde. Um automóvel surge do nada, atravessa a pista.

Luz, trevas, luz, trevas.

> *Será que escolhemos nosso destino? Os povos que acreditam em reencarnação acham que cada vida é um jogo previamente combinado para que o homem possa aprender as lições de que precisa. Mas, se for mau aluno, tem que repetir o ano.*

CAPÍTULO 6

Clóvis sem lei

Clóvis resolveu colocar em prática suas regras, tão cuidadosamente maquinadas, para ficar rico. Na escola, notou que alguns alunos distribuíam drogas. Eram viciados e faziam aquele trabalho para pagar seu vício. Entrou no negócio, mas começou devagar, com cuidado, na maior competência. Em pouco tempo, já conseguira juntar um bom dinheiro. Mas não se viciou. Sabia que usar droga, principalmente no seu caso, era um erro. Por isso, o dinheiro que ganhava não era desperdiçado para uso próprio.

Clóvis estava em uma maré de sorte. Um dia, por acaso, flagrou sua tia com o motorista. Maurício era o nome do cara. Como seu tio ia regularmente para Angra dos Reis, sede de sua empresa, onde passava a maior parte da semana, sua tia ficava livre para fazer o que bem entendesse.

Uma tarde, a casa quase vazia, sua mãe no supermercado. Mas Clóvis estava lá, e sua tia não sabia. Ela entrou no quarto, acompanhada do motorista, e Clóvis ouviu o barulho da chave trancando a porta. Colocou os olhos no buraco da fechadura. Imediatamente, percebeu que aquilo poderia lhe render um bom dinheiro. Era uma outra atividade em que iria se meter; inédita. Clóvis, mesmo sem saber bem o que fazer com sua descoberta, intuiu que estava com uma mina de ouro na mão. Excitado com tantas possibilidades, via que seu futuro de riquezas poderia ser real, e que aquele era o momento de ser frio, calcular bem as ações para não perder a oportunidade. Precisava de uma prova concreta. *Eu sei que, se contasse isso para meu tio, seria a minha palavra contra a da tia. Vou perder de goleada. Nada feito, tudo tinha que ser planejado de maneira enrustida e eficiente.*

Aquilo ficou infernizando sua cabeça por uns três dias, até que ele atinou com a solução. *Uma solução genial.* Como o quarto de sua tia ficava no segundo andar da mansão, ela não se preocupava em fechar nem a janela, nem as cortinas. Mas havia uma velha mangueira bem em frente, e quem subisse nela poderia ter uma visão ampla do interior do aposento. Foi o que Clóvis fez, usando a máquina fotográfica que tomara emprestado, sem que o dono, Rogério, desconfiasse. Equipamento profissional, coisa fina, com teleobjetiva e tudo.

Clóvis esfolou os dois joelhos, ficou com hematomas generalizados por todo o corpo, desviou-se por milagre de um ramo que, por puro acaso, não o cegou, e quase caiu do galho enquanto observava os dois na cama, mas bateu várias fotos, matando um filme inteiro. Depois desceu e devolveu a máquina, para que

Rogério não desconfiasse de nada. *O destino da puta da tia está em minhas mãos. Enfim, vou ter minha vingança.*

Agora vinha a parte mais difícil do plano. Clóvis preparou uma carta anônima, endereçada à sua tia. Nela, ordenava que colocasse quinhentos reais toda semana em um envelope e o depositasse em um oco do tronco da árvore na calçada, em frente ao portão da casa. Nessa carta, ele anexava algumas cópias das melhores fotos. Exigia também que ela não revelasse nada, ameaçando, se abrisse a boca, mandar cópias para o marido.

Aquilo funcionou bem por duas semanas. Na terceira, Clóvis percebeu que Maurício passara a vigiar a árvore. Não querendo se arriscar, esqueceu do envelope e escreveu nova carta: "Sua puta, você desobedeceu à ordem de não falar com ninguém. O seu motorista sabe e está rondando a árvore. O preço subiu. Agora você vai fazer um pagamento mensal de cinco mil reais. Coloque o dinheiro em uma mochila e peça ao bobo do seu sobrinho para levá-la ao endereço abaixo. Ele deve ir lá amanhã, saindo de sua casa às duas horas da tarde. Se quiser ser engraçadinha, seu marido vai ter uma surpresa".

Aquela carta provocou um rebuliço. Clóvis viu sua tia entrar no quarto com o Maurício e, escondido atrás da porta, ouviu a discussão.

— Por que você tinha que atrapalhar o negócio? Quinhentos reais não representavam nada pra mim. Minha tranquilidade vale muito mais que isso.

— Eu queria pegar o desgraçado do chantagista e dar uma dura nele — disse Maurício.

— Péssima ideia. Você não é tão bom de cabeça como de cama.

— Não podemos ficar na mão desse criminoso. Meu emprego também está em jogo.

— Vou pagar os cinco mil por mês, e ainda é pouco. Bem melhor do que deixar meu marido ver as fotos.

Ah, é assim? Pensou Clóvis. *Cinco mil é pouco? Bom saber.*

No dia seguinte, a tia de Clóvis o chamou e o instruiu direitinho. Fingindo estar chateado, Clóvis saiu com a mochila. Eram exatamente duas horas da tarde. Foi a grana mais fácil que ganhou na vida.

A tia de Clóvis estava visivelmente nervosa quando ele voltou.

— Você entregou o dinheiro?

Simulando nervosismo, Clóvis disse:

— Tia, aquele endereço não existe. Estava procurando o número, quando um cara mal-encarado pegou meu braço e disse que o dinheiro era dele. Não pude fazer nada. Não foi culpa minha.

— Tudo bem. Você está proibido de falar sobre o que aconteceu com qualquer pessoa.

— Não posso falar nem com a mãe, tia? — perguntou, rindo por dentro.

— Com ninguém. Se souber que você deu com a língua nos dentes, ponho você para fora desta casa.

Clóvis resolveu tirar uma vantagem extra. Rogério tinha agora uma nova bicicleta, mas não ligava para ela.

— Tia, o Rogério não está mais usando sua bicicleta. Posso ficar com ela para ir ao colégio?

Ao dizer isso, Clóvis raciocinou, orgulhoso, que estava se saindo um safado de primeira classe. Sua tia o fuzilou com o olhar. Pensou um pouco e percebeu que estava em posição fraca.

— Claro, querido, vou falar com o Rogério.

Ela nunca o havia chamado de querido. No dia seguinte, ela recebeu nova carta datilografada: "Tudo certo, sua puta. Mande o bobo do seu sobrinho ficar de boca fechada. Pode dizer que, caso contrário, vou gastar umas balas no corpo dele. Dentro de um mês, novas instruções".

O negócio das drogas e a putaria de sua tia estavam aumentando consideravelmente o patrimônio de Clóvis. Com uma política inteligente de vender a preços menores para ganhar na quantidade, já era o principal distribuidor de drogas no colégio e se preparava para dar saltos maiores. Tudo nos conformes: pagamento, sempre à vista. Crédito para drogado, nem pensar.

Estava tudo indo bem demais, até que ele escorregou. Grana no bolso é sempre um problema. Clóvis ia fazer dezessete anos e resolveu se dar um presente bacana: comprar uma moto para impressionar as garotas. Feita a compra, começou a desfilar com ela, tomando cuidado para não circular perto de casa. Deu azar. Um dia, Maurício o viu. Seguiu-o, descobriu onde guardava a moto. Sendo ex-policial, fez uma investigação completa.

A tia chamou Clóvis:

— Como você conseguiu dinheiro para comprar essa moto?

Clovis tentou dizer que a moto não era sua, mas de um amigo. Confrontado com as evidências levantadas por Maurício, embatucou. Ainda tinha que aprender um bocado na universidade da malandragem. Tentou sair pela tangente, gaguejou:

— Estou comprando e vendendo livros usados no colégio. Compro dos alunos que terminam o ano e vendo para os que estão começando.

— E isso dá tanto dinheiro?

Clóvis inventou errado. Poucos dias depois, quando chegou da escola, descobriu que todas as fotos que escondera no seu quarto tinham desaparecido. Junto com elas, os negativos. Ainda estava pensando no que poderia ter acontecido, quando, sem bater na porta, Maurício entrou no quarto e, agarrando seu braço com força, falou, com raiva:

— Seu pivetinho chantagista, você acha que pode me enrolar? Eu vou te apagar, furar teus olhos e atirar teu corpo no rio.

No dia seguinte, Clóvis ainda tentou jogar duro com sua tia. Dizendo que tinha outras cópias e negativos que a incriminavam, ameaçou mostrar para o marido, mas a chantagem já tinha fracassado, era tarde, blefar não adiantaria nada.

— Você sabe que o Maurício foi da polícia — disse a tia — e tem métodos muito eficazes pra dar corretivos em pivetinhos de merda como você.

Argumento irrefutável. Sua tia continuou:

— Mas vamos resolver isso de outra maneira. Você vai sair desta casa. Vou dizer à sua mãe que você já está na idade de trabalhar, que tem um emprego garantido na empresa de meu marido em Angra dos Reis. Mas, se souber que você abriu o bico, vai ter que conversar com o Maurício.

Sua tia foi convincente. E pior: a mãe de Clóvis adorou a ideia de o filho ter um emprego. O bom jogador é aquele que sabe quando a partida está perdida. *A batalha sim, mas a guerra não*, pensou Clóvis.

Clóvis mudou para Angra dos Reis e foi morar na casa de tia Zulmira, outra irmã de sua mãe. Antes, ativou suas últimas baterias. Resolveu fazer uma visita a seu amigo Corvo, macumbeiro de Nova Iguaçu, seu fornecedor de drogas.

Foi levando um grande peso para o encontro: um coração de chumbo, transbordando de ódio, que clamava por vingança. Corvo pediu que Clóvis lhe arranjasse uma peça de roupa, lenço, camisa, meia, qualquer uma. E o trabalho foi feito.

Uma semana depois, um acidente horrível. O carro dirigido por Maurício escorregou na curva do Calombo, na Lagoa Rodrigo de Freitas, em uma noite de chuva fina, e bateu de frente em uma árvore. Ele morreu na hora. A tia, depois de lutar pela vida por vários dias, sobreviveu, mas seria preferível que tivesse morrido. Ficou com a face completamente desfigurada por cicatrizes horrendas, que perdurariam mesmo depois de dezenas de operações plásticas na clínica do Dr. Pitanguy.

Clóvis saboreou a vingança em silêncio. *Agora, estava quites com a família, podia se dedicar ao seu objetivo maior: ganhar dinheiro, ficar milionário.*

Ambição. Vaidade. Vingança. A vida do diabo deve ser bem tranquila. Com tantas armadilhas para o ser humano se enroscar, para que dar duro? Podia descansar em uma rede, fumando seu cachimbo e assistindo, de camarote, aos desatinos do ser humano.

> A felicidade é flor invisível aos olhos, só percebida pelo coração. O problema é que poucos sabem olhar através dele.

CAPÍTULO 7

O anjo que se foi

Carlos acordou confuso. Onde está o anjo azul? O túnel de luz? Busca a entrada, o anjo que não mais encontra. Novamente, trevas.

Quando abriu os olhos, viu vultos sem forma, luzes sem foco. Ouvia vozes, ainda tonto. Estava numa cama de hospital, todo amarrado a aparelhos e tubos, confuso, com a cabeça girando, pensando sem conseguir pensar.. Uma máquina emitia ruídos insuportáveis, bip-bip-bip. Medo. *Barulho de bomba-relógio prestes a explodir?* Finalmente se acalmou, as engrenagens em sua cabeça entraram no lugar.

O médico, ao lado da cama, era seu velho conhecido. E lhe informou que estivera em coma por dezoito horas.

— Você teve muita sorte, Carlos. A batida foi feia. Os dois carros acabaram.

Com voz ainda insegura, Carlos perguntou, receoso:

— E o menino? Está bem?

— Um milagre. Chegaram a achar que estivesse morto.

E, apontando o dedo para o lençol da cama, falou, com um sorriso:

— Se ele morresse, você estaria em maus lençóis. A perícia constatou que a culpa foi sua.

O médico calou-se por instantes, olhou para as persianas do quarto e continuou:

— Carlos, isso só pode ter sido um aviso, um sinal dos céus.

— Aviso?

— Para você mudar de vida.

— Mudar? Como?

— Sei lá, cara, a vida é sua, você é que tem que saber o que está ruim. Sai fora do Rio, larga essa vida para trás.

— Logo agora que estou pensando em voltar a trabalhar, em deixar esse suplício de aposentado?

— Quem anda pra trás é caranguejo. Não vale a pena brincar com os sinais de Deus. Vai em frente, segue sua vida.

— Vida? Será que alguém pode dirigir a sua? De vez em quando, parece que estou em um navio sem leme. Você acha que está no comando, mas ele vai com a correnteza. Isso não seria mau de todo, não fossem os redemoinhos do caminho, que o deixam tonto.

Carlos ainda ficou vários dias no hospital e teve muito tempo para pensar, coisa que, talvez inconscientemente, tentava evitar. Aviso? Sinal para mudar de vida? Depois de liberado, ainda ficou uns dias de molho em casa. Recebia uns poucos amigos, aposentados como ele.

— Nunca pensei que a vida de inativo pudesse ser tão ruim — disse Carlos — Pior que limonada sem açúcar.

— Não exagera, Carlos, você fala desse jeito porque está preso na cama.

— Se fosse só isso, depois de uns dias estaria bom. Me sinto como se tivesse engolido um buraco negro que se expande dentro de mim.

— Sessenta anos, cara, você ainda é uma criança.

— Criança velha?

— O que diria Noé, que morreu com novecentos e cinquenta anos? Pelo menos é o que diz a Bíblia.

— Isso é um dilúvio de anos. Aposto como nunca se aposentou.

— Deixa de fossa, cara, volta para a vida.

— Na realidade, gostaria de ter ido para a luz com o anjo azul.

Seus amigos não entenderam nada, e Carlos não quis explicar. No dia seguinte, enquanto fazia a barba, olhou para sua imagem refletida no espelho. Até se aposentar, sua vida fora uma sucessão de vitórias com poucas derrotas. Excelente aluno, bom papo, muitos amigos, arrebanhava as discussões em bares e festas. Carlos tinha carisma. Era jeitoso com as mulheres. Namoradas não lhe faltavam.

O trabalho afastou-o da família. Percebeu que até seu filho se tornara um desconhecido. Quando não precisou mais do dinheiro do pai, suas vidas tomaram rumos diversos. Carlos o via raramente, não brigavam, não discutiam. O filho o tratava com cerimônia, como se Carlos fosse um estranho. Até parecia gostar um pouco do pai, mas, mesmo quando estavam juntos, não tinham o que dizer um ao outro. Seria preferível que brigassem de vez em quando, colocassem tudo em pratos limpos, lavassem a roupa suja, mas não se briga com quem lhe é indiferente.

Carlos olhou de novo para sua barriga no espelho. Outro dia lhe perguntaram se ele tinha comprado a camisa na feira. Estranhando, perguntou por quê. A galhofa veio em seguida: porque já veio com uma melancia dentro. A gozação não parou por aí. Quando Carlos reclamou, ainda teve que ouvir uma segunda: também, o que você queria. Você tá parecendo chupeta de baleia.

Depois desse episódio, Carlos resolveu começar um regime, frequentar academias de ginástica, malhar, fazer cooper. Pagou a mensalidade, três meses à vista para aproveitar o desconto, mas não levou a ideia adiante. O problema é que ele sempre achara que poderia vencer qualquer adversário. Não se dera conta de que a vida ele não podia vencer. Quando se deparou com a força inexorável do tempo, rendeu-se.

Carlos queria viver o sonho de seu pai. Seu grande erro foi achar que a aposentadoria lhe daria espaço para viver. Apenas deu espaço para o tempo, que, como animal faminto, engole sua presa. Mas, antes de engolir, morde, estraçalha, arranca pedaços.

De qualquer forma, aquele acidente era um sinal que ele não podia deixar de levar em consideração. Tinha de mudar. Talvez fosse bom passar uns dias em uma praia isolada, refletir sobre a vida. *Mas... agora que iria se liberar do ócio da aposentadoria, que planejava voltar para sua antiga vida de executivo?* E os sinais? Ficara impressionado pela conversa com o médico seu amigo. Sinais de Deus! *Mas, deixa pra lá, ele era espírita, vivia tentando doutriná-lo.*

Naquela noite, Carlos foi para a cama com seu dilema na cabeça: ficar no Rio, voltar para sua antiga vida de executivo, ou viajar, conhecer gente nova, sair do ambiente de cidade grande, seguir os sinais de Deus. Não queria se convencer de que, na vida, não há retorno. Veio-lhe uma ideia: *quem sabe podia ser escritor? Viajar pelo mundo inventando histórias.*

> *O*s indianos dizem que, quando você está preparado, o mestre aparece. Se você o encontrar antes, não saberá reconhecê-lo.

CAPÍTULO 8

O mestre

O dia amanheceu lindo, o sol brilhava, o céu tem um azul intenso. Carlos faz sua mala, entra no Ford Ecosport, que comprara para substituir o falecido Honda, e, lá pelas onze da manhã, chega a Angra. Ele gostava de Angra, uma cidade simpática, mas não era exatamente o que procurava. Queria mais solidão, mais privacidade. Seguiu em frente. Buscava um hotelzinho tranquilo, bem perto da praia. De preferência, sem televisão.

Continuou pela BR 101, em direção a Paraty. Em uma curva, vê um menino atravessar a estrada correndo atrás de uma bola. Pisa forte no freio. O carro diminui a velocidade, o corpo do menino se aproxima. Veio-lhe à cabeça o outro acidente. Instintivamente, fecha os olhos. O carro para a centímetros do garoto. Carlos abre os olhos, respira aliviado. Nesse instante, outro carro se aproxima em alta velocidade. Carlos o vê pelo retrovisor, ouve o barulho do freio, das rodas derrapando. Sente um aperto no peito, uma sensação de tragédia no ar. O veículo chegando mais perto, mais perto. O menino, paralisado de medo, parado em frente ao seu carro. Carlos enfia a mão na buzina, querendo que o menino pule fora. O outro carro diminui a velocidade, mas chega cada vez mais próximo. Será que vai dar? Bum!

A batida é fraca, mas, com o choque, o carro de Carlos dá um pulo, uns vinte centímetros, suficientes para atingir o menino ainda parado na frente do carro, paralisado pelo susto. O menino cai. Carlos abre a porta e corre para ele. Chorando, ele rapidamente se levanta e corre para fora da estrada. Entra no mato. Some de vista. O choque fora fraco, parece que está tudo bem. Carlos ainda tenta gritar, chamando-o, mas ele já vai longe.

O motorista do outro carro também abre a porta e sai berrando:

— Seu imbecil! Parar na curva.

Carlos, ainda em estado de choque, leva uns minutos para balbuciar:

— Um menino.

O motorista continua gritando. Esbravejando. Xingando. Carlos se recupera do susto e fica vermelho. Parte em sua direção, também gritando.

— Você veio a toda. Bateu por trás e ainda reclama? Seu merda.

O motorista não esperava aquela reação. Se acovarda. Volta para seu carro rapidamente, dá uma pequena ré e emparelha com o carro de Carlos, grita um palavrão e acelera. Carlos pensa em persegui-lo, tirar satisfações. Entra no carro, vira a chave, mas o motor não pega. Tenta de novo. Só na terceira vez o motor responde. O outro já ia longe. Carlos sai do carro, olha o para-choque traseiro e, já com a cabeça fria, vendo que não havia maiores danos, segue em frente. Vai bufando de raiva. *Essa cavalgadura!* Ainda dá um tapa no capô do carro antes de entrar. Forte demais, sua mão dói.

Carlos se lembra de já haver visto aquele cara. *Aquele cabelo vermelho, aquele olhar de ódio... Seria um mensageiro da desgraça?*

Depois de seguir mais uns dez minutos pela Rio-Santos, chega a um boteco mambembe, ao lado da estrada, que atende pelo sugestivo nome de Bar das Meninas Alegres. Para, desce, bebe uma água de coco. Na saída, bate o olho numa placa: "Praia Brava, Pousada do Mar". *Quem sabe?* Entra no carro e segue por uma estradinha estreita, de terra batida. Vai sacolejando pelos muitos buracos do caminho, que parecia ter contratado um bando de tatus para fazer sua manutenção.

Roda quase um quilômetro e chega a um ponto elevado, de onde divisa o mar. Freia o carro para contemplar a paisagem. Abre a porta, desce. De repente, vê um velho, muito velho, de idade indefinida, que se aproxima. Ele atrai sua atenção. O homem mostra no corpo as cicatrizes de seus combates contra o sol, contra o vento, contra o grande mar. Chega perto de Carlos, encosta-se em um barco destruído pelo tempo, emborcado ao lado da estrada, uma carcaça de embarcação, que, como o velho, estava desgastada pela vida. Ele olha para Carlos. Nada fala.

O velho era alto, bem alto, magro, postura encurvada. Seus olhos chamavam a atenção: olhos verdes, cor do mar em tardes de ventania. O velho tinha um olhar profundo, que parecia ver dentro de você, transmitindo sabedoria e bondade.

— Quer uma carona? — perguntou Carlos.

— Brigado, tô aqui mesmo — disse o velho com voz melodiosa.

— Aqui? No meio da estrada?

— No meio da vida, moço.

Aquela resposta aumentou a curiosidade de Carlos. *Que homem estranho! Poderia ser um personagem fantástico para um escritor.* Carlos desceu do carro e se aproximou dele, estendendo-lhe a mão.

— Eu me chamo Carlos.

Ficou com a mão no ar, sem que o outro estendesse a sua, atrapalhado, sem saber o que fazer. Mas o velho tinha um sorriso tão cativante que desarmou seu embaraço:

— Zeca Pescador, às suas ordens, moço.

— A Pousada do Mar é acolhedora? Estou buscando um lugar tranquilo para passar uns dias.

— O moço não carece de lugar calmo, não. O moço carece de agitação.

— Como?

— Isso mesmo. Calmaria pra pensar na vida não vai ajudar o moço, não.

Carlos coçou a cabeça:

— Aqui parece tão tranquilo.

— A vida, moço, eu tô falando da vida.

— Não entendo. Procuro um lugar para descansar.

— Não adianta de ficar na fugição da vida, moço — disse o velho, um jeito de falar que transmitia confiança. — O moço entende de procuração?

Silêncio! Aquela observação deixou Carlos mais intrigado. Zeca repetiu a pergunta. Carlos, embaraçado, não sabia o que responder. O velho olhava para Carlos, calado. Carlos olhava para o velho, confuso, querendo prolongar o encontro.

— Onde o senhor mora?

— O moço pode achar o velho quando tiver precisão.

Que velho mais misterioso. Será que ele é maluco? Não! Tinha que conversar mais com ele.

— Você mora por aqui mesmo?

— O moço carece de saber que a vida não é de trazer resposta.

— Mas onde posso encontrar o senhor? — insistiu Carlos, que gostava de respostas.

— No cemitério, moço.

— No cemitério?

— Se o moço der de passar por lá, pode achar minha cabana.

— Ao lado dos mortos?

— Tem gente mortinha andando pressas riba, achando que tá viva.

Confuso, Carlos levantou levemente as sobrancelhas:

— Como eu posso distinguir os vivos dos mortos?

— Pra tá vivo carece de ter caminhação. Carece de querer chegar.

Carlos ficou em silêncio, tentando entender aquelas estranhas palavras. Olhou para o céu. Pensou. Um sorriso iluminou seu rosto.

— O senhor quer dizer que para estar vivo precisamos de um objetivo, uma meta?

— É isso, moço. Procuração. O moço é de aprender rapidinho.

Uma pausa maior. O velho olhava para Carlos, com um sorriso nos lábios. Incomodado com o silêncio, Carlos falou:

— Vai ver, isso explica o vazio de minha vida de aposentado.

— É, moço, vazio é falta de caminhação. Felicidade é coisa difícil pro mode alcançar, moço.

— O senhor pode me ensinar como agarrar a felicidade?

— Agarrar, não, moço. Cê tá errado. Não tenta agarrar, não. Ela vai fugir entre os dedo do moço.

— Como eu faço, então?

— Chega perto da bicha de mansinho, quietinho, como que não quer nada.

— Mas ... como?

— O moço já viu um rio? Um rio bem devagarinho? Mesmo nadando de mansinho, as água chega no mar, moço.

Zeca tinha um jeito de quem viveu muito, sofreu bastante e estava finalmente em paz com a vida. Carlos queria prolongar a conversa.

— O senhor é pescador?

— Pode ser. Eu sou guiador de gente. O moço precisa de um.

— De um guia? Para chegar à pousada?

— Não, moço! A pousada tá pertinho. O moço tá no descaminho da vida, carece de um guiador.

O velho fica em silêncio, olhando para Carlos, olhando dentro de Carlos.

Carlos não sabe o que dizer, mas sente que aquele velho carrega muita sabedoria, e não quer ir embora. Puxa mais conversa:

— Deus devia fazer todos os homens felizes.

— A felicidade tá dentro da cabeça da gente. O moço não consegue mudar o mundo pra ser feliz.

Carlos ficou meditando sobre essas palavras. O velho acompanhava seu silêncio. A conversa parecia encerrada. Carlos ia se despedir, quando o velho falou:

— Se o moço for pra pousada, tá arrumano encrenca.

Carlos se surpreendeu:

— Então não devo ir?

— Se for, tá arrumano encrenca, se não for, ta esqueceno a vida. Sinal de Deus.

Sinal de Deus! O médico. Era a segunda vez que ouvia isso. Sem saber o que falar, Carlos estende a mão para se despedir do velho. Como da primeira vez, sua mão fica pendurada no ar. Confuso, ele entra no carro, liga o motor. Quando vira o rosto em direção ao velho, não mais o vê. *Engraçado! Como ele foi embora tão depressa!* Carlos engrena o carro e segue em frente, intrigado, pensando no velho.

Depois de rodar mais uns trezentos metros, chega a uma praia grande, de areias brancas, que refletem com força o brilho do sol. Respira o cheiro de maresia. O mar azul-claro, cristalino, calmo como um espelho, o espera. A paisagem é maravilhosa, mas Carlos buscava as ondas, o vento que poderia agitá-lo, sacudi-lo, mudá-lo. Queria que algo acontecesse em sua vida. *Será que o velho tinha razão?*

A conversa com Zeca deixara Carlos pensativo, temporariamente esquecido do buraco negro em sua alma. Dirige uns poucos metros pela estradinha. Freia o carro e para bem de frente para a praia, a uns cem metros da linha d'água, estacionando ao lado da Pousada do Mar, uma casa velha, bem-cuidada, branca, com janelões azuis.

> Alguns sentem a flecha de Eros tão logo são por ela atingidos. Atração fatal. Outros, demoram um pouco mais. Sentem uma pontadinha, pensam ser aventura ligeira, mas depois, quando se dão conta de que estão feridos, é tarde; não podem mais fugir. Eros é um anjo tinhoso, que fere quando menos se espera.

CAPÍTULO 9

A flor do mar

Carlos tinha certeza de que não queria envolvimentos amorosos. *Casos, sim, aventuras também. Desenganos, sofrimentos, nunca mais.* É mesmo? Só o tempo tinha a resposta.

Uma mulher bonita estava sentada em um banco, ao lado da porta, olhando o mar. *Sonhava?* Levantou-se. *Talvez não esperasse hóspedes em dia de semana, especialmente sendo inverno, fora das férias escolares.*

— A senhora é quem toma conta da pousada? — perguntou Carlos, aproximando-se.

— Sou — respondeu com um sorriso simpático.

— E tem um quarto livre?

— Tenho dez — disse Flor —, o hotel está vazio.

— Então, a senhora escolhe um para mim, com vista para o mar.

— O senhor pretende ficar quanto tempo?

— Bom! Se eu gostar, fico a vida inteira — disse Carlos, com voz de Don Juan, olhando bem dentro dos olhos de Flor.

A mulher riu, um sorriso irônico e, devolvendo-lhe o olhar, falou, zombeteira:

— Mais um de cidade grande, achando que qualquer bicho de saia do interior é jogo?

Carlos ficou atrapalhado, perdeu a pose. Mas, como ela continuasse sorrindo, se soltou:

— Qualquer uma, não. Mas uma linda flor do campo, é difícil resistir. Eu me chamo Carlos, e você?

— Flor.

Carlos achou que ela estava brincando. Quando ela confirmou que aquele era seu nome, ele riu.

— Que coincidência! Você me parece mesmo uma flor.

Um caso, uma aventura com essa joinha iria ajudar a aliviar seu buraco negro, pensou Carlos. *Talvez até se esquecesse dele. Seu amigo médico tinha razão. Nada como mudar de ares.*

Flor era morena, olhos verde-garrafa. Nem gorda nem magra, tinha o enchimento necessário para torná-la extremamente atraente, mas que poderia desqualificá-la para modelo fotográfico, em que se exige certa dose de anorexia. De todas as suas características, a que mais chamava a atenção era o sorriso. Atraente, sim, mas seria mais acurado classificá-lo de enigmático. Sorriso Mona Lisa, talvez triste, desses que dão vontade de decifrar.

Carlos entrou na casa. Próximo à porta, à direita, o balcão de recepção era um pouco grande para o tamanho da pousada. Uma ampla sala com grandes janelas abertas para o mar ficava à esquerda, tendo ao fundo uma estante cheia de livros. Autores conhecidos: Mann, Hess, García Márquez, Borges. Alguns brasileiros: Machado de Assis, Jorge Amado, Paulo Coelho. Em uma das prateleiras, uma coleção de livros budistas.

— Seus hóspedes gostam de ler?

Flor abriu novamente seu sorriso tão atraente.

— Os hóspedes vêm aqui por causa da praia, e, de noite, estão muito cansados. Preferem a televisão. Leem no máximo algum romance policial, aqueles ali no cantinho.

Carlos se surpreendeu com um título:

— *Ulisses*, de James Joyce?

— Minha frustração. Nunca passei da terceira página — disse Flor.

— Que coincidência! Eu também não. Ler é seu hobby?

— Um deles. Gosto também de navegar na internet.

Carlos arregalou os olhos. Flor percebeu sua surpresa e, com outro sorriso bem irônico, disse.

— O senhor parece surpreso. Eu entendo. Não se espera que uma dona de pensão nos cafundós do Judas saiba usar um computador.

Apesar do falar sorrindo, Carlos sentia uma ponta de melancolia no ar, uma tristeza disfarçada em bom humor. Deu uma olhada no computador que estava em cima da mesa, no canto da sala. Na tela, a página do *New York Times*.

— Onde aprendeu a usar o computador?

— Fui criada no Rio de Janeiro. Passei lá minha juventude. Estudei biologia na UFRJ.

— Uma bióloga.

— Não. Casei cedo e tive um filho quando estava no último semestre. Cuidar dele me motivou mais. Tranquei a matrícula. Achei que completaria o curso mais tarde, mas perdi a motivação.

— Faltando só um semestre? Que pena!

— Praia Brava é um mundo diferente, com outros valores. Faz você perder a ânsia de ter sucesso, de ganhar dinheiro. Cuidado para não pegar a doença.

— Até que não seria mau para um aposentado. Como a senhora veio parar aqui?

— Eu e meu marido queríamos viver mais próximos da natureza. Vida de cidade grande estressa demais. Pensávamos em dar ao nosso filho um bom lugar para crescer. Peguei o dinheirinho da herança de meu pai e resolvi comprar esta casa velha. Tive que gastar um bocado na reforma, mas ficou boa.

— Mas... isso dá dinheiro?

— Dinheiro não é tão importante assim. Tenho uma clientela fiel e não posso me queixar. A pousada só está vazia porque é inverno.

Carlos não pôde evitar de rir por dentro. *Dinheiro pode não ser importante enquanto você estiver de barriga cheia. Ela nunca deve ter sido pobre.*

— E seu marido?

Flor ficou calada, pensativa. Respondeu, depois de uns segundos de hesitação:

— Morreu.

Fez uma pausa, olhou para o chão, e Carlos sentiu que tocara em uma ferida ainda não cicatrizada. Percebendo o constrangimento, mudou de assunto.

Flor deu-lhe o melhor quarto da pousada, com janela para o mar e tudo a que tinha direito. Era bem simples: uma cama rústica de casal, uma mesa colocada em frente à janela, com uma cadeira e um armário velho na parede oposta à cama. Chão de cerâmica bege, com dois tapetinhos bem surrados de cada lado da cama. Uma mesinha de cabeceira com um vaso de flores silvestres cheirosas dava um tom acolhedor ao ambiente. Tudo absolutamente limpo e aconchegante.

Carlos ajeitou suas coisas em poucos minutos. Sua mala era pequena: um agasalho para se defender do inverno, dois conjuntos de training de algodão azuis, sua cor preferida, um claro e outro escuro, dois calções de banho, tênis, chinelo, a nécessaire e umas camisetas. Viu uma tomada elétrica perto da mesa, onde colocou cuidadosamente a maleta do computador. Quando não tivesse o que fazer, poderia brincar no computador olhando para a praia. Uns joguinhos quebrariam a monotonia. Guardava também sua ideia secreta: escrever um romance. *A vida de escritor deve ser boa, viajando pelo mundo todo, conhecendo gente nova...* Sonhos alimentam a alma.

Já era hora do almoço, mas Flor parecia querer caprichar um pouco mais e pediu que Carlos desse uma volta pela região, voltando em meia hora. Lá se foi ele. A praia estava deserta. No outro extremo, uma colônia de pescadores, onde se via algum movimento. Carlos não estava com disposição para andar os duzentos metros que separavam uma ponta da outra. Depois do almoço, talvez.

Enquanto esperava, sentou-se no banco onde encontrara Flor em sua chegada e ficou admirando a beleza do local e pensando em Flor: *uma flor, uma flor rara. Mas... há alguma coisa errada com ela. Algum mistério. Parece carregar uma grande dor no fundo do peito.*

Na cozinha, Flor falou com Zefa:

— Temos um hóspede hoje. Dá uma caprichada no almoço.

— Já vi — respondeu Zefa — O cara parece querer comer a senhora com os olhos.

— Deixa ele. Homem é assim mesmo. O coitado está na idade do lobo. Hóspede é sempre bem-vindo, especialmente no inverno.

— Ele pode estar um pouco passado, mas ainda é bem bonitão, e a senhora é tão sozinha.

— Não é meu tipo. Muito agressivo. Já chegou como se fosse dono do pedaço.

— A senhora também é muito exigente. Acha que nenhum homem presta.

Flor deu de ombros e saiu da cozinha sem esticar a conversa.

Carlos estava sentado na praia, olhando para o nada, quando Flor o chamou. Sua fome já era grande e se aguçara ainda mais pela novidade do lugar. Apesar de muito simples, o almoço estava ótimo: arroz, feijão, bife acebolado e ovo frito. Além do mais, o tempero estava perfeito, sinal de que a comida tinha levado a dose correta de amor. Tudo fechava com uma pimentinha das bravas, cheirando forte.

Dona Flor sentou-se à mesa com uma graciosidade que lembrou a Carlos uma fada. Antes que ele puxasse assunto, ela falou.

— É raro termos hóspedes em dia de semana nesta época do ano.

— Aposentado só tem férias, e eu queria variar um pouco. Cidade grande cansa.

— Sua família não quis vir?

— Não tenho mulher, nem nada que me prenda ao Rio.

— Não sei se o senhor vai se acostumar com a tranquilidade do lugar — disse Flor.

Na cômoda ao lado da mesa, Carlos viu uma fotografia de rapaz, com traços fisionômicos parecidos com os de Flor.

— Seu filho? Ele mora aqui?

— Meu filho caiu no mundo, foi para os Estados Unidos e me escreve de vez em quando. Não volta mais ao Brasil, só de férias. Aos vinte e dois anos, filho não quer saber de mãe.

— Vinte e dois? Não é possível. A senhora engravidou com nove?

O sorriso irônico voltou à face de Flor, mas ela nada respondeu. Carlos continuou:

— Aposto que, quando seu filho casar, e vierem os netos, a coisa muda. Ele vai querer aproveitar as férias nesta praia paradisíaca.

— Pode ser. Mas não aposte muito alto — disse Flor, rindo. O traço irônico desaparecera, e seu riso parecia triste.

— A senhora não gostaria de morar com ele?

— De jeito algum. Sou muito independente, vou levando minha vidinha. Muitas pessoas vêm passar suas férias aqui em Praia Brava. Um mês por ano. Eu vivo aqui o ano todo.

— E não acha a vida meio monótona? Deve ser bom passar um mês aqui, talvez dois, mas depois deve cansar.

— Com os livros e a internet? Viajo pelo mundo todo e conheço muitas pessoas, geralmente bem mais interessantes que as da vida real. Não posso me queixar... Já fui feliz.

Flor disse a última frase olhando para o teto, como se estivesse sonhando com outros tempos.

Carlos queria saber muito mais sobre ela, mas era cedo para tantas perguntas. Afinal, ele tinha tempo. Aparentemente, aquela mulher vivia sozinha, sem nenhum namorado, o que não fazia qualquer sentido. Seu magnetismo quase animal atrairia qualquer homem logo no primeiro encontro. Pelo jeito de se arrumar para o almoço, pelo modo de olhar as pessoas, pelo balanço do andar, parecia não ser nada tímida. Carlos sentia que alguma coisa estava errada com aquela mulher, que ela devia carregar uma grande dor bem no fundo do peito.

Depois de comer mais do que devia, desobedecendo a mais um regime que se prometera começar no dia anterior, Carlos resolveu fazer uma sesta, hábito adquirido na vida de aposentado. Foi para o seu quarto, tentou dormir. Os pensamentos se atropelavam em sua cabeça. Estava muito agitado e não conseguia relaxar. Porém, depois de muitos minutos, entrou em um estado de quase sono e teve uma visão. Viu Flor em seu quarto. Ele tentava abraçá-la, mas não conseguia. Ela não tinha corpo, uma imagem virtual. Não fugia dele, mas ele não conseguia tocá-la. Somente o olhar dela, profundo e enigmático, o alcançava.

A visão de Flor falou:

— Não adianta tentar. Vivemos em mundos diferentes, em outra dimensão. Nunca poderemos nos tocar, nunca poderemos ser felizes.

Carlos levantou da cama, escancarou a janela do quarto, e os raios de sol inundaram o aposento. Não iria mesmo conseguir relaxar. Sentou-se à mesinha, de frente para o mar. Ao fundo, perto do horizonte, podia ver barcos de pesca, voltando da faina diária. Olhava o mar e pensava na vida, nos erros que cometera. Queria ser feliz, mas se enganara achando que a aposentadoria seria a chave. Não era a primeira lição que recebia da vida. Quando jovem, achara que o sucesso material seria a estrada dourada para a felicidade. Trabalhara duro, ficara rico, descuidara-se da família. Tudo ilusão. Essa estrada o levara a perder seu primeiro amor, a se afastar de seu único filho. Quantas outras lições ele ainda teria que aprender?

Ele pensou em Flor. Tinha certeza que seria presa fácil. Afinal, uma mulher soltando sensualidade por todos os poros, e vivendo no meio do mato, não poderia resistir a ele, um gato escolado do Rio de Janeiro. É verdade que somente uma vez na vida sentira uma atração tão grande por uma mulher. Isso fora muito tempo atrás, e ela se tornara sua esposa. Agora essa mulher, que ele mal conhecia, voltava a tocar seu coração, ainda de leve. Mas casamento, nem pensar. Uma burrada na vida era normal. Duas, não. De qualquer modo, aquele encontro já lhe fizera bem; pela primeira vez em muitos dias, sentia-se despertar. Esquecia o buraco negro que sugava sua alma, e isso o deixava alegre.

> *T*em gente que gostaria de mudar o mundo, transformá-lo em um Jardim do Éden. Outros prefeririam que ele fosse um inferno comandado por eles, permitindo que, da janela de seu quarto com ar-condicionado, pudessem ver a turba assando no fogo eterno.

CAPÍTULO 10

Xisto do mal

Clóvis estava rico, muito rico. Era o chefão da droga em todo o Sul Fluminense, fazia negócios diretamente com seus sócios colombianos e já acumulara muita grana. Sua preocupação atual era lavar uma parte do dinheiro que ganhara, para justificar os carros, as lanchas e a mansão que estava construindo, equipada até com heliporto. Um grande projeto imobiliário poderia resolver seu problema, e já tinha escolhido a área: uma praiazinha simpática na divisa de Angra e Paraty. É verdade que teria que se livrar de uma incômoda companhia, uns pescadores ignorantes, que fediam a peixe. Isso não deveria ser problema.

Acordou cedo com o telefone tocando.

— Señor Xisto?

— Ele mesmo.

— Su carga llegó.

Xisto desligou. Menos de dez segundos de conversa; no seu negócio, isso era importante. Olhou pela janela, céu escuro, nuvens carregadas prenunciavam chuva. Pretendia dar um passeio de barco pela baía com uma nova amiga, uma gatinha gostosa. Mas ela não ia fugir; estava amarrada no barato que ele tinha para lhe oferecer. Intelectualzinha de merda, mas parecia ser uma boa advogada, e, quem sabe, poderia ser útil.

Xisto ligou para ela, cancelando o passeio, e resolveu aproveitar o dia de outra maneira. Inicialmente, foi se certificar de que a carga havia sido entregue no depósito, pois seu estoque já estava quase no fim. Verificando estar tudo em ordem, resolveu se divertir, expandir sua rede de distribuição.

Desde que se tornara o grande distribuidor de drogas do Sul Fluminense, deixara de se preocupar com a captação de novos pontos de venda, tarefa arriscada, que deixava para seus asseclas. Não precisava mais fazer isso pessoalmente, mas o risco o atraía e o levava, vez por outra, a sair a campo para aumentar sua adrenalina.

Xisto dirigia em direção a Paraty, em um conversível que deixava o vento bater em seu rosto, assanhando seus cabelos vermelhos, dando-lhe uma sensação de poder voar. Seguia em alta velocidade, quando viu, do lado esquerdo da estrada, uma venda: Bar das Meninas Alegres. Aquele poderia ser um bom ponto de distribuição. Deu uma guinada rápida com o carro para cruzar a pista. Ouviu um barulho de freios e de pneus derrapando, seguido de uma buzinada e um palavrão gritado por um caminhoneiro que trafegava em direção oposta. Xingou de volta, fez um gesto obsceno com o dedo e parou seu carro na porta do bar.

O motorista do caminhão queria briga. Parou o seu veículo poucos metros adiante e desceu. Era fortão, pelo menos dois palmos mais alto do que Xisto. Foi chegando perto de Xisto e gritando palavrões. Xisto ficou olhando para ele, calmamente, com um sorriso nos lábios. Quando já se encontrava a três metros, Xisto tirou uma pistola do porta-luvas e apontou para ele.

O grandalhão estacou de repente. Parou de gritar. Deu quatro passos andando para trás, fez meia-volta e se mandou, calado. Subiu no seu caminhão e foi embora.

Xisto riu, guardou a arma e entrou no bar. Atrás do balcão, encontrou um homem com a cara toda marcada pela varíola, um mulato forte com seus trinta anos. Estava de pé, com os olhos fechados, balançando o corpo de um lado para o outro em um movimento pendular. Em uma mesa no canto do bar, sentava-se um sujeito com uma fisionomia de bebedor de cachaça, de tez clara e bem franzino. Balançava um cordão com uma medalha na extremidade, e parecia estar em transe. *Aquele bar deveria se chamar Bar do Balanço. Parecia só ter maluco.* Xisto sentiu um cheiro forte de cachaça no ar.

— Quem é o dono do bar? — perguntou Xisto, obrigando o mulato a abrir os olhos.

Eles haviam presenciado o episódio com o caminhoneiro, visto a arma, e estavam tão atentos quanto o estado alcoólico lhes permitia. O mulato já tinha, à mão, escondido debaixo do balcão, seu revólver engatilhado. E respondeu, com voz pastosa:

— Nós dois. O que o senhor deseja?

— Vou dar uma festa hoje à noite e queria comprar alguma coisa bem excitante, boa para animar a turma. Mas tem que ser da pesada.

O mulato e o branco se entreolharam, e, depois de uns segundos de hesitação, o mulato respondeu, cautelosamente:

— O senhor precisa exatamente do quê?

— O que você pode me oferecer? Maconha, ecstasy, cheirinho da loló, o que você tiver. Se for coca, melhor.

Mais uns segundos de hesitação, nova troca de olhares furtivos. O mulato falou primeiro:

— Sabemos onde o senhor pode arranjar esse material. Aqui não vendemos isso.

— Deixa de conversa fiada, cara, não sou da polícia, se é isso que você está desconfiando. Tenho meus informantes e sei que vocês vendem o que eu preciso.

— Pode ter sido algum engano — apressou-se a dizer o mulato.

— Seguinte, vou abrir logo o jogo. Eu sou fornecedor desses produtos em Angra. Não quero comprar; quero vender. E posso oferecer a vocês um negócio muito melhor do que têm hoje, porque sou atacadista.

Dizendo isso, Xisto tirou do bolso algumas amostras e jogou-as em cima do balcão. Uma trouxinha escorregou e caiu no chão, perto da cadeira do magrelo, que, com um movimento surpreendentemente rápido para quem parecia estar alcoolizado, abaixou-se e a pegou, colocando-a no bolso de sua camisa.

— Tenho certeza de que posso oferecer os melhores preços da região, porque recebo meus produtos diretamente da fonte. Posso até mesmo fazer um primeiro fornecimento em consignação, para vocês testarem a qualidade do produto.

Xisto percebeu que o mulato ainda estava meio desconfiado, mas o branco já tinha mordido a isca, enxergava mais longe. Xisto passou a falar olhando para ele:

— Não tem erro. É só fazer uma experiência.

Ele pegou em seu bolso mais dois papelotes de coca e os colocou sobre o balcão:

— Vou deixar estes aqui como amostra grátis.

Os olhos do branco estavam fixos nos papelotes. Xisto pegou um deles e colocou-o em suas mãos.

— Vocês decidem. Eu vou almoçar em Paraty e volto à tarde.

Xisto saiu do bar, deixando os dois pensando. Tinha certeza de que o branquelo já estava de cabeça feita e iria convencer seu sócio. Já contava como certa a aceitação de sua proposta.

Chegando a Paraty, fez outros contatos, também bem proveitosos. Em seguida, foi para a praça principal e almoçou no Restaurante da Matriz, situado em um casarão colonial, onde se deliciou com um peixe à moda, acompanhado de uma pinga envelhecida em barril de carvalho. Apesar da tentação que eram as sobremesas, evitou-as. Já comera bastante e não queria engordar. Vaidoso, cuidava de sua silhueta.

Retornando a Angra, parou novamente no Bar das Meninas Alegres. Os dois pareciam já estar esperando:

— Moço, acho que podemos experimentar seus produtos. Por falar nisso, nem mesmo nos apresentamos. Meu nome é João — disse o branco. — Meu sócio aqui é conhecido como Tuba. Como o senhor se chama?

— Nomes só servem para comprometer. Pode me chamar de Xisto.

— E como a gente pode entrar em contato com o senhor?

— Não podem. Eu estarei sempre fazendo visitas e telefonando. Quanto menos informações, maior a segurança para todos nós.

— Tudo bem, seu Xisto, mas nem o número de um celular?
— É fria. Estão controlando até mesmo os de cartão. Não vale o risco. Podem estar seguros de que estarei sempre em contato.

Nesse momento, entra no bar uma loura bonita, que deveria ter uns vinte e poucos anos, de mãos dadas com uma garotinha de uns cinco anos. Cumprimenta Tuba secamente e dá um beijo burocrático em João. Branca, com pele queimada de sol, rosto redondo, olhos azuis e cabelos claros e longos, caindo até os ombros. Aquela menina era um tesouro. Xisto ficou imediatamente fissurado. Será que ela seria uma das meninas alegres? Se fosse, o bar acabara de ganhar um novo freguês. Mas sua alegria durou pouco. João disse:

— Seu Xisto, minha mulher, Clorinda, e minha filha.

A vida é engraçada, pensava Xisto. João era um cara feio e chegado a uma bebida. Naquela hora da tarde, já parecia estar bem mamado. Deveria ter quase o dobro da idade da mulher e não parecia ter dinheiro. Como ele conseguira faturar um avião daqueles?

Xisto deu para Clorinda seu melhor sorriso de galã de cinema, exaustivamente treinado em frente ao espelho, mas ela fingiu não ter percebido. Vendo que os homens estavam conversando sobre negócios, despediu-se e saiu, deixando Xisto com planos para o futuro. Não era justo que ela fosse desperdiçada com aquele bêbado com cara de fuinha.

Com a saída de Clorinda, continuaram a tratar de negócios.

— Vou deixar com vocês um primeiro carregamento para ser distribuído.

Dizendo isso, Xisto dirigiu-se ao carro e tirou do porta-malas uma caixa que entregou a Tuba.

— Meu negócio é feito sempre à vista. Porém, para começar nossas boas relações comerciais, vou deixar esta primeira partida em consignação.

Em seguida, meteu a mão no bolso, tirou mais dois pacotinhos e jogou-os para João, dizendo:

— Sei que você gostou da amostra que eu lhe dei hoje de manhã. O material é de primeira. Tome mais estas.

Os olhos de João brilhavam quando recebeu o material. Xisto despediu-se dos dois, prometendo voltar em breve. Entrou no carro e, pelo espelho retrovisor, reparou que João estava olhando a placa, como se quisesse memorizá-la. *Imbecil, será que ele acha que eu iria dar essa bandeira? Será que não desconfia que o carro é alugado, e com nome falso?*

Dias depois, quando Xisto voltou ao Bar das Meninas, notou que o relacionamento de Tuba e João ia mal. Eram mais ou menos três horas da tarde. O sol brilhava forte e, apesar de ainda ser inverno, a temperatura devia estar beirando os trinta graus. João estava sentado em um canto, completamente bêbado. Tuba pagou pelo material que Xisto havia deixado em consignação e solicitou-lhe uma outra partida.

— Como lhe falei, esse negócio agora é à vista. Deixei a primeira partida em consignação para vocês me conhecerem. Mas tenho que operar com pagamento na hora.

— Bem, seu Xisto, tivemos um probleminha — disse Tuba, apontando para seu sócio. — Não dá para financiar mais esse fornecimento?

— Isso não é meu modo de operar... mas vou concordar desta vez.

Xisto voltou ao carro, tirou outra caixa com o material e entregou a Tuba. Nesse momento, João se levantou e quis pegá-la. Tuba o empurrou com o braço, e ele, tonto como estava, cambaleou e quase caiu.

Tuba virou-se para Xisto e disse:

— O negócio agora é comigo. Esse cara aí já bebeu e cheirou toda a sua parte na sociedade, e não é mais meu sócio. Tá me devendo uma grana preta.

Xisto meteu a mão no bolso e tirou um pacotinho, entregando-o a João. Ele arregalou os olhos e agradeceu com voz enrolada. Achando que já era tempo de avançar o sinal, Xisto disse:

— Se você estiver precisando de dinheiro, talvez eu possa lhe emprestar algum, se sua mulher for boazinha.

Tuba entrou na conversa:

— Essa aí não tem jeito. Já propus que ela trabalhasse aqui no bar, e ofereci um bom dinheiro. Nada.

— Sempre se pode dar um jeito. Vou a Paraty e volto lá pelas oito horas. Peça ao João para trazer sua mulher para conversar comigo.

— Vai ser difícil convencê-la a vir. Ela também está brigada com o João.

— Diz pra ela que eu achei ela muito bonita e quero oferecer um emprego de vendedora em minha butique em Angra.

— Sério? — Perguntou Tuba.

— Escuta, cara, você não quer receber sua grana? Traz a mulher pra cá.

> *Será que a felicidade é mais fácil de encontrar nas pequenas cidades? Será que a vida agitada das metrópoles distrai sua atenção, bloqueia o diálogo com seu mundo interior?*

CAPÍTULO 11

Os pescadores

Depois de ficar por mais de duas horas sentado em frente à janela, olhando para o mar, Carlos resolveu dar uma volta pela região. Um pressentimento lhe dizia que iria encontrar, naquela praia quase deserta, um objetivo para sua vida. Carlos levantou-se e saiu para a praia, curioso para visitar a colônia de pescadores. Flor dissera que o pessoal da colônia vivia feliz da vida, em paz com a natureza. Carlos queria ver para crer. Como podiam ser felizes, tendo que trabalhar duro para garantir o pão dos filhos com um peixe cada vez mais escasso? Queria ver com seus próprios olhos. *Quem sabe, se fosse verdade, podia aprender esse truque. Se todas as pessoas fossem tão interessantes como Mãe Maria, sobre quem Flor tanto lhe falara...*

A mudança de ares já estava produzindo seus efeitos. Carlos caminhou até o fim da praia, barriga contraída, ombros abertos, cabeça alta, olhos para o amanhã. Postura de quem sente o destino ao seu alcance, de quem ainda tem esperanças na vida. Aquele jeito de andar lhe lembrava os bons tempos de juventude, seu período de serviço militar. Agora, sentia-se diferente, com um pressentimento de que iria deixar para trás a vida chata de aposentado, profissão de esperar a morte. Será que isso era apenas uma esperança vazia? Não. Sentia que aquela mudança de ares iria lhe fazer bem.

Carlos parou, olhando o mar, enfeitiçado pela tranquilidade do momento, silêncio só quebrado pelo ruído suave das ondas bem-comportadas que lambiam as areias. Ao longe, barcos de pescadores, mais longe ainda, um veleiro, com suas velas brancas emolduradas contra o céu azul brilhante. Voltando o rosto em direção à outra extremidade da praia, via o caminho branco de areia, caminho de paz, impossível na cidade grande. Olhou para trás. Seus olhos, atraídos como se por ímã, fixaram-se na casa.

Mas Carlos não via a pousada; os olhos do coração queriam ver a flor do lugar. Imediatamente reafirmou para si mesmo que aquela seria apenas uma aventura; nada de caso sério. Achava que estava vacinado contra o amor. Coisa impossível.

Vida é como baile. Em lugarejo pequeno, toca valsa dolente, em cidade grande, rock pauleira. O pessoal do interior, sem as pressões e estresses da vida agitada das grandes cidades, é amigável e acolhedor, e Carlos esperava encontrar gente simples, descomplicada, e pretendia fazer amigos entre os pescadores.

Chegando perto do outro extremo da praia, deu de cara com um mulato alto e forte.

— Bom dia. Estou passando uns dias na pousada da dona Flor e...

— Pode imbora, cara, não queremo vendê nossas casa, não. Não adianta insisti, não.

Isso lhe foi dito com olhar ameaçador. Mesmo cheirando a peixe, o cara parecia mais bandido do que pescador. Definitivamente, Carlos não esperava aquela recepção tão "calorosa".

— Deve haver um mal-entendido, não estou pretendendo comprar nada. E, mesmo que vocês quisessem vender, não estaria interessado.

— Que qui cê tá fazeno aqui?

Carlos, pavio curto, respondeu também com voz agressiva:

— A praia é pública. Eu não tenho que te dar satisfações.

Um homem que ouvia a conversa se aproximou:

— Eu sou o Onça, amigo. O senhor não precisa se aborrecer com o Chicão. Ele é assim mesmo, meio desconfiado.

Chicão foi saindo, resmungando seu mau humor. Carlos perguntou, sem disfarçar a raiva:

— Por que ele acha que quero comprar a casa dele?

— Tem um empresário querendo tomar nossa terra, fazendo pressão em cima da gente. Por isso, amigo, qualquer estranho andando por nossas bandas é suspeito.

Já mais calmo, Carlos falou:

— Bem, qual o problema? O cara quer comprar, vocês não querem vender. Ninguém pode obrigá-los a nada.

— A coisa não é tão simples assim, amigo. Antes fosse. Ele está nos ameaçando. Viu a braveza do Chicão? Se o senhor não tem nada com isso, seja bem-vindo à nossa colônia. A turma aqui é de paz.

— Vim para descansar na praia. Não sei nada desse negócio das terras.

— Fica o dito pelo não dito. Chicão não queria ofender. Esta vida é muito curta pra tanta briga. Deus não botou o homem no mundo pra brigar.

— É, mas parece que viemos com defeito de fábrica — disse Carlos.

Onça era branco com a pele queimada de sol, olhos azuis bem claros. Um tipo completamente diferente das outras pessoas que viviam naquela colônia.

— Já que o amigo está nos visitando, que tal tomar uma branquinha lá no meu barraco? — disse Onça.

No caminho, eles encontram uma mulher velha, que Onça cumprimentou efusivamente.

— Boa-tarde, Mãe Maria, quero lhe apresentar seu Carlos, que veio passar uns dias na pensão da dona Flor — disse Onça.

— Seja bem-vindo. É sempre um prazer receber uma visita nova.

— Mãe Maria? Dona Flor me falou muito da senhora.

— Estamos indo para o meu barraco — disse Onça — pra apagar a má impressão do amigo aqui com os maus modos do Chicão. Ofereci uma branquinha pra visita.

E, virando-se para Carlos, disse:

— O amigo já está conhecendo a pessoa mais importante da colônia logo na primeira visita. Mãe Maria toma conta do nosso terreiro, e vem muita gente de fora pra falar com ela. Dá lições fantásticas pra quem tem bom ouvido e quer aprender. Muita gente a chama, carinhosamente, de bruxa.

— Bruxa? — Carlos lembrou-se que essa fora sua primeira impressão ao vê-la, talvez pela feia cicatriz de queimadura em seu rosto. — Sempre ouvi dizer que isso é coisa ruim.

— Não no caso de Mãe Maria, amigo — disse Onça. — Todo mundo gosta dela na colônia. É vidente, adivinha as coisas. Vê a vida, vê o futuro da gente e sabe dar conselhos.

E, falando carinhosamente, acrescentou:

— Mãe Maria é minha mãe.

Mãe Maria olhou diretamente para Carlos e, parecendo intuir não ser ele um simples visitante, abriu um largo sorriso e disse:

— A turma daqui da colônia é simples, mas o senhor vai ver que é gente boa. Não se importe com o Chicão, ele é um touro bravo. Não aprendeu a ser feliz. Mas não desanimei e, se Deus quiser, um dia ele aprende. Com ele, estou falhando como mãe, mas, graças a Deus, acertei com o Onça.

No momento mesmo em que disse isso, duas senhoras com roupas de cidade apareceram na porta de sua casa, acompanhadas por um rapaz de terno e gravata que devia ser motorista. A fama de Mãe Maria já se esticara até o Rio e São Paulo, e muita gente vinha para se consultar com ela. Carlos despediu-se de Mãe Maria, prometendo voltar, e andou uns poucos passos mais, até o barraco do Onça. Barraco simples. Onça parecia morar sozinho. Tinha um único cômodo com uma cama de solteiro, um fogão a gás, uma mesa de madeira rústica e quatro caixotes que serviam de cadeira. No fundo, uma espécie de altar, com figuras de santos católicos e da umbanda.

Enquanto Onça buscava os copos e a garrafa, Carlos falou:

— Me explica melhor essa história das terras dos pescadores.

Onça, bom falador, apressou-se logo em dar uma explicação detalhada:

— Amigo, o senhor pode ver que esta praia é muito bonita. Alguns empresários querem fazer um loteamento, coisa pra gente rica, e acham que a colônia de pescadores desvaloriza a área. Eles compraram a praia do outro lado e querem também a nossa. Não querem barracos por perto.

— Se vocês não querem vender, qual o problema?

— O amigo não conhece a gente com quem estamos tratando. Mandaram uns jagunços pra ameaçar nosso pessoal, dizendo que quem não quiser vender vai sair à força. Querem nos expulsar daqui de qualquer jeito.

— Mas vocês têm seus direitos. Eles não podem fazer isso com os moradores.

— Isso para eles é detalhe, amigo. Acham que tudo se compra com grana. Na verdade, nem dinheiro querem gastar. O que oferecem não dá pra gente arranjar outro lugar perto da praia pra morar. Você sabe, nós somos pescadores, precisamos estar perto do mar.

— Bem, se tentarem tirar vocês à força, podem chamar a polícia.

— Errado, amigo. Desde quando polícia dá razão a pobre? Polícia? Quem protege pobre é Deus.

— Considerando quantas injustiças existem no mundo, não vou dizer que vocês estejam errados — disse Carlos. — Mas também ninguém pode forçar um grupo de umas duzentas pessoas a vender suas posses. Existe um limite para tudo.

A conversa foi se esticando. Era muito fácil gostar de Onça, uma pessoa sincera, sem complicações, completamente diferente de alguns sofisticados chatos de cidade grande. Mudaram de assunto e começaram a falar de ecologia. Carlos pôde perceber que Onça era uma pessoa inteligente, com ideias interessantes.

Já conversavam por quase uma hora, quando Carlos olhou para o lado e viu as visitas saindo da casa de Mãe Maria:

— Dona Flor gosta muito de Mãe Maria — disse Carlos —, me falou muito bem dela. Parece que tem muita gente que a procura buscando conselho.

— E quem não gosta? Mãe Maria joga búzios, interpreta as cartas e lê sua mão. É muito boa nisso e acerta coisas incríveis. O amigo tem que ter cuidado quando estiver perto dela. Ela adivinha tudo.

E, dando uma risada matreira, completou:

— Ela é bruxa mesmo.

— Esse negócio de cartas, búzios, isso funciona?

— Amigo, depende de quem joga. Com Mãe Maria, funciona. E ela também dá conselhos. Pode perguntar a muita gente que já foi ajudado por ela. Quase todos aqui da colônia.

— Já ouvi falar que algumas pessoas têm o dom de adivinhar coisas de sua vida, mas nunca acreditei muito nisso — disse Carlos.

— Se você tiver curioso, podemos falar com Mãe Maria, agora que suas visitas saíram.

— Então vamos lá — disse Carlos, que esperava apenas essa deixa.

Naquele dia, Mãe Maria não pôde atender Carlos, pois esperava outros clientes. Mas prometeu atendê-lo no dia seguinte. Na despedida, ainda deu-lhe um toque:

— Você está mesmo precisando. Tantas nuvens negras se acumulando. Para sua sorte, o Zeca também quer ajudar você.

Então o Zeca, aquele velho misterioso, já falara na colônia sobre ele? Carlos estava duplamente curioso.

> *T*em gente que não acredita no diabo, até encontrá-lo pessoalmente. A Igreja Católica, com conhecimentos acumulados através de séculos, acredita e tem padres treinados para o exorcismo.

CAPÍTULO 12

O homem-bicho

Quando Xisto voltou, Clorinda o esperava. Ela tinha caprichado no visual para impressionar seu novo patrão. Tuba colocou uma mesinha no canto, e os dois se sentaram. João não estava presente, Tuba lhe pedira que se mandasse, não aparecesse lá aquela noite.

— Você quer beber alguma coisa? — perguntou Xisto.
— Não, obrigada — respondeu Clorinda.
— Toma pelo menos uma Coca-Cola — insistiu.
Sem esperar resposta, Xisto virou-se para Tuba e disse:
— Traga uma Coca para Clorinda e uma cerveja para mim.
— Eu estava mesmo procurando emprego — disse Clorinda.
— Não tenho experiência de vendedora, mas prometo que vou aprender rápido. Sempre fui boa aluna.

Clorinda, tímida, mas animada como um peixe que vê a isca e não vê o anzol, perguntou a Xisto como era a butique, onde ficava, quando começaria a trabalhar. Falando sobre a loja inexistente, ele aproveitou um descuido de Clorinda para colocar um pozinho especial em seu copo. Ela foi ficando alegre e desinibida. De repente, ficou tonta.

Com a ajuda de Tuba, Xisto levou-a para um quarto no segundo andar. Tuba saiu, e Xisto trancou a porta por dentro. Clorinda, estimulada pelo preparado especial, estava afogueada. Parecia achar que Xisto era seu marido, pois o chamava de João. Abraçava e beijava Xisto ardorosamente. Tiveram uma noite de amor tórrido. Depois de muitas horas, ela adormeceu cansada, e Xisto, satisfeito com sua aventura, também.

No dia seguinte, quando acordou, Clorinda olhava para Xisto sem saber o que havia acontecido. Começou a chorar. Xisto tirou um dinheiro da carteira e deixou na mesinha de cabeceira. Quando abriu a porta, Tuba, provavelmente atraído pelo choro, entrou e, vendo as notas sobre a mesinha, pegou-as e colocou no bolso:

— Isso é para abater parte da dívida de seu marido.

— Eu vou contar pro João — disse Clorinda.

— Contar pro João que você dormiu com outro? — disse Tuba com um sorriso debochado. — Seria até engraçado se aquele bêbado se incomodasse com isso.

Clorinda estava desesperada. Xisto olhou para ela com um sorriso irônico e disse:

— Você acha que ele não sabe, queridinha? Mulher de bêbado e drogado tem que ser puta mesmo. Quero lhe dar parabéns, porque você é uma ótima profissional. Me diverti bastante e pretendo voltar.

Clorinda não conseguiu responder. Chorava copiosamente.

Xisto voltou dois dias depois. Havia avisado Tuba por telefone e pedido que ele convocasse Clorinda.

— Agora ela é habituê, seu Xisto. O senhor me fez um favor. Quando ela foi se queixar ao João, ele exigiu que ela me obedecesse. Disse até que eu tinha ameaçado matar ele.

Foi a última vez que Xisto dormiu com Clorinda. Ela estava completamente diferente. Como não conseguiu que ela bebesse nada, não pôde estimulá-la com sua poçãozinha do amor. Nada do ardor da primeira noite. Um sexo mecânico; melhor trepar com uma boneca. Clorinda era uma pessoa que parecia ter passado por uma cirurgia para extirpar a alma.

> *O homem moderno está acostumado ao vício. Vício de ter, vício de poder, vício de beber, vício de cheirar, e só o caminho espiritual pode trazer a sua libertação.*

CAPÍTULO 13

Assassino

João tinha virado um problema. Não tendo mais crédito com Tuba, sempre que Xisto chegava ao bar, vinha lhe pedir algumas amostras. Xisto lhe dava, mas ele queria sempre mais. Um dia, fez o que não devia. Xisto sempre variava de carro, todos alugados, e, nesse dia, estava com uma Mitsubishi Pajero. João se escondeu atrás do banco traseiro, e Xisto só o descobriu quando estacionou em frente à sua casa em Angra. Chovia muito nessa noite. Os trovões ensurdeciam os ouvidos, e os raios iluminavam a noite. Pulando para fora da toca, João falou:

— Agora eu sei onde o doutor mora.

Aquela aparição alarmou Xisto. Molhado pela forte chuva, com muita raiva de João, raiva que não deixou transparecer, Xisto perguntou:

— O que você quer de mim?

— O doutor não precisa se preocupar. Quero uma grana toda semana e umas amostras. Com isso, prometo não contar a ninguém onde o doutor mora.

Xisto ficou em silêncio por uns minutos:

— Tudo bem. O dinheiro, posso dar agora, mas as amostras só amanhã. Estou voltando das entregas, e não sobrou nada. Amanhã vou receber nova remessa.

— Papo furado, doutor. O senhor deve ter algum em casa.

— Não estou mentindo quanto ao material. Mas vou lhe dar dinheiro. Com ele, você pode comprar umas cachaças.

— Fechado, mas amanhã eu volto.

— Volta de noite, bem tarde. Durante o dia não vou estar em casa.

Xisto tirou a carteira do bolso e deu-lhe todo o dinheiro que tinha. Mesmo no escuro da noite, podia ver os olhos de João brilhando. Enquanto contava as notas, Xisto pensava. *Será que o grande Xisto podia se deixar chantagear por um merda qualquer?* Isso doía mais do que o dinheiro que perdia. Sacou seu Taurus 32 e deu um tiro à queima-roupa, abrindo um terceiro olho na testa de João. *É isso aí, ninguém chantageia Xisto. Nunca, jamais.*

Era meia-noite. O barulho do tiro mesclou-se ao barulho dos trovões. A casa de Xisto ficava em uma rua tranquila, com muitos lotes vazios e poucas residências. Ele pegou as notas das mãos do corpo e as colocou de volta em sua carteira, Em seguida, puxou o cadáver para o jardim, escondendo-o atrás de uma moita de azáleas. Ainda ficou um tempo olhando, perto da porta de entrada, esperando para ver se o tiro atraíra a atenção de alguém. Tudo quieto, somente os raios e trovões agitavam o ambiente.

Xisto entrou em casa, pegou um saco plástico preto bem grande, usado para lixo, envolveu metade do corpo de João, deixando de fora apenas as pernas, e amarrou o saco na cintura, com uma corda. *Quanta ironia! Para lixo, nada melhor que saco de lixo.*

Colocou o corpo dentro do carro e dirigiu até um matagal na saída de Angra. Lá chegando, andou alguns metros, embrenhando-se no mato, arrastando o corpo, que deixou escondido em uma cova rasa, coberta com uns galhos de árvore. Voltou para casa assobiando, alegre. Como a rua continuava sem movimento, ele pegou um balde com água e acabou de limpar os restos de sangue e cérebro que ainda não tinham sido levados pela chuva. Serviço perfeito.

Depois de tudo resolvido, Xisto foi deitar-se tranquilo, pensando, sabendo que tinha se safado de um grande problema. Ele nunca havia matado ninguém até esse dia. Mas achou a sensação do perigo, a liberação de adrenalina, uma coisa fantástica. Gostou! Adorou! Sempre que tivesse uma oportunidade, iria se livrar de seus inimigos pessoalmente. Um escroque virado assassino. Mais alguns degraus na escada do inferno.

Foi quando Xisto se lembrou de Clorinda. *Ele havia feito um bem para ela. Deveria lhe agradecer, pensou, por havê-la livrado daquele bêbado. Pena que ela nunca saberia quem fora seu benfeitor. Tuba, esse sim, parecia ser um parceiro confiável. Quem sabe poderia envolvê-lo na compra das terras dos pescadores que moravam na colônia? Já vinha tentando botar as mãos naquelas propriedades havia alguns meses, e, não conseguindo convencer os pescadores a vendê-las baratinho, tinha que mudar de tática. Deveria contratar a ajuda de Tuba?*

Na próxima visita que fez a Tuba, Xisto resolveu sondá-lo.

— Tuba, nunca mais vi o João por aqui. O que aconteceu com ele?

— Sumiu, seu Xisto. Deixou a Clorinda e sua filha sem nem um adeus. A Clorinda acha que ele fugiu, arranjou uma carona de volta pra Pernambuco. Nunca mais teve notícias dele.

— Nem mesmo uma carta?

— Nada. O João não prestava mesmo.

— Clorinda continua trabalhando pra você?

— Desde que o marido foi embora, ela não vai mais pra cama com os clientes. Só ia porque o João obrigava. Deixei ela ficar como cozinheira. É boa nisso, os quitutes dela são bem gostosos.

— Ela ainda está bonita?

— Que nada, parece que faz tudo para parecer feia. Raspou o cabelo e só anda mal-arrumada, cheirando a alho e cebola. Usa uns vestidos espanta-homem, sempre sujos de comida.

— Ela poderia ser ótima na cama, se gostasse de trepar.

Xisto lembrou-se da primeira noite, e sentiu vontade de repeti-la. *Qual seria a reação dela se ele lhe contasse que a livrara daquele marido imbecil? Mas não fez isso. O homem morre é pela boca.*

— Agora ela não bebe nem Coca — disse Tuba — para não se arriscar a engolir outra coisa junto, como aquela que o senhor colocou.

Xisto andou até a porta do bar, parou, virou-se para Tuba e falou:

— Tuba, você se relaciona com a turma de caiçaras que moram aqui perto?

— Claro, nasci e fui criado na colônia.

— Você é dono de alguma terra por lá?

— Não, meu pai trocou sua posse por este pedaço aqui, perto da estrada. Pro negócio, é melhor estar aqui. Mais visível.

— Você sabe se os pescadores gostariam de vender suas posses?

— Ouvi dizer que tem um advogado oferecendo um dinheiro pra eles, mas é muito pouco, e eles não querem vender.

Xisto não queria que Tuba soubesse que o advogado trabalhava para ele.

— Eu conheço o empresário que quer as terras. Podemos ganhar uma grana preta, se o ajudarmos a convencer os pescadores.

— Vai ser muito difícil, seu Xisto.

— Difícil, mas não impossível. Com uma pressãozinha, eles vendem. Temos que jogar pesado. Um barraco queimado, quem sabe? Isso sempre intimida.

Tuba pensou um pouco, coçou a cabeça e disse:

— Quanto eu vou levar nisso, doutor?

— Muita grana. Muita grana mesmo. Aquela praia é muito bonita. Ali pode ser feito um loteamento para milionários de São Paulo. Nós vamos ficar muito ricos se ajudarmos a resolver esse probleminha com os pescadores.

Tuba não pensou muito:

— Topo. O que tenho que fazer? Quando posso começar?

— Meu advogado já fez umas ameaças, mas temos que apertar os parafusos. Diga a eles que uns caras armados e mal-encarados estiveram bebendo por aqui. Um, já bem mamado, falou que, se os pescadores não vendessem suas posses, eles iriam se dar muito mal. Diz que falou até em morte.

— Só isso?

— Por enquanto, sim. Mas vamos ter que concretizar algumas ameaças e vamos precisar de ajuda. É uma pena o João ter se mandado. Ele poderia ser útil.

— Era um bom sujeito, mas, depois que caiu na bebida, não servia pra coisa alguma. Fez bem em se mandar pra Pernambuco.

— Quem você poderia contratar?

— Acho que o Chicão topa. Ele é meu amigo e está sempre precisando de grana. É pescador, mas não tem amigos na colônia.

— Muito bem, sonde o sujeito, e conversamos outro dia. Tem muita grana nisso.

— Tá cantando minha música, seu Xisto.

— Mas tem o seguinte: a coisa é pra valer — disse Xisto. — Você já matou alguém?

Tuba olhou para o alto, pensou um pouco antes de falar:

— Não sou nenhum santo, seu Xisto. Minha vida sempre foi dura. Já tive que matar mais de um, sim. Mas não é uma coisa que faço gostando. Só se for preciso.

— Tem muita grana nesse negócio. Com essa grana, você pode comprar casa, carro e iate. Para isso, vamos ter que fazer muita coisa que a gente não gosta.

— A vida é assim mesmo, eu sei.

— Só os espertos podem ter tudo. Você acha que o Chicão é decidido como você?

— Vou conversar com ele. Sei que gosta muito de dinheiro.

— Então, vai escolhendo sua casa, carro e lancha. Só acho que deverá arranjar outra praia, bem longe daqui. Cabo Frio é um bom lugar para morar.

— Tem umas prainhas lindas aqui na baía mesmo, seu Xisto. Já sei onde vou escolher. Até poderia levar a Clorinda comigo, mas acho que ela trancou a xoxota e não quer mais nada com homem — disse, rindo.

— Mulher não presta mesmo. Com dinheiro, você arranja quantas quiser.

* * *

No terreiro de Mãe Maria, o jarro de cristal, presente caro de uma cliente agradecida, que ela colocara no altar, rachou com um barulho agudo. *Coisa ruim, muito ruim, no ar.*

> *Deus manda sinais ao ser humano. Infelizmente, nem todos prestam atenção.*

CAPÍTULO 14

Sábios conselhos

Carlos passeava despreocupado pela praia, olhando a paisagem, pensando em Flor. O sudoeste começou a soprar, ainda suavemente. Carlos vira-se e vê Zeca ao seu lado:

— Estranho! Nem percebi sua chegada.

— O moço não é muito percebedor. Também não é de prestá tenção nas ensinação da vida.

— Você disse que a vida ia ficar agitada, mas está tudo tranquilo. A pousada é bem calma.

— A calmação vai de acabar, moço. O vento vai dá de soprar zunino.

— Minha vida está mesmo precisando de algum movimento. Esta pasmaceira de aposentado está me deixando louco.

— Desassossegamento. É isso que o moço qué? Depois não dá de reclamar.

Zeca mostrava preocupação em sua fisionomia. O céu se cobriu de nuvens escuras, o sudoeste começou a soprar mais forte, pingos grossos começaram a cair. Carlos resolveu voltar para a pousada. Virou-se para se despedir de Zeca, mas ele já havia desaparecido.

O dia amanheceu glorioso. Sentado em frente à janela, com seu laptop ligado, Carlos jogava paciência e olhava o mar, sem conseguir tirar da cabeça seu encontro com Zeca na tarde anterior.

Resolveu sair e procurá-lo para esticar a conversa. Andou por uns trezentos metros pela estradinha de terra que ligava a pousada à Rio-Santos e, no local do primeiro encontro com Zeca, desviou-se para a direita, seguindo uma trilha que o levou até o cemitério, modesto, pobre, em que somente as cruzes de madeira, pintadas de branco e fincadas no chão, indicavam se tratar de um refúgio de mortos. No meio das covas, um casebre. Que esquisito! Um casebre bem no meio do cemitério!

Carlos atravessou todo o espaço até o barraco, desviando seus passos para não pisar na terra em frente às cruzes, e encontrou Zeca esperando-o na porta.

Zeca sorriu para ele e fez sinal para que entrasse. Dentro, dois banquinhos, nada mais. Estranho! Nem mesmo uma cama, nem mesmo um fogão. Zeca sentou-se em frente à janela e indicou o outro banquinho, um caixote, para Carlos. Até então, nenhuma palavra tinha sido trocada. Zeca o recebeu com um gesto de boas-vindas e, sentado de frente para Carlos, fechou os olhos, concentrando-se. Um aroma de flores silvestres o invadiu. Carlos se tranquilizou. Uma calma, um sentimento de paz, de segurança espalhavam-se pelo seu corpo, por sua mente, por sua alma.

Depois de uns cinco minutos, Zeca abriu os olhos. Olhava em direção a Carlos, mas seu olhar parecia passar através dele, chegando ao infinito. Ficou mais uns minutos calado, antes de começar a falar.

— O moço vem de viver um sustão.

Zeca fez uma pausa. Carlos ouviu uma voz de mulher:

— Sim, um acidente grave. Uma mulher chorando, um menino. Morte... Não... quase.

Carlos se espantou com a voz feminina. Tinha certeza de que estava sozinho com Zeca. Viu um vulto de mulher ao lado de Zeca, com sua mão direita apoiada em seu ombro. Velha, bem velha, conseguindo parecer ainda mais velha que o próprio Zeca. Seu corpo era branco, vaporoso, como se formado por uma nuvem. Não parecia ser um corpo material. De repente, aquela nuvem parecia se iluminar. O vulto ganhava cores, luzes multicolores, fortes, que atingiram os olhos de Carlos e o forçaram a fechá-los. Zeca apresentou-a a Carlos, chamando-a de Mama Estela.

Como Zeca e aquele ser luminoso poderiam saber de seu acidente? Ele já ouvira falar em pessoas com esse poder, mas nunca acreditara nessas coisas. Esta era sua primeira experiência pessoal. Bruxaria?

A voz continuou:

— Esse acidente veio para mudar sua vida. Diria que vai, com a graça de Deus, causar uma profunda transformação. Foi um aviso dos céus.

— Alguém já me disse isso — respondeu Carlos, agora mais calmo. — Será que, em vez de usar o desastre, Deus não poderia ter me informado de um modo mais delicado? — perguntou Carlos, que, mesmo calmo, não conseguia disfarçar certo receio na voz.

Foi Zeca quem respondeu:

— Moço, Deus sempre manda sua ensinação. Os barulhos do mundo, às vezes, não são de deixar o home ouvir.

A voz feminina completou:

— Deus sinaliza sempre que estamos no caminho errado. Os primeiros avisos são gentis, pequenos sinais para os quais você deve estar atento.

— O que devo fazer? Como reconhecer os sinais de Deus? — perguntou Carlos, de olhos fechados.

— Infelizmente, as pessoas nem sempre estão atentas — disse Mama Estela. — Se estes pequenos sinais não surtirem efeito, Deus vai aumentando a dose para chamar sua atenção. Se você não acorda, vem paulada forte. Esse seu acidente. Não pode haver indicação mais clara de que você deve procurar um novo rumo, para evitar novos problemas, outros avisos mais fortes ainda.

— Chega de aviso. Agora vou me cuidar.

— Carece mesmo. O moço tá bem pertinho duma encruzilhada da vida. Precipício pra todo lado — disse Zeca.

— Será que ainda posso ser feliz? — perguntou Carlos.

A resposta veio da voz:

— Qualquer pessoa pode ser feliz, se souber escolher bem seu caminho, se souber ouvir a voz de Deus.

Carlos, agora já mais acostumado à estranha situação, tinha a cabeça fervilhando de perguntas:

— Por que algumas pessoas sofrem tanto, e outras conseguem ser felizes sem fazer esforço algum?

— Você vive cada vida para aprender, para crescer, para se transformar em um homem melhor. Jesus Cristo já dizia que todos nós, não somente ele, somos filhos de Deus. Para que a gente possa assumir essa condição, temos que crescer, aprender com a vida. E precisamos de muitas lições, muitas vidas. Em cada uma aprendemos um pouco. Se não... repetimos o ano.

— E essa encruzilhada?

— Está perto, muito perto de você. Quando chegar a hora, escolha com cuidado.

— Estou passando por uma fase muito ruim de minha vida.

— Você pode, deve, mudar sua vida, escolher o caminho certo.

Carlos aguardou uns instantes antes de perguntar:

— Bem. O que devo fazer?

— Ser feliz só depende de você. Você está perto dessa encruzilhada importante, crucial. Só posso dar alguns conselhos e desejar boa sorte.

Carlos estava querendo saber mais, Antes que formulasse nova pergunta, a voz voltou a se manifestar:

— Obstáculos, conflitos, atentados contra sua vida. Você vai passar por um período difícil. Seu acidente foi só uma amostra. Vem coisa muito pior por aí.

Carlos se agitou. Falou em um tom de voz preocupado:

— Pior que o acidente? Pelo amor de Deus, diga-me o que devo fazer?

— Você pode vencer seus obstáculos, suas provações. Eles estão no seu caminho para forçar você a crescer. Reze, busque seu centro. Você já encontrou seu adversário, e ele é terrível.

— Meu adversário? Quem é ele?

A pergunta ficou sem resposta. Carlos abriu os olhos e viu o vulto ao lado de Zeca se esfumaçar e subir aos céus. Carlos ainda tinha muitas perguntas para fazer, mas sentiu que o encontro chegara ao fim. Poderia esclarecer suas dúvidas em outra ocasião. Agora estava sozinho com Zeca, que olhava para ele com seus profundos olhos verdes. Parecia que, com seu olhar, o abençoava. Os dois ainda continuaram em silêncio por vários minutos.

Carlos sentiu que a conversa estava terminada. O sol já sumira no horizonte, mas ele continuava sentado no banquinho, pensativo, como se estivesse em transe. Foi chamado à realidade por um pio de coruja e resolveu aproveitar o restinho de luz para retornar à pousada. Despediu-se de Zeca, prometendo voltar em breve.

— Gostaria de poder contar com sua ajuda — disse ele, angustiado. — Essa história de obstáculos maiores me deixa preocupado.

— O moço deve de ficar ouvindo a vida. Ela é melhor de ensinação que escola de home.

— Acho que deixei de ouvir as mensagens que recebi e estou pagando por isso. Ainda por cima, estou com medo dos obstáculos à minha frente.

— Os barrancos e muros da vida são pro bem, pro mode de forçar o moço a crescer.

— Crescer ou arrebentar — disse Carlos.

— Tem de abri os ouvidos pra ensinação da vida, moço. Nunca é tarde. Aproveita pra tirá o retardamento.

Carlos já ia se retirando, quando Zeca falou:

— Vai firme com sua sonhação de buscar ser feliz.

— E eu vou conseguir?

— A caminhação é mais importante que a chegação.

— Essa não! Não dá pra entender isso.

— Quando o moço chega, faz o quê? Tem de arranjá outra caminhação.

Carlos se levantou, despediu-se e, já saindo, virou-se para Zeca e falou, repetindo sua súplica:

— Zeca, vou precisar muito de sua ajuda.

No caminho para a pousada, foi meditando sobre tudo o que a voz e Zeca lhe falaram. *"Vem coisa pior por aí"*. Carlos estava apavorado, o que poderia ser pior do que o acidente?

Chegando à pousada, Carlos encontrou Flor, sentada em um banco, olhando distraidamente para o mar. Suas preocupações imediatamente se evaporaram, ele sentou-se ao lado dela e ficaram conversando, até que Zefa, a cozinheira, chamou para o jantar. Depois, oi sentar-se, sozinho, no banco em frente à pousada. Olhava para o mar. Não conseguia relaxar. Lutavam por espaço em sua cabeça a conversa com Zeca e seus sonhos com Flor. Desistiu de tentar entender, levantou-se, e ficou andando pela praia, olhando o mar.

> *Corra atrás de seus sonhos, mesmo os mais impossíveis, porque a corrida é a vida, o coração pulsando em seu peito. Só assim você sente que está realmente vivo.*

CAPÍTULO 15

Vida difícil

— Zeca, vou precisar muito de sua ajuda.

Essas eram as palavras que Mãe Maria tinha na mente antes de pegar no sono. Ela não estava presente na conversa de Zeca e Carlos, mas aquele apelo angustiado lhe chegara aos ouvidos no mesmo instante em que fora pronunciado. Ela sabia o quanto Carlos poderia ajudar os pescadores. Isso, se não o matassem antes. O encontro com Zeca fora importante, e Mãe Maria estava satisfeita. O fato de Zeca e Mama Estela terem conversado com Carlos era um ótimo sinal.

Esse negócio de ver o futuro podia deixar o vidente angustiado. Nem sempre ela conseguia ver a história toda. Eram imagens imprecisas, borradas pela interferência do racional. Se pelo menos ela pudesse saber como tudo acabaria! Mãe Maria gostava de ajudar as pessoas, mas, de vez em quando, bem que preferia não ter sido a escolhida para herdar o dom de Mama Estela.

O dom da visão é mais um ônus que um bônus. O ser humano, com suas atitudes certas ou erradas, pode influenciar o curso de suas vidas. Muito dependia das escolhas que o próprio indivíduo fizesse, dos caminhos que escolhesse trilhar, das decisões que tomasse nas encruzilhadas da vida.

Carlos lhe parecia perdido, desorientado. A seu favor, Mãe Maria pôde intuir seu bom caráter, sua vontade de acertar, de encontrar seu caminho. Porém, muitos anos de vida material, querendo ficar rico, querendo subir na vida, simplesmente querendo... deixaram marcas. Marcas na alma, perplexidades, incertezas. Carlos, Mãe Maria podia sentir, era um sujeito bem-intencionado, que gostava de ser útil aos outros. E poderia ajudar muito os filhos de Praia Brava. Porém, estava sendo derrotado pela vida, perdido dentro de si mesmo, e precisava, antes de mais nada, se encontrar, se conhecer melhor. Seus pensamentos eram um formigueiro atacado por enxada, formigas correndo em todas as direções.

Como se sairia no futuro, nos caminhos da vida? Tudo dependeria de suas escolhas. Conversando, envolvendo-se com a gente simples de Praia Brava, talvez ele pudesse encontrar o melhor caminho. *Esse pessoal de cidade grande vive em um mundo material, achando que a felicidade se compra com dinheiro, e somente se preocupam com o lado espiritual quando algum problema os obriga a parar e a pensar. Então se lembram de Deus, e, às vezes, é tarde. Carlos, antes de vir para Praia Brava, estava vivendo seu inferno, vivendo sem saber por quê, vivendo sem objetivos. Esse é o estágio de vida que Carlos devia vencer, antes de ser, pela vida, vencido.* Mas Mãe Maria sabia que Carlos não viera para Praia Brava por acaso, ainda que ele pudesse achar isso.

Ali, colocado por Deus, ia ajudar na guerra que estava prestes a se abater sobre os filhos do lugar.

Enquanto Mãe Maria pensava nos problemas de Carlos, o sono foi chegando. Estava quase dormindo, quando ouviu gritos.

— Mãe Maria, Mãe Maria. Depressa. Botaram fogo no barraco da Clorinda.

Mãe Maria pulou da cama, vestiu-se rapidamente e foi correndo, tão rápido quanto seu peso permitia. O fogo tinha feito seu estrago, destruído tudo, completamente. O lugar já estava cheio de gente; a turma da colônia parecia estar toda lá. Clorinda chorava. Quando viu Mãe Maria, correu para ela e abraçou-a, soluçando convulsivamente. Mal conseguia falar.

— Mãe Maria! — disse Clorinda, entre soluços, apontando para o barraco. — A única coisa minha de verdade.

A primeira preocupação de Mãe Maria foi saber se havia alguém ferido. Graças a Deus, não. Onça foi logo contando tudo:

— Por sorte, a filhinha da Clorinda está bem.

— Quem fez esse trabalho sujo? — perguntou um pescador que estava no grupo que olhava, sem entender, os restos queimados do barraco.

— Ninguém viu a cara dos bandidos — respondeu outro pescador. — Eles estavam encapuzados. Fugiram depois de atiçar o fogo. Eram dois.

A única coisa que Mãe Maria podia fazer era consolar Clorinda, que, abraçada a ela, continuava chorando, agora um choro baixo, desesperançado. *Coitada, tão nova e apanhando tanto da vida.*

— Viemos ao mundo para aprender — disse Mãe Maria — Recebemos nossas provações e temos que superar os obstáculos. Se você acredita nisso, os baques da vida são mais fáceis de aceitar.

— Mas está demais, Mãe Maria. Deus parece querer me castigar. Eu não entendo por quê.

— Você está passando por uma fase difícil nesta encarnação. A vida ainda vai melhorar para você.

— Por que tanta maldade no mundo, Mãe Maria?

— O homem quer muita coisa. Essa é a origem do mal. Se o homem soubesse que possuir não combina com felicidade, não haveria tanta malvadeza no mundo.

Essas palavras de Mãe Maria pareciam não consolar Clorinda. Ela era uma pessoa muito machucada pelo mundo. A seu favor, vale dizer que não perdera sua ternura. Mesmo assim, estava arrasada. A vida parecia persegui-la, batendo com palmatória se ela respondesse certo ou errado.

O pessoal foi se acalmando e começou a voltar para seus barracos. Mãe Maria chamou Clorinda para dormir em sua casa. Já mais conformada, ela parou de chorar. As duas voltaram para o barraco de Mãe Maria, Clorinda levando com ela sua filhinha, tentando aproveitar o resto de noite. Mas não conseguiram dormir.

Mãe Maria ficou pensando no incêndio, até que o sol apareceu. *O empresário que queria expulsar os pescadores estava por trás daquele crime, quanto a isso não tinha dúvida. Quem o estaria ajudando?* Mãe Maria tinha uma desconfiança, que tentava não deixar chegar à sua mente. *Será que o Chicão, aquele bebê que ela criara, que ela mesma ajudara a crescer, estaria metido com esses bandidos?* No fundo, Mãe Maria não queria admitir isso, mas sabia. *Precisava levar uma conversa séria com ele.*

Carlos veio visitar a colônia no dia seguinte. Quando chegou, o ambiente ainda estava tenso da noite anterior. O pessoal, desolado. Onça foi logo contando para Carlos do incêndio do barraco.

— Tem alguém ferido? — perguntou Carlos.

— Ainda bem que não tinha gente em casa. Clorinda trabalha no Bar das Meninas Alegres. Por sorte, sua filhinha estava na vizinha. Ela sempre dorme em casa, mas estava gripada, e Clorinda pediu a dona Chiquinha pra ela ficar lá. Se estivesse no barraco, poderia ter morrido.

Onça fez uma pausa para dar alô para um amigo e acrescentou:

— Clorinda luta com dificuldade para criar sua filhinha. Apesar de ser jovem, perdeu o marido, e tem que dar duro pra sobreviver. É uma ótima pessoa. Todos aqui gostam dela. O marido também não valia nada. Já foi embora tarde. Se ficasse por aqui, alguém ia acabar matando ele. Só dava trabalho pra ela.

Onça gostava de falar muito, mas Carlos o interrompeu.

— O que eu posso fazer para ajudar?

Chicão, como sempre com cara de poucos amigos, foi logo enfiando sua colher onde não era chamado:

— O sinhô pode desaparecê. Toda vez qui aparece, as desgraça começa a acontecê.

Carlos ficou tenso, mas fingiu que não era com ele. Continuou a conversa com Onça.

— Alguém viu quando o incêndio começou?

— A gente viu dois mascarados ateando fogo e fugindo — disse Onça — O barraco era de madeira e queimou muito depressa. Não deu pra salvar nada.

Novamente Chicão soltou outro palpite infeliz:

— Será qui um deles tinha a mesma artura do doutô aqui?

Carlos ficou vermelho e não se conteve:

— Olha aqui, seu filho da puta, vai à merda, que não estou falando com você.

Disse isso e partiu com os punhos cerrados em direção a Chicão. Foi impedido por Onça. Chicão ficou verde. A reação de Carlos foi tão violenta, que Chicão engoliu em seco e se retirou. Caiu fora rápido. Quem fala o que não deve, cala quando não quer. Mãe Maria entrou no papo, tentando desanuviar o ambiente:

— O mundo é assim mesmo, cheio de problemas. Só vamos poder sonhar com justiça quando a humanidade ganhar mais consciência. Bem mais!

— Posso até concordar com a senhora — disse Carlos. — Porém, isso não vai me impedir de lutar para fazer justiça.

— Sonhos! O homem se alimenta de sonhos. Sem eles, não existe vida.

— A senhora acha que estou errado?

— Não! Corra atrás de seus sonhos, mesmo os mais impossíveis, porque a corrida é a vida, o coração pulsando em seu peito. Só assim você sente que está realmente vivo.

— Eu tenho que lutar contra as injustiças. É meu jeito. E não quero mudar.

— Eu admiro pessoas assim — disse Mãe Maria. — Já lutei muito. Com a experiência que ganhei da vida, hoje escolho minhas brigas.

Carlos continuou:

— Primeiro vamos chamar a polícia para investigar esse incêndio. Vamos agir. Temos que levar a Clorinda para registrar a queixa na delegacia.

Onça falou, desanimado:

— Vai ser difícil, amigo. Ela não vai querer. O amigo não sabe que pobre tem medo de polícia?

Carlos insistiu:

— Mas eu vou com ela, para dar força.

— Sei não, amigo, duvido que a Clorinda vá querer se envolver com a policia. Eu mesmo não sei se ela deve ir.

— Onça tem razão. Não vamos conseguir convencer a Clorinda — disse Mãe Maria.

— Podemos também falar com o prefeito, para ver se conseguimos algum apoio. As eleições estão chegando.

Onça retrucou:

— Dizem que o empresário que quer comprar nossas posses tem muita grana. O prefeito não vai ficar do nosso lado.

— Mesmo assim, acho que devemos falar com ele. Podemos ir a Angra na próxima segunda-feira.

— Nossa praia fica em Paraty, divisa com Angra, mas é Paraty.

— Bem, melhor ainda, falamos com o prefeito de Paraty. Com as eleições municipais tão próximas, podemos fazer um movimento político em defesa da colônia de Praia Grande.

E, virando-se para Onça, falou:

— Vamos ter que realizar um levantamento de todos os moradores, com o número do título de eleitor de cada um. Será que você pode fazer isso?

Mãe Maria não parecia muito animada, mas sorria satisfeita com o empenho de Carlos. *Isso confirmava sua visão, e o punha como uma peça importante na guerra que só estava no começo.*

Onça continuou:

— Amigo, você deve estar achando que sou um pessimista. Mas é que essa briga vai ser dura. Eu sei o que é ser pobre neste país.

— Partindo desse princípio —disse Carlos —, os pescadores deveriam vender logo suas posses a qualquer preço, e não reclamar. É assim que você pensa?

— Não, amigo. Quando me conhecer melhor, vai ver que também sou de luta. Mas escolho a hora e a maneira de atacar. Faço questão de ir com o amigo ao prefeito e ao delegado, mesmo não achando que isso vá resolver coisa nenhuma.

Carlos era um lutador, pensou Mãe Maria. *Aquilo era bom. Só teria que dirigir sua energia para ações mais produtivas*. Mãe Maria falou:

— Mesmo não acreditando que isso tudo dê certo, vocês podem tentar — disse Mãe Maria — ainda que não consigam resultados. São os obstáculos que nos fazem crescer na vida.

Mãe Maria sabia que o esforço seria em vão. Porém, era uma maneira de envolver Carlos. *Já que ele queria ajudar, não era bom desapontá-lo*. Com a intervenção de Mãe Maria, Onça se resolveu. Voltando-se para Carlos, falou:

— Gostei do amigo. Precisávamos mesmo de alguém de fora, trazendo novas esperanças. Estou até ficando animado.

A conversa se arrastou até a hora do almoço. Apesar do convite para comer na colônia, Carlos preferiu voltar para a pousada.

Quando Carlos saiu, Onça falou para Mãe Maria.

— Acho que ele tava com medo da nossa comida.

— Não acredito. Carlos está caidinho por Flor. Sinto cheiro de romance no ar. Acho que ele ainda não sabe dos problemas dela.

— Carlos está querendo nos ajudar — disse Onça.

— Ainda tem que aprender muita coisa. O que funciona em cidade grande não funciona em Praia Brava. O que funciona para rico não funciona para pobre.

— Carlos acha que esse cara quer as terras para fazer um loteamento em Praia Brava, e que esse projeto vai trazer mais poluição. O peixe vai ficar mais difícil de pegar.

— O homem acha que a Mãe Terra tudo suporta, mas, um dia, ela se revolta — disse Mãe Maria.

A verdade é que os caiçaras ficaram muito tempo isolados, com pouco contato com a cultura do branco. Até alguns anos, só se chegava a Paraty de barco. O intercâmbio se intensificou com a construção da Rio—Santos, na década de 70. Foi quando começou a invasão dos especuladores imobiliários, alguns sem nenhuma preocupação com o meio ambiente.

> *É tão fácil falar com Deus, mas é tão difícil ouvir sua resposta!*

CAPÍTULO 16

Se quiser falar com Deus

No dia seguinte, quando Carlos retornou à colônia, a primeira pessoa que viu foi Mãe Maria. Ficou conversando com ela, à espera da chegada de Onça, tentando beber da sabedoria de Mãe Maria.

— Tem gente que diz que pode falar com Deus. A senhora consegue?

— As pessoas se espantam quando as aconselham a falar com Deus, a buscar seus conselhos diretamente. Deus está dentro de cada um de nós, dentro e fora de cada ser humano, de cada animal, planta ou pedra, pois Ele é a totalidade.

— Todos conseguem ouvi-lo?

— Qualquer um pode, deve, falar com Deus. É só entrar em relaxamento profundo.

— Como? — perguntou Carlos.

Nesse momento, Onça entrou. Ainda estava sem almoço:

— Amigo, já fiz o levantamento que me pediu.

— Fiquei curioso — disse Carlos, ainda olhando para Mãe Maria. — Eu queria poder continuar essa conversa com a senhora.

E, virando-se para Onça, disse:

— Puxa! Você é rápido. Ágil como uma onça.

— É, amigo, mas acho que não vai gostar muito do resultado.

— Como assim?

— O número de pessoas com título de eleitor é bem menor do que você imagina. Em nossa aldeia, vivem mais de duzentos caras com idade pra votar, mas só vinte e um têm título. Alguns, nem mesmo têm carteira de identidade.

Carlos se surpreendeu, talvez começando a perceber que sua realidade era bem diferente da dos pescadores de Praia Brava. Depois de uns segundos de hesitação, falou:

— Vamos organizar uma campanha de convencimento dos moradores. Temos que providenciar carteira de identidade e título de eleitor para a turma toda. Isso vai fortalecer politicamente nossa comunidade.

Talvez outro fosse abandonar a ideia, mas Carlos não desistia fácil. Isso contava pontos a seu favor.

— E a Clorinda? Vocês falaram com ela? — perguntou Carlos.

— Amigo, falar a gente falou, mas está difícil. Ela tem medo de polícia. Já contei que ela trabalha no Bar das Meninas Alegres?

— Posso tentar convencê-la?

— Tudo bem. Ela está na casa da Chiquinha.

Carlos comentou:

— Sempre tive pena de mulher de vida fácil. A mais antiga profissão do mundo, e também a mais difícil.

Aquela observação pareceu atingir Onça.

— Amigo, Clorinda não trabalha mais na vida. Ela foi jogada nessa gelada com um golpe sujo. Botaram coisa na bebida dela. Depois, vieram as ameaças do marido. Graças a Deus, ele se mandou pra Recife. Aí, Clorinda parou.

— Parou de repente?

— É. Ela nunca quis essa vida. Mãe Maria também ajudou, deu conselhos, deu força pra ela. Clorinda é uma pessoa muito especial, amigo.

— É — disse Carlos. — Mudar de vida é muito difícil. Mostra que ela é mesmo diferente.

— Clorinda é uma mulher de fibra, uma pessoa fantástica — falou Onça, com emoção na voz.

Onça parecia caidinho por Clorinda. Talvez nem ele mesmo ainda soubesse, mas era clara sua atração por ela. Onça fez questão de explicar mais, valorizando-a:

— Amigo, Clorinda trabalha na cozinha do bar, de meio-dia até altas horas da madrugada. Trabalha como uma escrava, para pagar a comida da filha. Está louca para conseguir outro emprego, mas tá difícil.

Mãe Maria acompanhou Carlos e Onça ao barraco que Clorinda construíra com painéis de madeirit sobre as cinzas da sua antiga casa. No caminho, comentou com Carlos:

— A vida não estava fácil para ela. Se a gente soubesse que as provações que Deus manda para nós são ajudas para o crescimento, a vida seria menos amarga, mais fácil de ser aceita.

Ao chegar, encontraram-na chorando baixinho. Mesmo com os cabelos desgrenhados, cortados bem curtos e sem capricho, dava para perceber que Clorinda era bonita. Não usava nenhuma pintura. Parecia fazer força para não ser atraente, coisa importante para quem queria ser somente cozinheira em puteiro. Mesmo assim, parecia ser uma pessoa especial. Depois de apresentado a ela, Carlos falou:

— Dona Clorinda, esse pessoal não pode queimar sua casa e ficar tudo por isso mesmo. Temos que fazer alguma coisa. Isso é uma injustiça.

— O senhor é rico, doutor. Vida de pobre é diferente. Polícia é pra proteger rico. Pobre é tratado na paulada.

— Já falei isso com o amigo — disse Onça — mas ele não quis acreditar.

— Eu vou com a senhora, para lhe dar apoio.

— O doutor parece ser homem bom, bem-intencionado, mas nunca foi pobre. Quando for embora, vamos ficar por aqui e conviver com a polícia e os bandidos.

— Mas isso não pode ficar assim — disse Carlos.

— Deixa pra lá, doutor. A vida é assim mesmo.

Nessa conversa, Carlos não teve a ajuda de Mãe Maria. Onça também ficou calado. Pareciam achar que Clorinda estava certa. Mesmo assim, ele insistiu. Não teve jeito. Clorinda não mudou de opinião. Finalmente, Carlos se convenceu de que não adiantava insistir e falou.

— Conheço as injustiças de nosso país. Não posso jurar que você esteja errada, mas fico revoltado só de pensar que não vamos fazer nada contra o bandido que queimou seu barraco.

Virando-se para Mãe Maria, disse:

— Com ou sem polícia, minha luta vai continuar. Segunda-feira, vou procurar o prefeito e ter uma conversa com ele. Será que a senhora e o Onça podem ir comigo?

— Eu prefiro deixar esse assunto de polícia e prefeito para você e o Onça — disse Mãe Maria.

Carlos despediu-se de Mãe Maria e saiu com Onça:

— Será que o amigo quer pescar conosco amanhã? — disse Onça. — Muito turista que vem por aqui gosta de pegar uns peixes com a gente. Vai ser bom pra distrair um pouco.

— Amanhã é domingo. Vocês vão trabalhar assim mesmo?

— A grana está curta, amigo, e os peixes não sabem que é domingo — disse Onça, com um sorriso.

— Será um prazer sair com vocês. A que horas vocês vão?

— Cinco horas. Esperamos você na praia, em frente à aldeia.

No dia seguinte, Carlos chegou cedo à colônia. Ainda não nascera o sol, mas o dia prometia ser glorioso, e Onça já o esperava com seu barco. Os outros pescadores já estavam mar adentro.

— Hoje, amigo, vamos ter um mar tranquilo. Na medida certa para um turista — disse Onça.

Quando já estavam prontos para partir, Mãe Maria apareceu na praia e disse:

— Acho que vocês não devem sair hoje. Vem sudoeste bravo, e o mar vai ficar agitado.

— Sudoeste? — disse um dos pescadores, parando de empurrar seu barco para o mar — Não tá cheirando tempo ruim.

Os pescadores têm larga experiência em reconhecer o movimento dos ventos, as marés. Afinal, o mar é a vida deles, e é preciso estar atento aos menores sinais da natureza para sobreviver. A manhã estava gloriosa. Todos, mesmo os mais experientes, achavam que não haveria nenhuma ameaça. Porém, Mãe Maria, preocupada, insistiu:

— Tive uma visão de tempestade.

Um dos velhos pescadores, talvez o mais experiente entre eles, falou:

— Não parece que vamos ter tempo ruim. Mas aprendi a respeitar as previsões de Mãe Maria. Acho que não devemos sair hoje.

A turma aceitou o conselho. Ninguém quis se arriscar. Os barcos que já estavam no mar voltaram, e todos foram recolhidos.

Carlos foi andando em direção à pousada, mas, no meio do caminho, desviou-se. Queria conversar com Zeca. Seguiu pela estradinha, virou em direção ao cemitério. Quando viu o barraco, viu também Zeca esperando-o na porta. Sentaram-se nos mesmos bancos:

— Bem — disse Carlos —, uma coisa que não entendi na nossa última conversa foi a ideia que não se pode lutar contra a vida. Não me parece certo você deixar a vida te levar. Será que devemos ir para onde o vento sopra?

— Cê desentendeu tudo, moço. Não lutar contra a vida não é de ficar na esperação. Se o moço tá no mar, preso na correnteza, não adianta esforçação contra as água. Também não deve de ficar parado. O moço não pode deixá a vida derrotar ele. Tem de nadar pro lado, até saí da corrente. Quando o moço veleja, não tem precisão de ir sempre na direção que o vento dá de soprar. Pode de ir contra o vento, mas carece de fazer pra lá e pra cá.

— Como traduzir isso em termos práticos para a vida? — perguntou Carlos.

— O moço deve de prestá atenção na ensinação de Deus. Seu acidente. O moço tava com a vida de bola murcha. Deus mandou ensinação, mas o moço não ouviu. Aí, mandou desgraça grande, pro mode o moço de resolver mudar.

— Como vou saber o que aceitar e contra o que lutar?
— Já disse, moço. Presta atenção na ensinação da vida.
— Continuo no escuro. Como distinguir o que devo aceitar da vida e o que devo tentar contornar?
— O moço deve de falar com Deus.
— É muito difícil falar com Deus.
— O moço tá errado. Deus tá dentro de cada homem. Acalma, reza, olha pra dentro, pra mode falar com Deus.

Os dois já estavam conversando fazia mais de meia hora, quando o tempo mudou. Como Mãe Maria previra, o sudoeste começou a soprar com força. Seguiu-se uma chuva brava.

Zeca ficou quieto, calado, olhando para o infinito. Carlos sentiu que a conversa havia terminado. Resolveu voltar para a pousada. No caminho, foi pensando em Zeca e nos conselhos que ele dera. A chuva o molhava, o vento o empurrava, mas Carlos, aquecido pela conversa, não sentia a força dos elementos. O vento enfunava suas velas na direção da vitória, sua vitória sobre a vida de aposentado, e a chuva que caía regava sua flor, sua Flor.

Carlos estava molhado por fora, aquecido por dentro pela conversa de Zeca. *Como ele poderia falar com Deus? Nunca pensara nisso quando vivia na cidade grande. Nunca achara isso possível. Mas, naquela paz, naquela tranquilidade de lugar... será que conseguiria?* Carlos se lembrou da música do Gil: "Se eu quiser falar com Deus, tenho que ficar a sós, tenho que apagar a luz, tenho que calar a voz, tenho que encontrar a paz...".

Seguiu cantarolando pela praia, andando em direção à pousada. A chuva continuava forte, mas não incomodava Carlos, já completamente ensopado. Naqueles poucos dias em Praia Brava,

Carlos aprendera a não se admirar com coisas que contrariavam a lógica. A vida ali, com tudo de bom que prometia, mais lhe parecia um sonho, e sonhos não precisam ser lógicos.

A chuva parou de repente. O céu se abriu, e um sol glorioso surgiu para alegrar a tarde. Carlos chegou à pousada e encontrou Flor na porta, preparando-se para um banho de mar. Passou o resto da tarde na praia, no mar, com Flor.

Flor desconversava sempre que Carlos tentava levar o assunto para o lado pessoal. Ele não desistia, tentava, mas não conseguia se aproximar, não conseguia vencer a barreira invisível que parecia existir entre eles, não conseguia decifrar o mistério por trás do sorriso enigmático de Flor. Lembrou-se da sua visão, da Flor inatingível, da Flor que passava por dentro de seu corpo sem tocá-lo.

> A física moderna está chegando à conclusão que uma borboleta que voa no seu jardim afeta a vida do planeta. Por isso, na vida, não existem coincidências. Tudo tem um sentido. Tudo é proposital. Uma inteligência superior faz tudo acontecer.

CAPÍTULO 17

As coincidências da vida

Carlos, depois de passear por Paraty, maravilhando-se com as belezas dessa cidade histórica, andou para o estacionamento. Lá chegando, encontrou Joel, amigo de infância de seu filho, e presença constante em sua casa na época em que Carlos ainda estava casado. Gostava muito dele, quase como se fosse um filho, talvez porque ele lhe lembrava uma fase feliz em sua vida. Então Carlos estava no topo de sua carreira de grande executivo, julgando-se parte importante na engrenagem que gira os negócios do país.

Carlos e Joel conversavam, quando um BMW estacionou ao lado, e dele saltou uma loura escultural. Parecia uma Barbie, com vinte e poucos anos, quase um metro e oitenta. Vestia tailleur de executiva e carregava uma pasta preta de laptop. Ela pegou a maleta e a guardou na mala do carro.

Aquela visão de beleza acordou Carlos de sua nostalgia. Tão logo a viu, cutucou Joel, apontando discretamente para ela, querendo partilhar seu encantamento. Joel olhou-a e abriu um sorriso:

— Carla, você por aqui.

— Joel? Que prazer!

Virando-se para Carlos, Joel falou:

— Quero lhe apresentar minha amiga Carla.

— Se não fosse pela roupa e pelo laptop, apostaria que ia ter filmagem de novela da Globo por aqui — falou Carlos, galantemente.

Carla deu um sorriso simpático. Parecia estar acostumada a receber galanteios.

— Passeando em Paraty com roupa de executiva? — perguntou Joel.

— Nada. Trabalhando. Um cliente me pediu para ver um negócio de terras em Praia Brava.

— Praia Brava? — Foi a vez de Carlos se admirar. — Eu estou em uma pousada em Praia Brava.

— Que coincidência! —exclamou Carla. — E a pousada é maneira?

— Muito boa. É simples, mas limpa, e a comida é ótima — disse Carlos.

— Acho que vou para lá. Será que tem vaga?

— Então eu também vou me hospedar lá — disse Joel, que parecia estar interessado em Carla.

De volta para a pousada, Carlos parou no Bar das Meninas Alegres, para tomar uma água mineral. Tuba estava no balcão. Depois de servi-lo, falou:

— Se eu fosse o senhor, não me metia nesse negócio dos pescadores. A gente ouve muita coisa aqui no bar. Tem gente muito poderosa por trás desse empreendimento, e isso ainda vai dar em morte.

Carlos ainda tentou tirar mais informações, mas Tuba se recusou a dar detalhes. Só repetia que, em um bar, ouviam-se muitas inconfidências.

Já eram quase seis horas. O sol se punha no horizonte, jogando seus reflexos vermelhos sobre as águas calmas. Joel e Carla conversavam em frente à pousada, olhando o mar. A vista estava gloriosa, deixando os dois quase hipnotizados pela beleza do momento. Carlos aproximou-se, maravilhado com o espetáculo de cores da despedida do sol.

— Sem querer ser intrometida, o que traz você aqui? — Perguntou Carla.

A pergunta era dirigida a Carlos, mas, antes que ele respondesse, Joel falou:

— Mulher bonita tem direito de ser intrometida. O coroa do meu lado veio para descansar uns dias. Eu não sei bem por que estou aqui, mas não ia perder a chance de acompanhar uma mulher bonita.

Carla riu, um sorriso matreiro. Carlos, contrariado por ser chamado de coroa, rebateu de primeira:

— Realmente, resolvi dar uma relaxada nesta praia lindíssima. O pirralho aqui do meu lado, que gosta de ser engraçadinho, veio se esconder do sogro, que quer dar um tiro nele para ver se ele para de arranjar uma amante por dia.

Foi uma gargalhada geral, fazendo Carlos se sentir vingado, e até Joel riu.

— De qualquer forma, nós também estamos curiosos. Você não veio para descansar, chegando com uniforme de executiva, laptop e tudo — disse Carlos.

— Sou advogada e cuido de negociações difíceis. Um empresário quer comprar uma área da praia, onde há uma colônia de pescadores. A coisa está complicada. Talvez eu entre no negócio para tentar um acordo. Mas, antes de aceitar a tarefa, tenho que conhecer a situação e conversar com os dois lados.

— Bem, isso de ser negociadora deve ser bom mesmo — disse Carlos. — Jovem desse jeito e já com esse BMW.

Carla soltou uma gargalhada.

— Não posso me queixar de minha especialidade. Mas, este carro, ganhei do meu ex-marido, quando nos separamos.

Carlos olhou para Joel, que deu um risinho para ele. Caminho desimpedido. Carla continuou:

— Se conseguir realizar o negócio, meu cliente ganha uma boa grana, e eu levo uma porcentagem. Se não der certo, o cliente não paga nada. Tenho tido muita sorte na maioria dos casos em que trabalho.

Virando-se para Flor, que também se juntara ao grupo para curtir a beleza do pôr do sol, Carla perguntou:

— Você conhece a turma dos pescadores?

— Tenho uma boa convivência com eles. Sempre me dão a primeira escolha no que pescam, e compro o que preciso, porque sei que tudo é fresquinho. Muitos hóspedes gostam de pescar com eles. São gente ordeira. Considero-os uma atração turística para a minha pousada.

— Então você os conhece bem?

— Conheço bem a Mãe Maria, que janta comigo de vez em quando. Ela é uma pessoa fantástica. É a Mãe de Santo do terreiro e tem uma liderança natural sobre os caiçaras desta colônia. A Zefa, minha cozinheira, também mora lá.

— A senhora poderia me apresentar a Mãe Maria? Se é líder, é a pessoa ideal para começar minha conversa.

— Posso levar você à colônia — respondeu Flor, na defensiva. — Conversar não faz mal a ninguém. Mas, sem querer ficar sem a hóspede, acho que vai ser perda de tempo. Pelo que ouvi, esse negócio não vai ser fácil.

— Nunca me chamam para nada simples. Não precisariam de mim. É assim que ganho meu dinheiro.

Zefa avisou que o jantar estava na mesa. Entraram. O prato principal, um peixe delicioso, comprado na colônia. Só o cheiro já dava água na boca. Antes, Flor serviu uma salada de alface e tomate, e, de sobremesa, um doce de mamão caseiro, com queijo de Minas.

— O jantar está ótimo — disse Joel. — Foi a senhora mesma quem fez?

— A artista da pousada é a Zefa — disse Flor. — Também sei cozinhar, e dizem que até bem. Mas, quando se trata de peixe, não posso concorrer com a Zefa. A proximidade da colônia tem suas vantagens.

Servido o cafezinho, Joel atacou. Virando-se para Carla, disse:

— Hoje é lua cheia. O mar está todo prateado. Você não quer dar uma volta na praia?

— Boa ideia!

Carlos ficou conversando com Flor até tarde. O sono foi chegando. Flor já estava bocejando. Carlos percebeu, pediu licença e foi dormir.

Naquela noite, sonhou com Flor. Ele era seu namorado, gostava muito dela, e eles iam se casar. Mas o sonho se transformou em pesadelo. Chicão apareceu gritando na igreja e a sequestrou. Como não queria perdê-la, Carlos correu atrás deles. Entraram em uma floresta, e ele tentava seguir o rastro do raptor. O tempo mudou, o sol foi encoberto por nuvens, começou a ventar forte. Uma chuva grossa derramou do céu. Carlos estava completamente molhado e com muito frio, mas continuou procurando e conseguiu vislumbrar Flor ao longe, debatendo-se nos braços do Chicão e chamando-o.

O sonho terminou com uma aparição de Mãe Maria, fazendo uma advertência:

— Cuidado! A vida de Flor é complicada. Furo pequeno em barragem causa destruição, amor nascente em coração ferido, turbilhão.

Carlos acordou com uma sensação de que estava chegando próximo à descoberta do mistério que havia na vida de Flor, o enigma que precisava decifrar.

* * *

Flor não chegou a sonhar com Carlos. Porém, antes de dormir, pensou nele. Depois de uns dias de convivência, a resistência ao modo agressivo com que ele se aproximara dela diminuía. Flor estava preocupada por sentir a entrada de sentimentos aos quais ela não pretendia dar lugar em seu coração. Ela tinha se prometido nunca mais ter um relacionamento íntimo com outro homem. Uma ferida séria era suficiente. *A vida nos dá lições, e burros os que não aprendem com elas. Mas Carlos parecia ser uma pessoa tão especial. Sentia que deveria ter muito cuidado no relacionamento com ele. Se abrisse brechas, se aceitasse uma aproximação maior, poderia se queimar, talvez não conseguisse resistir.*

> Nem todos podem ser bonitos por fora. Não faz mal. A beleza interior é o que conta.

CAPÍTULO 18

Noite frustrada

No dia seguinte, Joel e Carla sumiram, e Carlos só os encontrou no jantar. Chegaram vermelhos de sol e bastante animados.

— E aí? Qual foi o programa? — perguntou Carlos.

— Entramos em uma excursão marítima e visitamos praias lindíssimas. A região é muito bonita. Paramos em algumas praias para um mergulho. Foi fantástico. A chuva parecia que ia atrapalhar, mas durou pouco. Almoçamos no Margarida Café, no centro de Paraty, e comemos um peixe delicioso.

— Pensei que a Carla estivesse aqui para faturar uma grana, não para aproveitar a vida — falou Carlos, rindo.

Carla deu um riso gostoso e disse:

— O trabalho também tem que ser divertido. Amanhã vou conversar com os pescadores. Aliás, soube que você foi pescar com eles. Será que poderia me apresentar à turma?

Carlos coçou a cabeça e parou para pensar por uns segundos. Carla percebeu sua indecisão:

— Você está com cara de menino inventando mentira para a mãe. Algum problema? — perguntou Carla.

Carlos começou a responder com voz hesitante:

— O problema, Carla, é que estou jogando contra o seu cliente. — Fez uma pausa e resolveu soltar o verbo, falando firme. — O empresário que está querendo comprar as terras dos pescadores não presta. Não concordo com os métodos dele. Queimar casa de gente que mal tem o que comer não é o meu estilo. Isso me deixa revoltado.

Carla fez uma cara de espanto.

— Ele está fazendo isso?

— Acho que esse empresário deve ser o seu cliente. Seria muita coincidência haver dois empresários querendo comprar as mesmas terras. Sei que você não tem nada com isso. Já senti que seu método é conversar, buscar um entendimento bom para os dois lados, mas quero que saiba que o ambiente está carregado. Não sei se conversa resolve.

— Nossa! Ninguém me falou que a coisa estava nesse ponto.

— Esse empresário está oferecendo um valor ridículo pelas terras dos pescadores da colônia. Quer roubar as terras. Os pescadores recusaram a proposta, e o mau-caráter começou a fazer terrorismo. Seus jagunços estão dizendo que a turma tem que vender por bem ou por mal. Como essa tática não está surtindo efeito, ele partiu para concretizar as ameaças e mandou queimar o barraco da Clorinda.

Podia-se ler na fisionomia de Carla que essa informação a pegava de surpresa. Parecia atordoada, perplexa. Ficou quieta por uns segundos antes de falar.

— Não sabia disso.

— Era o que eu imaginava. Prometi ajudá-los. Injustiças me fervem o sangue. Nada de pessoal, mas vou lutar contra seus objetivos.

— Meus objetivos não incluem fazer sacanagem com ninguém, especialmente com pessoas que têm menos na vida. Fui convidada para este serviço por um advogado de Angra, conhecido de um amigo meu. Não consegui ainda um contato direto com o cliente. Meu sexto sentido já me dizia que algo estava errado. Mesmo assim, como a recompensa era interessante, e sempre gostei de Paraty, resolvi dar um passeio até aqui para me informar melhor.

— Você assinou algum contrato para trabalhar com o comprador?

— Claro que não. Sempre faço uma verificação prévia antes de me comprometer. Por isso, estou aqui. Confesso que minha maior motivação para aceitar este trabalho foi passar uns dias na praia. Depois de saber de tudo isso, claro que não vou aceitar.

— Vai desistir do negócio?

— Mais do que isso. Vou ajudar a defender os pescadores. Minha filosofia não inclui ganhar dinheiro explorando gente pobre.

— Assim a coisa muda de figura. Agora somos parceiros.

— Contem comigo — disse Joel.

Carlos aproveitou a tarde do dia seguinte para levar Carla à colônia e apresentá-la a Mãe Maria. A jovem advogada estava deslumbrante, num biquíni fio dental azul, coberto por uma canga de tecido fino com motivos indianos, através do qual suas lindas formas eram visíveis. Onça e os outros homens da colônia não tiravam o olho dela. Mas a preferência de Carlos, não obstante toda a exuberância de Carla, era por Flor, que também os acompanhava. Vestida despretensiosamente, tinha uma classe toda especial. Aos olhos de Carlos, era uma deusa.

Tão logo apresentaram Carla a Mãe Maria, ela surpreendeu a todos:

— Mãe Maria, vim aqui com o objetivo de convencer os pescadores a vender suas posses. Carlos já me relatou as barbaridades que o tal empresário anda fazendo. Vou hoje mesmo ligar para Angra. De agora em diante, quero ajudar os caiçaras. Para começar, gostaria de pagar, eu mesma, a reconstrução do barraco queimado. Quero falar pessoalmente com a dona.

Mãe Maria ficou comovida pela bondade de Carla.

— Vejo que a senhora não é bonita só por fora. Clorinda vai ficar muito agradecida, e nós também. Desejo que Deus a ajude em sua vida.

Mãe Maria mandou chamar Clorinda, ainda sonolenta depois de uma noite dura de trabalho. Seu sono evaporou quando ouviu a boa notícia diretamente da boca de Carla. A novidade se espalhou depressa, e, em pouco tempo, quase todos os moradores estavam querendo conhecer Carla. Só Chicão, sempre de mau humor, ficou de lado, sem se juntar ao grupo. Joel estava radiante com o sucesso de seu novo amor.

Voltaram para a pousada na hora do jantar, como sempre divino. Se Flor não saciava a fome de amor de Carlos, da fome de alimento ela cuidava com carinho. O prato principal foi bobó de camarão. Zefa era mesmo uma craque na cozinha. Terminado o cafezinho, Joel repetiu o convite a Carla para ver a lua, mas ela o desapontou:

— Tenho uns relatórios para ler hoje à noite.

Ele fez uma cara tão triste, que Carla mudou de ideia.

— Mas não é coisa urgente, vou deixar para ler outro dia.

O desapontamento de Carlos foi maior. Flor falou muito pouco durante o jantar. Com a saída de Joel e Carla, esperava que pudesse ter uma conversa mais íntima. Enganou-se. Dizendo-se indisposta, Flor levantou-se e foi para seu quarto. Carlos deu uma volta pela praia, admirando a lua e pensando em Flor. Estava cada vez mais enfeitiçado. Mesmo achando que ela nutria alguma simpatia por ele, não conseguia quebrar o gelo e ter uma conversa mais séria. Não decifrava o mistério de Flor, e isso o preocupava. Ele havia se prometido que desilusões amorosas, nunca mais! Este tipo de sofrimento, Carlos jurara a si mesmo nunca mais passar, mas sentia que estava entrando por um caminho perigoso, do qual não conseguia se desviar. Flor exercia sobre ele uma atração muito forte, à qual ele tentava resistir, sem sucesso.

> O ouvido humano só registra os sons que estão dentro de uma determinada faixa de frequência, e a voz de Deus está fora dela. Você não pode ouvi-la com seus ouvidos. Só com o coração.

CAPÍTULO 19

Um aviso

Carlos saiu. Depois de caminhar pela praia à luz da lua, por mais ou menos meia hora, Zeca apareceu de repente. Ele também parecia estar perdido na praia, com olhos fixos no mar. Carlos se aproximou:

— Olhando a lua?

— Dando de olhar a vida. E a do moço tá toda arrevesada — disse Zeca.

Carlos coçou a cabeça.

— É verdade, mas não sei o que fazer para mudar minha vida.

— A vida é descomplicada se o moço dá de guardar a ensinação dela. Mas quando o moço tá perdido, parece arrevesada.

— É verdade! Minha vida está bem enrolada.

— Parece que o moço tá olhando a vida pelo buraco da fechadura. Tem medo de entrar nela.

— Desde nossa última conversa, venho tentando decifrar os sinais da vida, saber o que devo fazer. Estou tentando seguir seu conselho, falar com Deus. Mas está difícil.

— Pra conhecer Deus, o moço carece de conhecer a ele mesmo. O moço sabe quem é? — perguntou Zeca.

— Se eu me conheço? Claro que sim.

— Conhece não. O moço só dá de olhar pra fora, carece de olhar pra dentro.

Carlos coçou a cabeça:

— O que eu devo fazer?

— Entrar na vida, moço, para de olhar pelo buraco da fechadura. Fugição não dá de proteger ninguém.

— O senhor acha que estou com medo de me machucar com a Flor?

Zeca não respondeu. Carlos olhou para o céu. Não alcançava toda a profundidade das palavras de Zeca, mas sentia que tinha muito a aprender com ele. *Quantos anos ele teria? Incrível como aquele velho parecia saber das coisas.*

Um peixe saltou no mar. Seu reflexo prateado, iluminado pela luz da lua, chamou a atenção de Carlos. Ele ficou olhando, esperando, querendo ver outro peixe. Outro salto, outra luz. Quando se voltou, Zeca já fora embora, sumira.

Carlos voltou para a pensão e se recolheu ao quarto. Porém, não estava fácil dormir, com a cabeça pulando como um macaco, de galho em galho, ida e volta, a pensar nos pescadores, e ansiar por Flor, a pensar em Mãe Maria, a lembrar de Zeca. Nunca poderia sonhar que encontraria tantas pessoas, umas interessantes, outras lindas, outras sábias, profundas, em Praia Brava, aquele verdadeiro fim do mundo. Só conseguiu dormir quase à meia-noite.

Acordou cedo, fez seu programa de banho de mar, acompanhado por Flor, o que já estava se tornando um ritual. Depois foi andando com Joel até a colônia. O arrastão já estava sendo puxado. Ele entrou na fila dos puxadores, logo atrás do Onça, para saber das novidades.

— Tudo bem por aqui?

— A coisa tá pesada, amigo. Esta noite, dois mascarados voltaram com tochas de fogo na mão. Sorte que meu compadre viu quando eles estavam chegando e gritou. Aí eles fugiram.

— Não queimaram nenhuma choupana?

— Não, amigo. Parece que, desta vez, eles queriam mesmo era mostrar presença. Teria dado tempo para queimar alguma coisa. Poderiam ter jogado suas tochas na cabana mais próxima e fugido. Mas não fizeram nada.

— Um aviso. Estamos por aqui! Certo?

— Isso mesmo, amigo. Mas a turma está com medo. Já tem gente querendo vender as casas por qualquer preço e sair no mundo.

— Vamos ter que ir à polícia, mesmo sem Clorinda. Tenho que ir a Angra, mas devo estar de volta às duas horas e vou te procurar.

Carlos ajudou com o arrastão. Depois foi bater um papo com Mãe Maria.

— A senhora tem alguma novidade sobre os bandidos?

— Pode estar chegando a hora da reação. A turma está apavorada. Se os bandidos apertarem muito o parafuso, a porca vai espanar. O medo pode virar revolta.

Carlos e Joel chegaram à pousada quando o almoço já havia terminado. Flor esquentou um prato para eles, que comeram rapidamente. Carlos trocou de roupa, chamou Joel, e foram para a colônia. A primeira pessoa que encontraram foi o Onça.

— Onça, vamos falar com o delegado?

— A Clorinda não quer ir.

— Não importa. Vamos nós dois. Depois podemos dar uma passada na prefeitura.

Foram no carro de Carlos até Paraty, viagem de quase meia hora, pois a pousada estava bem distante da cidade, na divisa com Angra.

Lá chegando, procuraram a delegacia. O delegado era um cara de meia-idade, gordo, com um jeito bonachão. Tinha acabado de chegar do almoço, provavelmente seguido de uma soneca, porque custava a reprimir seus bocejos. Fazia cara de bêbado ouvindo sermão de beata. Depois que eles expuseram o caso, comentou.

— Sem que a dona do barraco queimado apresente uma queixa formal, fica difícil abrir uma investigação.

— Seu delegado, e os dois homens vistos na noite passada com tochas na mão?

— Eles não fizeram nada. Só fugiram. Assim não tenho base para começar um caso. Tenho muitos problemas e pouco efetivo.

Talvez devido à cara de poucos amigos de Carlos, o delegado acrescentou:

— De qualquer modo, tão logo consiga um investigador com tempo sobrando, mando dar uma passada por lá.

Investigador com tempo sobrando? Aquela observação encerrou a discussão para Carlos. Eles não podiam contar com a visita de nenhum policial. Carlos sussurrou para Onça, quando saíam da delegacia:

— Será que alguém precisa morrer primeiro para que o delegado resolva tomar uma atitude? Mesmo assim, depois de sua soneca?

Na sua revolta, falou mais alto do que pretendia. O delegado deve ter ouvido, mas fingiu que não.

Da delegacia, dirigiram-se para a prefeitura. O prefeito não estava. Seu secretário informou que ele fora ver umas obras e não sabia quando iria retornar. Eles decidiram esperar. Por sorte, ele chegou depois de mais ou menos uma hora. Um bom tempo ainda transcorreu antes que sua excelência se dignasse a recebê-los, e já era tarde quando entraram em seu gabinete. O prefeito também não conseguia esconder sua cara de tédio, enquanto eles expunham o caso. Quando terminaram, falou:

— Isso é problema do delegado.

— Já falamos com ele, senhor prefeito, mas ele não vai fazer nada — disse Carlos.

— Isso é um caso de polícia. Se o delegado não pode resolver, o que vocês querem de mim?

Carlos não se conteve:

— Senhor prefeito, a comunidade tem mais de duzentas pessoas. E votam no município. Estão sendo perseguidos por um bandido que se diz empresário e que quer expulsá-los de suas casas para fazer um loteamento. A comunidade ocupa esta área há décadas.

O prefeito, sentado, com o corpo frouxo, escorrido na cadeira em posição quase horizontal, parecia nem se ligar para o que eles falavam. Porém, ao ouvir falar em empresário, imediatamente se empertigou. Sentou-se reto, inclinando-se em direção a Carlos, com os cotovelos apoiados na sua mesa de trabalho.

— Empreendimento imobiliário? Quem é a pessoa que quer comprar as terras?

— Não sabemos ao certo — disse Carlos. — Ele sempre se faz representar por um advogado. Achamos que ele é de Angra dos Reis.

— Sempre é bom para o município atrair empresários que invistam na região e gerem empregos. Estou certo de que a vida dos pescadores vai até melhorar. Se, como vocês dizem, ele construir um empreendimento de luxo, certamente vai precisar de empregados. Vocês não sabem mesmo quem ele é? Posso ajudá-los, falando com ele e negociando um preço melhor pelas suas posses.

Carlos ficou com raiva do cinismo do prefeito.

— É, senhor prefeito, empresário é importante. Mas ele só tem um voto, e, mesmo assim, em Angra. E tem eleição municipal este ano.

O prefeito não pareceu gostar dessa observação. Levantou-se da cadeira e disse:

— Esse seu pessoal nem liga para votar. Poucos têm título de eleitor.

Carlos e Zeca também se levantaram.

— Posso lhe garantir, senhor prefeito, que vou pessoalmente cuidar disso — disse Carlos. — Todo morador com mais de dezesseis anos vai ter seu título. Eu mesmo vou organizar o alistamento. Vejo isso como um desafio pessoal. E vou convencê-los a votar em quem os ajude.

— Calma — disse o prefeito, sentando-se novamente. — Eu não estou dizendo que não quero ajudar. Mas o próprio delegado disse que não pode fazer nada.

— Tomar a terra dos pescadores para fazer um empreendimento imobiliário pode prejudicar o município. A região de Praia Brava não dispõe de rede de esgotos, e isso pode acarretar um problema ecológico grande. Paraty vive do turismo. Temos que cuidar de preservá-la.

— Por outro lado, Paraty também precisa de hotéis e loteamentos turísticos, que possam gerar empregos para os próprios moradores da colônia. É claro que os aspectos ecológicos serão examinados pelo corpo técnico da prefeitura, com todo cuidado, quando da aprovação do projeto.

Não adiantava insistir, tinham que buscar outra estratégia. Agradeceram a entrevista e saíram. Na sala de espera, encontraram Anselmo, um repórter do jornal local. Era filho de um pescador da colônia vizinha e também amigo do Onça. Anselmo perguntou:

— Posso saber o que vocês estavam conversando com o prefeito? Estou precisando de notícias para o jornal.

— Pode e deve saber — respondeu Carlos — Aliás, seria um favor se o seu jornal soltasse a notícia. Temos que defender a ecologia de nosso município, e, por essa conversa que acabamos de ter, nada vai ser feito.

Onça entrou na conversa e contou para o Anselmo todo o drama que a colônia estava vivendo.

— Essa história da Clorinda vai dar Ibope. Deixa comigo. Vou fazer uma reportagem apimentada. Proteção da ecologia é um dos temas preferidos do jornal. Vou ver se levo um fotógrafo até Praia Brava ainda hoje.

Carlos saiu da prefeitura com um pouco mais de esperança. Quem sabe a imprensa ajudaria a sacudir o prefeito? Quando você acha que ganhou uma guerra, pode a estar perdendo.

> Os indianos acreditam que tudo o que você faz nesta vida fica registrado em seu carma. E, se for um débito, a vida vai cobrar a fatura, nesta ou na próxima encarnação.

CAPÍTULO 20

Castigo

Carlos e Joel, em visita à colônia, conversavam com Onça sobre os dois encontros em Paraty. Concordaram que haviam perdido tempo com o delegado e o prefeito, mas a conversa com o repórter havia sido promissora.

— Que mais podemos fazer agora?

— Você percebeu como o prefeito se interessou quando ouviu falar em empresário? — disse Carlos.

— Minha intuição me diz que o prefeito está, agora mesmo, ligando para seus amigos em Angra, para ver se descobre o interessado nas terras — disse Joel.

— Adoraria ouvir essa conversa.

Carlos resolveu botar mais lenha na fogueira:

— Tive uma ideia. E se déssemos um susto nessa turma de bandidos?

— Susto? Como, amigo?

— Uma emboscada. Podemos preparar uma surpresa para eles.

— Estou nessa — disse Joel. — Não perco essa festa por nada deste mundo.

Carlos expôs seu plano, e a turma gostou.

— Temos que mostrar ao inimigo que vamos lutar. Os covardes nunca são respeitados — disse Carlos.

— Amigo, se o plano funcionar, além de podermos dar boas risadas, vamos conseguir levantar o moral do nosso pessoal.

— Como tem espião no nosso meio — disse Carlos —, temos que manter isso em segredo.

Onça, espantado, ia retrucar, quando Carlos viu um grupo de pescadores se aproximando. Fez sinal de silêncio, pegou o braço do Onça e puxou-o, afastando-se dos ouvidos indiscretos.

— Como assim, amigo? Espião? Por que você acha que tem espião entre nós? — perguntou Onça.

— Foi a Carla quem descobriu. Quando ligou para o advogado de Angra, para avisá-lo de que não iria participar de nenhum esquema de compra de terras por intimidação, descobriu que ele já sabia da nossa visita, e que Carla ia pagar a reconstrução do barraco da Clorinda. Sua conversa com o advogado foi dura.

Onça ficou preocupado. Se dentro da própria colônia havia pessoas trabalhando para o inimigo, eles teriam que ter redobrado cuidado. Mas ele não era homem de desanimar.

Naquela noite, Carlos saiu lá pelas dez horas, com Joel, para encontrar Onça. Carla relutava em ir, mas Flor estava animada e não queria perder o espetáculo de jeito nenhum.

— Não é todo dia que se pode ter um show teatral tão bom por estes nossos cantos. Vou até levar minha máquina fotográfica, com flash e tudo. A Carla não sabe o que vai perder.

Carla acabou não resistindo ao entusiasmo de Flor e também se juntou ao bando. Eles passaram pela colônia, encontraram com Onça e escolheram um lugar na trilha por onde os bandidos deveriam passar. Estavam de tocaia havia quase duas horas, quando viram dois homens encapuzados, chegando pelo lado da estrada. Tinham tochas ainda apagadas nas mãos. Onça, trepado em uma árvore que ficava no caminho por onde eles deveriam passar, teve pontaria certeira. A tarrafa caiu bem em cima de um dos bandidos, e, enquanto ele tentava se livrar da rede, a turma caiu de paulada em cima dele, enquanto o outro fugia, deixando o parceiro sozinho. Depois de alguns minutos apanhando, o bandido conseguiu escapar, com o corpo moído de pancadas. Infelizmente, ninguém conseguiu ver as caras dos fujões. Com a gritaria, toda a colônia acordou e chegou a tempo de ver o homem tentando se salvar, numa corrida maluca.

Onça tinha um sorriso nos lábios, e estava todo animado. Mãe Maria, que chegara ao local atraída pela barulheira, comentou:

— Ganhamos nossa primeira batalha, mas não acredito que desistam. Os búzios dizem que ainda vem chumbo grosso em cima de nós. Acho que vamos ter que nos preparar para o pior.

Fez uma pausa e falou, mais baixo:

— Vejo uma tentativa de assassinato.

— Quem é a vítima? — perguntou Carlos.

— Minha visão não está clara, mas acho que você deve tomar muito cuidado. O Onça também.

Mãe Maria se levantou. Carlos se preparava para sair, quando ela completou:

— Alguns homens podem ser tão maus como serpentes, mas as cobras têm o mal nos dentes. O homem é pior, tem na alma.

> O ser humano acha que é dono da Terra, e que pode explorá-la como quiser. Se não ganhar consciência, se não aumentar sua sensibilidade ecológica, vai acabar destruindo o planeta.

CAPÍTULO 21

Projeto salvador

Carlos não podia tirar da cabeça seu encontro com Zeca. Desde a primeira vez que o vira, sentira uma grande curiosidade em conhecê-lo melhor. Resolveu fazer-lhe outra visita. Caminhou pela estrada e, chegando ao ponto em que o encontrara pela primeira vez, embrenhou-se por uma trilha de terra que levava ao cemitério. Viu a casa e Zeca, na porta, sentado em um banquinho de caixote. Ao seu lado, outro caixote vazio, que parecia esperá-lo. Depois das saudações, Carlos falou:

— Estou com um problema me preocupando.

— O moço tá aflito, acha que os peixe vão de acabá?

— O senhor também lê pensamentos? — perguntou Carlos, espantado.

Zeca não respondeu. Pediu que Carlos o acompanhasse e caminhou em direção à praia, até uma elevação de onde se descortinava toda a praia.

— O que o moço tá vendo? — perguntou Zeca.
— Toda a praia.
— Olha pro mar, perto da praia.
— Só vejo mar na minha frente.
— Não firma a vista, não, moço, de mode a poder ver.

Carlos fez um esforço para olhar a paisagem sem se fixar nos detalhes.

— Vejo linhas. Boias? — disse Carlos — Ah, ahhh! É isso ai! Um projeto de criação de peixes.
— O moço carece de ir a Angra, de procurar o Dr. Faissol.
— Dr. Faissol? E digo o quê?

Silêncio. Carlos ficou pensativo, olhando para o céu. Quando se virou para o lado, procurando Zeca, ele já havia desaparecido. Carlos ainda tentou voltar pelo mesmo caminho, para chegar ao cemitério e continuar a conversa. Foi andando. Pensava estar caminhando em direção à cabana de Zeca. Chegou à pousada. *Engraçado! Tinha certeza de que estava andando na direção do cemitério.*

Carlos já era amigo de quase todos os moradores do lugar. Talvez a única exceção fosse mesmo o Chicão, de quem não fazia questão nenhuma de se aproximar. Os pescadores viviam felizes, mas tinham uma vida dura. O peixe estava cada vez mais difícil.

Carlos foi com Flor visitar Mãe Maria. Onça estava com ela.

— O homem ainda é insensível ao problema ecológico — disse Mãe Maria. — Nossa belíssima baía está cada vez mais poluída.

— E os peixes desaparecendo — disse Onça.

— Isso é um crime — disse Flor. — O turista que joga lixo no mar não se dá conta de que está estragando seu próprio paraíso.

— Se o peixe está sumindo, talvez tenhamos que dar uma ajuda — disse Carlos.

— Ajuda, amigo?

— Criar peixes.

Todos riram, mas Carlos falava sério. No dia anterior, fora com Flor visitar o Dr. Faissol, conhecer um projeto genial. O Dr Faissol era um idealista, que sonhava melhorar a vida de muitos pescadores pelo Brasil afora. Ele, que era rico e tinha uma linda propriedade na baía de Angra dos Reis, não se acomodara, e investira parte de sua fortuna em sua ideia, que poderia representar a redenção de muitos pescadores pelo Brasil afora.

Flor, desde a visita a Angra, mostrava-se entusiasmada com o projeto, lembrando seus tempos de quase bióloga.

— Ele trouxe para o Brasil a técnica de criação de coquilles, ostras e mexilhões — comentou Flor.

Carlos continuou:

— O Dr. Faissol estudou e procurou tecnologia pelo mundo afora.

Flor, animada, nem deixou Carlos explicar:

— Ele criou um projeto piloto, e demonstrou que se pode organizar um negócio extremamente rentável para os pescadores, de alto impacto para a ecologia da região.

— Ele implantou o projeto em Angra? — perguntou Mãe Maria.

— Depois de muita luta, criou o Instituto de Estudos e Desenvolvimento da Ilha Grande, que já domina o método de estímulo à desova das matrizes e as técnicas para lidar com as sementes no estado de larva — disse Flor.

O entusiasmo de Flor contagiou a todos. Estavam convencidos de que esse projeto poderia ser uma excelente iniciativa para melhorar a vida dos pescadores. Carlos resolveu usar sua capacidade gerencial para ajudar a implantar o projeto em Praia Brava. Flor, lembrando seus tempos de quase bióloga, queria entrar fundo no projeto.

O trabalho inicial seria convencer os pescadores. Onça, que chegara a tempo de ouvir os planos, fez apenas uma observação:

— Amigo, pode contar comigo. Eu quero entrar de corpo e alma nesse projeto. Sua ideia é excelente, e, com seu apoio e a capacidade de nossa bióloga, não temos como errar. Mas a turma aqui é bastante conservadora e não gosta de fazer coisas diferentes. O que eles sabem é pescar.

— Contamos com Mãe Maria e com você para convencer os pescadores.

— Claro, amigo, você terá todo nosso apoio. E Mãe Maria pode nos ajudar muito.

— Parabéns! — disse Mãe Maria. — Se todo homem pensasse em projetos como esse, a humanidade seria bem melhor.

— Eu e Flor vamos voltar a conversar com o pessoal do Instituto amanhã mesmo.

— Quem sabe podemos arranjar investidores para o negócio — disse Flor

— Arranjar investidores? Vai ser difícil neste primeiro estágio — disse Carlos. —Podemos começar com um projeto pequeno, para mostrar que a ideia funciona, e depois, sim, buscar investidores.

Depois de discutir alternativas, resolveram que começariam com um projeto piloto, que exigiria poucos recursos. Carlos decidiu que ele mesmo investiria o dinheiro. Desse modo, sua ligação com Praia Brava e com os pescadores se estreitaria mais ainda. Especialmente, sua ligação com a quase bióloga.

O problema seria com o prefeito de Paraty. A aprovação desse projeto, com cordas e boias cobrindo o mar em frente à praia, inviabilizaria a ideia do empreendimento imobiliário. Será que conseguiriam a aprovação na prefeitura? Tinham que tentar.

Convencer os caiçaras com o apoio de Mãe Maria e Onça foi fácil. Onça era mesmo um bom falador. Extremamente convincente, daria um bom advogado ou político.

— Esse projeto vai melhorar bastante as condições de vida dos pescadores da Praia Brava — disse Carlos, animado. — Pode aumentar muito a renda dos pescadores.

— O entusiasmo é a energia que move montanhas — disse Mãe Maria. — O que o homem não consegue fazer com a força, ele faz com o sonho.

— O sonho é uma fuga da realidade. Temos de ser objetivos — disse Carlos.

— Não! O sonho é a semente da realidade. É o princípio de qualquer projeto — retrucou Mãe Maria.

— Eu também quero ajudar a sonhar — disse Flor.

> *O homem acha que o fim da estrada da vida está longe, que pode ferir o próximo sem sofrer as consequências. Engano! O fim da estrada pode estar na próxima esquina.*

CAPÍTULO 22

Barra-pesada

— Seu Xisto, nosso plano não deu certo — disse Tuba. — Os caras estavam esperando a gente e deram uma surra no nosso capanga.

— Só no seu capanga?

— Eu me safei, porque estava um pouco mais longe. Não pude fazer nada; só olhar.

— Que vexame! — disse Xisto. — Você também merecia a surra. Com esses incompetentes trabalhando para mim, vai ser muito difícil. Vocês são uns babacas. Não sabem nem mesmo fazer um serviço benfeito.

Clóvis já desconfiava que a surra que os pescadores deram nos bandidos ia levantar o moral do pessoal da colônia. Alguns, já quase entregando os pontos, teriam uma injeção de ânimo. Sentia também que, se quisesse salvar seu projeto, deveria trazer reforços. E muito rapidamente. Dirigindo-se a Tuba, falou:

— Quero que você chame seu ajudante para uma reunião aqui mesmo no bar. Amanhã, às dez horas.

No dia seguinte, Clóvis voltou a Praia Brava, parou seu carro na porta do bar e entrou. Já encontrou Tuba e seu capanga, que ainda mostrava no corpo os estragos da surra, esperando por ele.

— Não podemos desanimar — disse Clóvis. — Este projeto vai deixar todos vocês ricos. Nunca mais vão precisar trabalhar.

Os olhos dos dois brilharam com essa promessa. O capanga comentou:

— Seu Xisto, a turma agora mesmo é qui num vende. Tem um cara metido a bacana qui tá morando na pousada, ajudano eles. Um tar de Carlo.

— Praia Brava é somente nosso primeiro empreendimento. Vamos dominar todas as praias de Paraty. Temos que quebrar a resistência do pessoal daqui. Se os pescadores não entregarem suas posses, podemos desistir de tudo. Casa, carro e lancha.

Foi a vez de Tuba dar sua opinião:

— Seu doutor, Onça e esse tal de Carlos são as pedras no nosso caminho. Se não fossem eles, os caras já tinham vendido as posses. É por causa deles que ainda não ganhamos essa parada.

— Vocês querem mesmo ficar ricos? Comprar casa? Carro? Lancha? Não se consegue tudo isso sem luta. Façam o que for preciso. Se alguém aparecer morto, ninguém vai chorar. Se o corpo sumir, melhor ainda.

Clóvis fez uma pausa. Silêncio! Ninguém falava nada.

— Mexam-se! — continuou Xisto. — Será que eu preciso cuidar de tudo? Vocês são uns frouxos. Eu vou pedir uma mulher para fazer o serviço. É isso que vocês querem?

— Uma pistoleira?

— Tem muitos meios de se eliminar um cara. Não é só tiro que mata, não.

Como ninguém abrisse a boca para falar, Clóvis completou:

— Afinal, vocês querem, ou não, ganhar casa, carro e lancha? Virem-se. Faz o que tem que ser feito, pô. Mata esse cara.

Depois de falar isso, Clóvis saiu, entrou no seu carro e acelerou. Partiu cantando pneu, levantando uma nuvem de poeira para cobrir a fuça dos seus capangas incompetentes, convencido de que deveria tomar outras providências para ter certeza de que expulsaria os pescadores.

No dia seguinte, usando os préstimos de um amigo, Clóvis conseguiu uma entrevista com o prefeito. Pegou seu carro e foi para Paraty.

— Senhor prefeito, tenho um grande projeto imobiliário para trazer para a região.

— Ótimo. Já tinha ouvido falar sobre seu projeto, e quero ajudar. Deve ter muita grana nele. Em que posso lhe ser útil?

— Alguns investidores paulistas estão interessados em promover um loteamento de alto luxo. Estou tentando trazer o empreendimento para Paraty, na região de Praia Brava, mas está difícil convencer os caiçaras a venderem suas posses.

— Qual é o projeto que o senhor tem em mente?

— Um loteamento de casas para gente muito rica. Já tenho assegurado um grupo forte de investidores paulistas com grande interesse na região. Preciso conseguir oferecer-lhes um terreno condizente com este empreendimento de primeiríssima qualidade. O projeto vai gerar muitos empregos, não somente durante o período de construção, mas também quando as casas estiverem prontas. Milionários têm muitos empregados em suas casas.

— É verdade. Projetos como esse interessam ao município. Posso lhe dar todo o apoio de que precisar.

— Tenho certeza disso, e essa é a razão pela qual vim pleitear sua ajuda. Tem pessoas do grupo fazendo força para levar esse projeto para o litoral paulista. O argumento forte é que fica mais perto de São Paulo, onde mora a maioria dos nossos potenciais compradores.

— Paraty é uma cidade histórica, que dispõe de outras atrações.

— É exatamente esse o meu argumento, senhor prefeito.

— E como é que a prefeitura pode ajudá-lo?

— Não estou bem certo. Talvez com uma desapropriação da área.

O prefeito pensou um pouco, coçou a cabeça, e Clóvis sentiu que ele não aceitaria sua sugestão. Também não esperava que fosse tão fácil assim. O prefeito disse:

— Não acredito que esse seja o melhor caminho. Você sabe, estamos próximos de uma eleição. Minha vitória será tranquila, mas não vale a pena correr riscos desnecessários.

— Foi bom o senhor levantar o assunto, senhor prefeito. Quero desde já me colocar à sua disposição para contribuir financeiramente para a sua campanha.

Clóvis percebeu uma imediata mudança de atitude do prefeito, que não conseguiu esconder um sorriso.

— Talvez eu possa ameaçar com uma desapropriação. Isso ajudaria muito nas suas negociações.

— Sem dúvida, facilitaria a minha vida. Aliás, se tudo der certo, quero também lhe oferecer uma participação nos lucros do projeto. Afinal, vamos precisar de aprovações rápidas para as obras que devemos realizar, e sua orientação técnica vai nos ajudar bastante.

— Quanto o senhor pensa em me oferecer?

— Digamos, dez por cento de meus lucros. Sua assessoria vale mais do que isso, mas é o que posso oferecer. Tenho sócios financeiros que vão exigir a parte do leão.

— Está bom, desde que sua colaboração para minha campanha seja independente disso.

— Não se preocupe, senhor prefeito, são coisas diferentes. Minha contribuição para a campanha serve para garantir que um prefeito sério, honesto e competente continue governando esta cidade, com a vantagem de que passaremos a ser sócios e amigos.

— Pode contar comigo. Vou começar a ajudá-lo, sugerindo que tenha uma conversa com o Emílio, dono do jornal local.

— Qual é o problema com o jornal?

— Os pescadores, liderados por um tal de Carlos, falaram com um jornalista, tentando convencê-lo a escrever um artigo contra o nosso projeto. O argumento é a proteção ecológica da região. Esse jornalista esteve me entrevistando e eu até dei força à ideia. É bom que pense que estou do lado dele.

Clóvis gostou de ouvir o prefeito se referir ao "nosso" projeto. Não esperava uma recepção tão calorosa.

— Eu não conheço o Emílio.

— Isso não é problema.

O prefeito pegou o telefone e pediu à sua secretária que ligasse para o jornal.

— Emílio, aqui é o prefeito. Gostaria que você conversasse com meu amigo Clóvis. Ele é um empresário com um projeto de grande interesse para nossa cidade.

Ficou acertado que Xisto iria diretamente ao escritório do jornal. Já estava se levantando para sair, quando o prefeito falou:

— Ainda vou lhe dar outra dica, para mostrar que o senhor está pagando barato pela minha assessoria técnica. Os pescadores estão querendo fazer um projeto de criação de coquilles e mexilhões em Praia Brava. Se isso for em frente, a praia ficará tomada por linhas e boias, estragando qualquer plano para um loteamento de luxo.

— Já que agora somos sócios, o que você me sugere fazer para impedir essa loucura?

— O projeto precisa de aprovação de nossa Secretaria de Meio Ambiente. Pode contar comigo para criar alguns entraves burocráticos.

— Vejo que consegui um grande sócio, não esperava tanto. O senhor pode ter certeza de que seus ganhos no projeto serão bem maiores do que imagina.

Do gabinete do prefeito até a sede do jornal foi uma caminhada de cinco minutos. O sol de meio-dia brilhava forte, e Clóvis estava alegre com o resultado da sua conversa com o novo sócio. *Com a ajuda do prefeito, os caiçaras não poderiam resistir. Carlos, Onça... problemas do passado.*

Chegando ao jornal, ele foi imediatamente levado ao gabinete do seu diretor e dono.

— Dr. Emílio, estou promovendo um importante projeto imobiliário em Paraty, que vai gerar muitos empregos e riqueza para a região.

— O prefeito me falou ao telefone. Em que posso lhe ser útil?

— Tem um pequeno problema. Um repórter de seu jornal está preparando uma reportagem facciosa, tentando levantar uma acusação de agressão ecológica, o que é uma inverdade.

— Certamente o senhor vai fazer uma campanha publicitária para promover as vendas de seu projeto. Por acaso, está pensando em usar nosso jornal?

— É claro que tenho que concentrar a publicidade na mídia de São Paulo e Rio, nossos principais mercados, mas pretendo também usar uma parcela de nossa verba publicitária na região, para atender empresas amigas. O senhor sabe como a colaboração é importante no mundo dos negócios.

— O senhor teve uma ótima ideia. Não se pode esquecer que os turistas que passam aos milhares por nossa cidade, e que leem meu jornal, também são clientes potenciais importantes.

— O senhor pode contar com nossa preferência. Uma mão lava a outra. Seu jornal será nosso principal veículo de divulgação do projeto na região. É claro que tudo depende da efetiva realização do empreendimento, e reportagens facciosas podem prejudicá-lo. Não são poucos os meus investidores que torcem para que o projeto se localize no litoral paulista.

— Pode contar comigo. Nosso jornal não vai publicar nenhuma reportagem contra um projeto importante como esse, de fundamental interesse para a cidade. A propósito, o senhor poderia me descrever o projeto? Ainda não o conheço bem.

Outra excelente reunião. Clóvis saiu do jornal com a certeza de que tinha mais um aliado. Sua conversa com o prefeito, providencial. Estava mesmo em seu dia de sorte.

Retornando a Angra, ele parou no Bar das Meninas Alegres para uma conversa com Tuba. Lá chegando, deparou-se com Clorinda, horrível, parecendo uma bruxa. O bar já tinha alguns fregueses, bebendo suas cachacinhas. Xisto chamou Tuba num canto e disse:

— Tuba, temos que dar um jeito nesse tal de Carlos. Ele está sendo o principal obstáculo ao nosso projeto.

— O que o senhor sugere, seu Xisto? Uma coisa é matar pobre; outra, muito diferente, é matar bacana. A polícia fica logo ouriçada.

— Não estou sugerindo que você o mate, mas ele está sendo a principal barreira, impedindo que nós tomemos posse de nossas fortunas. Ser rico exige assumir alguns riscos. Lembre-se: casa, carro, lancha.

— Pode deixar comigo, seu Xisto. Já que o senhor não quer morte, vou providenciar um bom susto. Ele vai voltar correndo para o Rio e parar de se meter onde não é chamado. Nunca mais vai pôr os pés em Praia Brava.

— Entenda bem! Não estou sugerindo que você não o mate, como também não estou sugerindo que o mate. Se ocorrer algum acidente fatal, ninguém vai ficar triste. Eu não sei de nada.

— Ah!!! Já entendi. O senhor não sabe de nada. Nem quer saber. O senhor já foi político? Já pensou em ser presidente? — disse Tuba, rindo.

Xisto respondeu, sério:

— Tem mais. Soube que os caiçaras estão tentando fazer um projeto de criação de coquilles. Novamente, o líder é o Carlos. Se esse projeto for em frente, adeus empreendimento imobiliário. Adeus casa, carro e lancha para vocês. Esse tal de Carlos está mesmo querendo deixar vocês pobres.

— Eu ouvi um boato por aí sobre criação de peixe — disse Tuba.

— Você tem alguma informação sobre a situação atual do projeto?

— Não conheço os detalhes, mas já estou ficando com raiva desse Carlos.

— Esse tal de Carlos não pode continuar atrapalhando nossa vida. Casa, carro e lancha! Temos que nos livrar dele rapidinho.

— Não precisa falar duas vezes, chefe. Deixa comigo, já entendi o recado.

De repente, uma chuva forte, com trovoadas e relâmpagos, começou a cair. O sudoeste, uivando, parecia querer arrancar a casa de suas fundações, parecia querer soprar para longe todo o mal do mundo. Será que até o vento se rebelava contra tanta maldade? Soprou forte, arremessou sobre o telhado do bar uma folha de coqueiro, quebrando algumas telhas. Na sua impotência, uma pequena vingança.

Mas a maldade é esperta, e a bondade, ingênua.

> Quem já apanhou muito da vida, tem medo de mudanças.

CAPÍTULO 23

Triste sina

Carlos pediu ajuda a Flor e a Carla para convencer Clorinda a dar queixa do incêndio do barraco. Lá foram os três, caminhando pela praia em direção à colônia. O dia estava maravilhoso, o sol, brilhando, enviava raios de otimismo para Carlos. Ele respirou fundo. Sentiu o cheiro gostoso de maresia. Estava havia poucos dias em Praia Brava, mas sua vida adquiria outra feição. Já não se sentia mais como um aposentado inútil, esperando a morte. Há muito tempo não se sentia tão feliz.

Chegaram à colônia, e a primeira pessoa que encontraram foi Mãe Maria, que abriu um largo sorriso:

— Carlos, o que você pretende, trazendo tanta gente boa para visitar nossa colônia?

— Vamos visitar a Clorinda, conversar com ela sobre o incêndio de seu barraco. Você nos acompanha?

— Agora você ainda traz aliados para convencê-la? Não conte comigo. Acho que ela tem razão em não querer botar a polícia nisso.

— Bem, pelo menos vale tentar — disse Carlos.

Clorinda considerava Flor como uma amiga, sempre a procurava para conversar, especialmente para pedir conselhos sobre a educação de sua filhinha. Carla também se tornara querida para ela, grata pelo apoio para a reconstrução de seu barraco. Carlos esperava que a presença das duas, amigas e mulheres, ajudasse a convencer Clorinda a dar queixa ao delegado.

Encontraram Clorinda em seu barraco. Ela ficou satisfeita pela visita, e a conversa começou descontraída, até que Carla perguntou:

— Você nasceu aqui?

Aquela simples pergunta produziu uma transformação em Clorinda. O sorriso desapareceu de sua face, e um manto de tristeza a cobriu. Ela ficou em silêncio, olhando para o teto, parecendo lembrar de alguma coisa do passado, e, depois de uns minutos, começou a falar, no princípio lentamente, como se tomando distância para um salto maior, preparando-se para algumas grandes revelações, pensando se conseguiria fazê-las sair de sua boca. Ela parecia querer desabafar fazia muito tempo, mas ainda não tivera coragem para isso. Nesse dia, contou sua história.

— Nasci no Recife, meu pai era marceneiro. Vivíamos em uma casa bonitinha. O bairro era pobre, mas papai era trabalhador e, sempre que podia, melhorava um pouco nossa casa. — Clorinda deu um suspiro. — Eu era filha única, papai gostava muito de mim, e, naquela época, éramos muito felizes.

Fez uma pausa, virou o rosto para o lado. Suas lembranças da infância a emocionavam, e sua voz saía embargada.

— Papai fazia tudo para me agradar. Eu era muito mimada. Ele fazia questão que eu estudasse. Nisso, era exigente. E eu correspondia, sempre tirando ótimas notas.

Clorinda fez outra pausa. Pesava seus pensamentos, parecendo sem coragem para deixá-los vir à superfície. Depois de alguns minutos de silêncio, continuou:

— Papai trabalhava muito. Sua única folga era aos domingos. Íamos à missa, depois ele ia para sua oficina, um quartinho bem pequeno, onde se divertia entalhando madeira. Quando mostrei interesse, ele me deu a maior força e começou a me ensinar. Brincar com a madeira é gostoso. Muito gostoso.

Clorinda respirou fundo uma vez, duas, três vezes.

— Quando estou trabalhando a madeira, é como se o mundo não existisse, como se eu esquecesse todos meus problemas. Também adoro pintar. Aprendi a desenhar na escola, com uma professora que gostava de mim e resolveu me ensinar em suas horas vagas. A pintura é mais difícil, porque as tintas custam caro, enquanto a madeira é de graça. Eu pego o que encontro na praia, trazido pela maré.

Espalhadas pela cabana, havia várias peças de madeira esculpida, algumas ainda não acabadas. Clorinda tinha um estilo primitivo, bonito, muito interessante.

— Todos os seus trabalhos são muito bonitos — disse Carla.

— Perdi muitos no incêndio. Os de que mais gostava se queimaram.

— Acho linda aquela escultura de mulher. Quanto custa? — perguntou Carla.

— É sua. Só o fato da senhora gostar já está me pagando. Não sou uma artista. Faço as esculturas para relaxar e esquecer um pouco da vida.

— Mas quero pagar. Ela é muito bonita.

— A senhora me ofende. Paga minha casa nova e não quer receber um presentinho. Fico até triste se a senhora não aceitar.

Clorinda engasgou quando retomou a história de sua vida. Mas respirou fundo e prosseguiu, Contou esse trecho de sua história de supetão, como se quisesse se livrar dele, jogar fora, esquecer:

— Minha vida mudou quando fiz quatorze anos. Havia terminado o ginásio. Papai saiu para comprar um presente para mim. Não voltou para casa. Assalto no ônibus. Sobrou para ele. Bala perdida.

Clorinda soluçava baixinho. Era como se tudo estivesse acontecendo naquele instante mesmo. Depois de vários minutos de silêncio, Flor interveio.

— Talvez seja melhor você nos contar isso outro dia.

— Não, preciso mesmo desabafar.

Clorinda enxugou os olhos com um lenço, respirou fundo mais uma vez e, depois de pensar um pouco, continuou, falando aos borbotões, como se assim expulsasse todos os seus demônios:

— Como era muito feliz, imaginei se Deus tinha começado a cobrar pedágio por tanta felicidade. Desse dia em diante, nada mais deu certo na minha vida.

Carlos tentou aliviar um pouco a tensão:

— Não fale assim, você ainda vai ser feliz. Mãe Maria viu isso em seu futuro.

— Não acredito mais nisso. Com todo o respeito, acho que Mãe Maria está querendo me deixar animada. Papai morreu nos deixando muito pouco. Vendemos a casa e fomos morar em um casebre alugado. Ficava em um bairro bem longe de onde morávamos. Os vizinhos não nos conheciam. Mamãe nunca tinha trabalhado, porque papai não deixava. Ela tentou arranjar um emprego de doméstica. Não conseguiu. Quando o dinheiro da venda da casa acabou, começamos até a passar fome. Mamãe se desesperou. Foi viver com um gigolô. Ele fez mamãe virar puta.

Daí em diante, a conversa ficou ainda mais turva. Mas Clorinda queria falar, era como se estivesse expulsando um espinho que escondia desde muito tempo no fundo da alma.

— Vida fácil, pois sim, eis um dos nomes mais mal escolhidos para uma profissão. A vida fácil de uma prostituta é duríssima. Especialmente quando a idade começa a chegar; e ela vem cedo para as pessoas do ofício. Ficava cada vez mais difícil ganhar o pão de cada dia. Para piorar, mamãe começou a beber. Quando estava bêbada, se transformava, parecia outra pessoa. Ficava agressiva, uma megera. Não era a mãe que eu conhecia. Nessa época, pouco tempo depois da morte de papai, eu precisava muito de apoio.

Depois de mais uma pausa, Clorinda conteve seu choro e continuou:

— Ser filha de puta, sem pai vivo, e ainda ser bonitinha, é uma desgraça. Um dia, quando tinha quinze anos, meu pai do momento, um bêbado que vivia com minha mãe, me violentou. Ainda em estado de choque, fui me queixar com mamãe, que também estava bêbada, para variar. Ela nem ligou. Dois choques seguidos, o estupro e a indiferença de mamãe. Fiquei anestesiada.

Entre soluços, que ela não mais conseguia controlar, Clorinda continuou. A vida não tinha sido fácil para ela, mas aquele episódio a destruiu. Fez com que esquecesse seus propósitos de sucesso na vida. Parou de estudar. Começou a namorar um vizinho com o dobro de sua idade. Ela tinha, então, quinze anos. Clorinda via no namorado um apoio que não tinha desde a morte do pai. João estava preparando sua vinda para o Sul. Convidou-a para vir junto. No Sul, iriam se casar. Ela fugiu de casa e viajou com ele. Isso, mais de dez anos atrás. Desde então, não tivera notícias de sua mãe.

Clorinda parou de falar, olhou para o teto, olhou para o mar, pegou coragem, continuou:

— João não era o melhor dos homens. Também, quando não estava bêbado, não era o pior. Eu não gostava dele. Era só simpatia. Mas queria fugir para longe. Naquele tempo, João ainda não bebia muito. Chegamos a Paraty depois de longa viagem, parando para trabalhar pelo caminho para conseguir dinheiro.

Nova pausa, novos soluços embargavam a voz de Clorinda. Mesmo assim, aos trancos, ela soltou o resto da sua história. Em Paraty, eles foram morar em um casebre abandonado, o mesmo que havia sido incendiado. Trabalhando duro, conseguiram torná-lo habitável. Logo, os problemas começaram. João ficou amigo do Tuba, que já tinha a birosca na beira da estrada, herdada de seu pai, que vendia frutas da região.

Nova crise de choro. Para relaxar, Carlos interrompeu:
— Tuba! Que nome esquisito.
— Ganhou esse apelido porque pegou um tubarão à unha quando jovem — explicou Flor.

O resto da história saiu da boca de Clorinda aos trambolhões. Vender frutas dava menos dinheiro do que vender bebidas, e vender bebida menos ainda do que vender prazer. Tuba e João se juntaram para construir um segundo andar no Bar da Estrada, com três quartos. Foi então que mudaram o nome para Bar das Meninas Alegres, para anunciar a nova linha de negócios. No princípio, a única menina era Preta.

Clorinda, apesar da emoção que lhe embargava a voz, queria falar, queria continuar a contar seu drama, como se isso a ajudasse a varrer sua tristeza para o fundo da alma. João começou a ganhar um dinheirinho. Aí o problema da bebida piorou, e ele começou a usar drogas. Primeiro maconha, depois coisa pior. Clorinda vivia desesperada, vendo a vida de seu marido se arrebentar à sua frente. Um dia, com fome e sem dinheiro até para comprar comida, foi encontrar João no Bar. Um bacana da cidade queria lhe oferecer emprego. Ela tomou um refrigerante por insistência dele.

Clorinda recomeçou a soluçar. Entre soluços, despejou:
— Colocaram alguma coisa no meu copo.

A pausa agora foi mais longa, o choro convulsivo. Não conseguia parar de chorar. Quando Flor fez menção de se levantar, e chamou os outros para sair, Clorinda conseguiu se controlar um pouco e contar o resto da sua desgraça entre soluços.

João a obrigou a vender seu corpo a fim de ter dinheiro para comer e para pagar seus vícios. Para aguentar aquela barra, Clorinda começou a beber. E bebia cada vez mais. Era seu jeito de se anestesiar para suportar a vida. Só parou de ser puta quando João se mandou, desapareceu. Com a ajuda e os conselhos de Mãe Maria, mudou de vida.

Aquele desabafo estava sendo doloroso para Clorinda. Flor interveio:

— Acho melhor continuarmos a conversa em outra oportunidade.

— Não, dona Flor, tenho que botar tudo pra fora. É como se tirasse um peso das minhas costas.

— Mas não queremos que você sofra com essas lembranças — disse Carlos.

Clorinda nem o ouviu. Continuou a contar sua história. A ambição de João era maior, ele entrou no negócio de drogas. Além de usuário, passou a ser também distribuidor. Não cumpriu a regra básica: traficante não pode ser usuário. João se excedeu. Trabalhava pouco, ficava a maior parte do dia loucão. E ficou devendo grana ao Tuba. Um dia, desapareceu.

— Recebi um recado de que não adiantava procurar por ele; que ele se mandara para Pernambuco para fugir dos credores.

Clorinda falava como se quisesse se punir quando se definia como puta. Ao conhecer melhor Mãe Maria, e se aproximar mais dela, sua vida começou a mudar:

— Ela foi uma segunda mãe para mim. Graças a ela, a seus conselhos e apoio, mudei de vida. Dona Flor também me deu muita força.

Clorinda agora vivia para Ângela, sua filhinha de cinco anos. Todos os seus sonhos de menina, ela os transferira para Anja, como a chamava. Ela ia estudar, ia se formar, ia ser doutora. Para ela, Clorinda dava duro.

Clorinda não queria parar de falar, queria continuar sua catarse. Respirou fundo mais uma vez.

— João sumiu, voltou para o Nordeste sem se despedir. Nem uma carta. Não sei se ele queria fugir de mim também, ou era só das dívidas. Para mim, não faz diferença. Ele estava sendo ameaçado por gente brava.

Clorinda continuara a trabalhar no Bar, agora como cozinheira. Mas se recusava a botar qualquer bebida na boca, nem Coca-Cola. Era melhor não arriscar. Mostrava muita gratidão pelo apoio que recebera de Mãe Maria e Flor, fazendo questão de repetir:

— Foi Mãe Maria quem me aconselhou e me deu força para largar a vida de puta. Hoje trabalho duro na cozinha, e minha vida ficou menos ruim. Não canso de agradecer a ela. Foi como se tivesse saído do inferno. Não é que tudo esteja bem. Ainda estou no purgatório. Aquele lugar não serve para mim. Aparecem alguns antigos clientes que não entendem que mudei de vida. Ainda querem me levar pra cama. Depois de tomarem umas e outras, é muito difícil explicar que não sou mais puta. Ainda por cima, tenho que brigar o tempo todo com o Tuba, que volta e meia tenta me convencer a dar uma ajudazinha às meninas do andar de cima.

Clorinda agora vivia para Anja, tinha até conseguido juntar um dinheirinho, que escondera de João, para quando ela começasse a estudar. Ela se parecia muito com João. Era até feinha, uma bênção para menina pobre, filha de mãe-dama.

— Eu não fiquei alegre com a fuga de João — disse Clorinda —, mas, falando francamente, ele não me faz falta nenhuma. Já não aguentava morar com ele, e tinha me decidido separar. Depois que ele se mandou, meus amigos comentaram que fiquei com um problema a menos.

Quando Clorinda terminou de contar seu drama, ficou parada, olhando para o teto em silêncio. Flor fez um sinal para Carla, e os três saíram de mansinho. Não era hora de falar sobre a ida ao delegado.

> Um gato foge de cachorro grande. Porém, se encurralado, se arrepia e vai à luta.

CAPÍTULO 24

Jogo bruto

Carlos passeava com Flor pela praia. Andaram até a aldeia dos pescadores e encontraram o pessoal agitado. Mãe Maria estava conversando com Onça e Clorinda. Tão logo os viram, chegaram perto deles, e Onça foi logo dizendo:

— Pensei que os bandidos tivessem desistido depois daquela lição. Que nada! Vieram em maior número e queimaram três barracos.

Clorinda chegou perto do grupo e disse:

— Não adianta mesmo a gente se acovardar. Agora quem quer dar queixa à polícia sou eu. Tentei evitar a luta, mas já vi que não dá. Seja o que Deus quiser.

— Um gato foge de um cachorro grande quando o encontra. Porém, se encurralado, se arrepia e vai à luta — disse Mãe Maria.

Coragem não é um artigo que se encontra com facilidade. É preciso coragem para ter coragem. Mesmo assim, Clorinda estava conseguindo, aproveitando a raiva do grupo, insuflar coragem nos moradores que tiveram seus barracos destruídos, instando para se juntarem a ela na queixa. Dois deles já haviam topado. Foram em dois carros para Paraty, levando os três denunciantes para prestar depoimento, acompanhados por Onça e Carlos.

— Bem — disse Carlos —, agora o delegado terá que se mexer. Certo?

— Amigo, não sei não. Acho que você está sendo otimista.

— Otimista? Com três barracos queimados?

— Barraco de pobre. Você vai ver, amigo. Não conte com a ajuda da polícia.

Foi um dia bem agitado. O delegado prometeu tomar providências. Pelo seu jeito bonachão, Carlos temia que seus movimentos fossem lentos demais. Eles chegaram tarde na pousada. Apesar de ser inverno, a noite estava quente, o ar parado, o mar, um espelho, refletindo os raios prateados da lua. Enquanto esperavam pelo jantar, Carlos chamou Flor para um banho de mar à luz do luar.

— É para descansar a cabeça. Ainda temos meia hora antes do jantar. Dá uma boa relaxada.

Flor aceitou o convite com evidente prazer. Joel conversava com Carla, sentados no banco em frente à pousada. Ela parecia nervosa.

— O que a preocupa? — perguntou Joel. — Você está agitada.

— Nada, não. Estou só com dor de cabeça.

— Quer uma Novalgina?

— Não, não. Deixa pra lá.

Joel olhou para o mar, viu Carlos com Flor e comentou, falando alto para que eles ouvissem:

— Não ia me admirar se isso acabasse em romance. Você não acha que esses dois estão se entendendo bem demais?

Carla não respondeu. Com fisionomia tensa, levantou-se e foi para dentro da pousada.

Carlos olhou para Flor, que também ouvira a observação de Joel. Seu rosto ficou vermelho. *Engraçado! Flor parece que simpatiza comigo, mas alguma coisa muito forte a segura.*

Com a lua cheia brilhando no céu, o ambiente estava perfeito para um romance. Mesmo assim, Carlos não conseguia quebrar as reservas de Flor. Algo de misterioso existe na vida dela, pensou. O caso de seu marido nunca fora bem explicado.

A queima dos barracos serviu para acordar a comunidade. Mesmo os que queriam vender logo suas posses para se livrarem daquele problema ganharam novo ânimo. A briga agora seria de todos. Carlos pediu a Onça que fosse até a pousada com Clorinda. Queria fazer uma reunião, falar-lhes longe de ouvidos traidores. Quando chegaram, Carla, Joel, Flor e Carlos já os esperavam. A reunião era para traçar a nossa estratégia de luta. Tão logo entraram, Onça foi contando a novidade.

— Amigo, Tuba procurou a Clorinda, pressionando-a para retirar a queixa na polícia. Deu uma desculpa esfarrapada, dizendo que, quanto menos polícia rondando nossa colônia, melhor. Chegou até a ameaçar. Se continuasse insistindo, iria botá-la pra fora do emprego.

Carla, virando-se para Clorinda, falou:

— Você não tem que se preocupar com Tuba. Ele não pode fazer mais nada para prejudicá-la. Até é bom ser despedida. Você não vai mais trabalhar para ele. Estou lhe arranjando outra coisa, muito melhor do que ser cozinheira do Tuba.

E, vendo a cara de espanto de Clorinda, acrescentou:

— Não me peça para contar nada ainda. Dá para guardar sua curiosidade só por uns dias?

Clorinda abriu um sorriso antes de falar, com voz decidida:

— Já estou decidida a largar o emprego no bar, mas só posso fazer isso quando arranjar outro. Tenho uma filhinha pra criar.

— Engraçado, amigo, todo mundo sabe que Tuba paga proteção à polícia. Não haveria nenhuma razão para ele ter receio.

— O jogo é pesado — disse Flor. — Isso mostra que o nosso inimigo tem seus aliados perto de nós. Desconfio que Tuba possa ser do bando interessado na compra das terras.

— Não desconfie, amigo, tenha certeza. Tuba sempre foi um mau-caráter.

— Também acho — disse Carlos —, temos que agir rápido. As investigações da polícia não vão dar em nada. Quanto ao prefeito, não me surpreenderia se ele já estivesse do lado de lá. A esta altura, já descobriu quem quer comprar as terras e deve estar no negócio. É provável que tenha feito contato com o tal empresário logo depois daquele nosso encontro.

— O que o amigo propõe?

— Sugiro continuar o nosso trabalho político. Vamos cadastrar eleitores. Temos pouco tempo. As eleições devem se realizar daqui a pouco menos de sete meses, e o prazo para a expedição de novos títulos se encerra seis meses antes das eleições.

— Muitos dos nossos vizinhos não têm nem carteira de identidade, amigo.

— Vamos organizar a emissão das carteiras e dos títulos. E não somente na nossa colônia, vamos trabalhar também nas colônias vizinhas.

— Vai ser um trabalho de leão.

— Não, vai ser um trabalho de onça — atalhou Carlos.

A turma riu do trocadilho, e Carlos continuou:

— E tem mais, queremos um candidato da colônia a vereador.

Carlos foi o foco de olhares espantados.

— E quem vai ser o candidato?

— Podem escolher. Existem três pessoas nesta roda que moram em Praia Brava.

Flor deu sua opinião:

— Clorinda está ficando conhecida, será fácil arranjar votos para ela. Todos da colônia, e muitos de fora, já sabem que queimaram o seu barraco. Isso comove. Pode dar muito voto.

— Eu não — disse Clorinda. — Para ganhar votos, o candidato tem que ser desembaraçado, fazer discursos, falar bonito. Sou tímida, não tenho nenhuma chance.

Carlos falou:

— Onça é o mais indicado. Ele é bem-falante, bom de conversa, simpático, todos gostam dele.

Onça ainda quis protestar, mas o fez sem convicção. Estava claro que tinha gostado da sugestão. Mesmo assim, fez uma ressalva:

— Amigo, só aceito depois de conversar com Mãe Maria. Vou seguir o conselho que ela me der.

— Acho legal — disse Flor.

Joel fez uma pergunta:

— Será que a opinião de Mãe Maria nesse assunto de política adianta alguma coisa?

Foi Flor quem respondeu, falando com entusiasmo:

— Você tem que conversar com Mãe Maria. É uma pessoa fantástica. Ela vê sua vida toda.

— Vamos começar a planejar tudo — disse Joel — pois tenho certeza que Mãe Maria vai apoiar a ideia.

Carlos virou-se para Joel e brincou:

— Vidente também? Mãe Maria já tem um concorrente. Nosso Joel é mesmo um cara versátil. Não é à toa que é consultor.

Todos riram e aceitaram imediatamente a proposta do Joel. Carlos disse:

— Bem, amanhã mesmo começamos o recrutamento e a preparação dos documentos para emitir identidade e título para todos da colônia com mais de dezesseis anos. Onça vai ter de fazer o recrutamento também em outros bairros, onde algum dos nossos amigos tiver um conhecido. Ele vai liderar o trabalho, e eu vou reservar uma grana para pagar os retratos e as passagens dos eleitores até o cartório eleitoral.

— Agora a guerra começou mesmo — disse Joel. — Esta praia vai ficar bem divertida.

> Se a vida é uma escada que se deve subir, há que se colocá-la no muro certo. É triste descobrir, depois de muito tempo e esforço, que ela foi colocada no lugar errado.

CAPÍTULO 25

Sonho despedaçado

Em Praia Brava, Carlos estava se descobrindo e descobrindo Flor. Chegando à pousada, encontrou-a:

— Carlos, vamos buscar as sementes agora? — perguntou Flor.

— Hoje? O tempo está feio. Parece que vem chuva grossa.

— Seu carro tem goteira?

Carlos estava indeciso. Alguma coisa lhe dizia para deixar as sementes para outro dia. Mas Flor insistiu. A ideia da criação de ostras e coquilles estava se tornando uma realidade. Flor e Carlos haviam resolvido não esperar pela aprovação da prefeitura, mas seguir em frente, forçar a barra. O trabalho de preparação inicial estava pronto, o projeto, com a ajuda do Instituto, já elaborado, e eles haviam começado a adquirir o material necessário para sua implantação. As linhas estavam colocadas no mar, tudo pronto para receber os cestos com as sementes. Cultivando frutos do mar, com a ajuda de Flor, Carlos também esperava cultivar frutos do amor.

Nesse momento, Onça chegou à pousada, e Carlos convidou-o para ir com eles. Onça parecia hesitar, e, mais uma vez, vieram à mente de Carlos as advertências de Mãe Maria. Onça, que devia estar com pensamentos semelhantes, sugeriu:

— Acho que hoje não é um bom dia para ir a Angra.

— Quem sabe deixamos para amanhã? — disse Carlos.

Flor fez uma cara triste. Carlos resolveu:

— Se você está tão ansiosa, vamos lá.

Flor convidou Carla para ir com eles, mas ela recusou, alegando que tinha um compromisso, e que ia ligar para marcar um encontro. Foi para um canto da sala, pegou seu celular e fez a ligação, falando em voz baixa.

* * *

Quando passavam pelo cruzamento da estradinha da pousada com a BR 101, viram Tuba, encostado em uma caminhonete vermelha, conversando com um sujeito mal-encarado.

— Quem era aquele sujeito que estava com Tuba? — perguntou Carlos.

— Sei não, amigo. Ele é de fora.

— Cara de assassino — disse Flor.

A viagem até Angra foi tranquila. Chegando ao Instituto, pegaram as sementes e se apressaram a retornar para Praia Brava. Já estavam na estrada, quando Onça os alertou.

— Amigo, tem uma caminhonete nos seguindo.

— Percebi isso — disse Carlos. — É aquela que encontramos perto do bar do Tuba.

— Melhor deixar ela passar, amigo.

— Já diminuí a marcha, mas eles também. E desconfio que vi um revólver na mão do cara ao lado do motorista. O que vamos fazer?

Sem esperar resposta, Carlos acelerou o carro. Porém, ao chegar às curvas, tinha que diminuir muito, pois o Ecosport não tinha tanta estabilidade. *Se fosse seu antigo Honda...* A caminhonete não tinha esse problema e, pouco a pouco, ia chegando mais perto.

— Logo ali na frente, depois da curva, tem uma estradinha de terra, escondida no meio do mato — disse Onça. — Se você virar rapidamente, o pessoal do outro carro não vai nos ver. A curva vai nos esconder.

— Essa estradinha vai dar onde? Não quero ficar encurralado.

— Numa casinha velha no meio do mato — respondeu Onça. — Se eles nos seguirem, não temos saída. Vamos ficar encurralados. Tem uma pedreira abandonada, logo atrás da casa. Ela é muito alta. Não dá para ser escalada.

— O problema é que, se demorarmos muito, podemos perder nossas sementes — disse Flor, preocupada. — Não estão acondicionadas para muito tempo de estrada e não vão resistir.

— Prefiro salvar nossas vidas — disse Carlos, nervoso.

Olhando pelo retrovisor, teve certeza de que o cara do banco ao lado do motorista tinha mesmo a arma. Ele estava com o braço direito para fora do veículo e apontava um revólver para eles. Logo, um primeiro tiro, que passou perto sem atingi-los.

— Se ficarmos na estrada, vamos ser presa fácil — disse Carlos. — Não temos opção. O jeito é arriscar.

— E as sementes? — perguntou Flor, sem receber resposta.

Tão logo o carro iniciou a curva, Carlos virou rapidamente o volante para entrar na estradinha de terra que ficava do lado direito da rodovia. O carro quase capotou, mas ele conseguiu controlá-lo com um golpe de direção para a esquerda. Isso os fez sair da trilha, mas Carlos conseguiu voltar.

Depois de uns trezentos metros, ele freou e abrigou o carro em uma moita. Todos saíram do carro e se esconderam atrás das árvores, de onde viam a estrada sem serem vistos. Foi um alívio generalizado quando o veículo dos bandidos passou pela curva voando, sem perceber que a presa havia tomado um desvio. Mas a preocupação continuava, pois sabiam que, quando os bandidos se dessem conta de que o carro que perseguiam não estava na estrada, voltariam para procurá-los.

Flor reclamava que eles tinham que chegar à colônia antes que as sementes morressem. Não podiam esperar por mais de quinze minutos, mas nenhum dos dois se dava ao trabalho de responder.. Nesse momento, Carlos lembrou-se novamente das palavras de Mãe Maria: "obstáculos muito bravos pela frente."

Depois de vários minutos, retornaram com cuidado à rodovia, sem ver sinal da caminhonete que os seguia. Carlos acelerou fundo para recuperar alguns minutos do tempo perdido, tentando chegar rapidamente à encruzilhada de Praia Brava. Estavam passando por um trecho em que a estrada rodeava uma ribanceira, tendo a praia bem embaixo, quando, parada em uma estrada secundária, viram a caminhonete. Ela logo acelerou, tentando atingir o carro de lado e arremessá-lo no mar.

Carlos deu um golpe rápido na direção, o carro balançou, quase capotou, mas ele conseguiu controlá-lo. Conseguiu passar incólume por poucos centímetros, mas a caminhonete, depois de quase cair no barranco, conseguiu voltar à estrada e retomar a perseguição. O capanga voltou a atirar. Estavam perto do Bar das Meninas Alegres. Carlos forçava o carro até a velocidade máxima que sua estabilidade permitia. Dobraram para Praia Brava, arriscando-se a quebrar todas as molas do carro, voando por cima dos buracos.

* * *

Mãe Maria, no seu terreiro, sentiu um estremecimento. Foi para frente do altar, concentrou-se, rezou. "Que os deuses não permitissem o fim de um sonho".

* * *

Depois que viraram na encruzilhada, o outro carro não os acompanhou. Estavam salvos. E as sementes também. Os bandidos haviam dado vários tiros, e um deles atingira o vidro traseiro do Ecosport, que se espatifara. Pelo menos duas outras balas tinham perfurado a lataria, mas ninguém estava ferido. A partir desse momento, a preocupação nunca mais os abandonaria.

O perigo do momento fora vencido, mas Carlos continuava tenso. Tinha certeza, pelas palavras de Mãe Maria, que outros acidentes ainda o esperavam, e que poderia vir coisa pior pela frente, mas não queria alarmar ninguém. Fez uma anotação mental para procurar Mãe Maria e conversar mais com ela, buscando alguma orientação que o ajudasse a preparar suas defesas.

Logo que chegaram à praia, colocaram as sementes nos cestos e os levaram à água. Começava a criação de coquilles e ostras em Praia Brava.

Terminada a tarefa, Flor, que se mostrara tão calma durante toda a perseguição, não segurou a emoção. Começou a chorar. Carlos chegou ao seu lado e carinhosamente a abraçou. Flor encostou a cabeça no seu peito e, ainda soluçando, falou:

— Eu quero tanto esse projeto! Ele é importante para os pescadores, mas também para mim. Todos os meus sonhos de bióloga.

— Nós não vamos desistir, mesmo que esses bandidos nos criem mais problemas. Só se me matarem.

— Esse é o problema — disse Flor, com a voz entrecortada por soluços.

Muito antes do que esperavam, começaram os outros problemas. A guerra das coquilles estava apenas no princípio. Naquela noite, uma lancha entrou na Praia Brava e começou a danificar as linhas do projeto. Era noite de lua crescente, e havia pouca luminosidade sobre o mar. Alguns pescadores viram, da praia, a destruição. Pensaram mesmo em colocar seus barcos no mar, mas não chegariam a tempo de evitar os estragos. A lancha era moderna, e o barco mais veloz da colônia não teria qualquer chance de alcançá-la.

Algumas vezes, o acaso favorece os mais fracos. As pás da lancha se enroscaram em um pedaço de corda, provavelmente das próprias linhas destruídas, e o motor subitamente parou. Quando os pescadores se deram conta do ocorrido, correram para seus barcos. Enquanto isso, os bandidos trabalhavam freneticamente, tentando libertar as pás do motor das cordas. O primeiro barco dos pescadores estava quase os alcançando, mas, quando os bandidos sentiram que iriam ser pegos, um deles tirou um revólver da cintura e começou a atirar contra os pescadores. Isso obrigou a turma a recuar. Tempo necessário para eles se livrarem das cordas. O motor da lancha voltou a funcionar, e eles escaparam.

No dia seguinte, contaram a Carlos o ocorrido:

— Como foi o estrago nas linhas? — perguntou ele.

— Grande, amigo. Só vamos ter uma ideia depois de uma boa inspeção.

Avaliados os estragos, perceberam que teriam de começar quase do início. Poderiam apenas aproveitar algumas cestas, que conseguiram pescar em bom estado. Porém, não iriam desistir facilmente. Compraram e substituíram o material danificado. Carlos falou com o Instituto, que concordou em fornecer as novas sementes gratuitamente. Com ânimo fortalecido, eles remontaram todo o projeto. A partir desse dia, Flor colocou um vigia noturno, dormindo dentro de um barco, armado com uma espingarda e com sinalizadores marítimos, para tomar conta das instalações.

Carlos foi também se aconselhar com Mãe Maria, que lhe disse:

— É preciso mais do que uns poucos capangas para destruir um sonho bem sonhado. Seu sonho, e de Flor, tem força suficiente para enfrentar os desafios ainda maiores que virão.

Mesmo com toda a força que o sonho pudesse ter, as dificuldades pareciam ser mais poderosas. Uma lancha da prefeitura apareceu, no dia seguinte e, alegando que o projeto era irregular por não ter autorização de implantação, recolheu todos os equipamentos do projeto: linhas, balaios, e até as sementes, que evidentemente não iriam resistir fora da água.

Na pousada, Flor foi a primeira a receber a notícia, trazida por um pescador. Carlos encontrou-a na sala, chorando, e sua reação foi de revolta. Bateu na mesa com força, xingou o prefeito. Resolveu sair para esfriar a cabeça.

Carlos andava em direção à colônia, de cabeça baixa, encurvado, tão diferente do homem vitorioso que fora, tão semelhante ao Carlos aposentado. Pensava na reação de Flor, temia apagar o fogo de seu entusiasmo, não queria desapontá-la. Parou. Sentou-se na areia. Não estava preparado para encontrar os amigos. Nesse momento, Zeca apareceu ao seu lado.

— O moço não pode querer ganhar todas. Paulada também é boa de ensinação. Mió que vitória pra ensinar.

Como Carlos nada respondesse, ele continuou:

— Só não pode desanimar, não, moço. O jogo ainda pode virar.

Carlos olhou para ele, sem saber o que responder, também sem querer falar. Olhos fixos no mar. No estado em que estava, não queria nem pensar.

> *Todos temos uma estrela dentro de nós, porém não deixamos que ela brilhe, por preguiça, por medo, por falta de confiança em nós mesmos.*

CAPÍTULO 26

A estrela que brilha

Carlos conversava com Mãe Maria, bebendo de sua fonte de sabedoria. Ao terminar, já de pé, ela ainda lhe disse:

— A vida tem um roteiro, preparado para cada um de nós. Não tente contrariar esse roteiro, para não ser infeliz. Você deve se manter atento aos sinais da vida e deve escolher bem seu caminho. Assim a vida dói menos.

— Tudo bem — disse Carlos —, mas como saber como agir? Quais as escolhas que devemos fazer?

— Deus já preparou um roteiro para sua vida, cabe a você encontrá-lo.

— Mas se o caminho está escolhido, como fica nosso livre-arbítrio?

— Você tem livre-arbítrio para seguir ou se desviar do caminho. Se seguir, será feliz, se se desviar... infeliz.

Carlos saiu do terreiro e, na porta, encontrou Flor, Carla e Joel, que vinham visitar Clorinda. Quando Mãe Maria os viu chegar, veio cumprimentá-los. Devia ter percebido a animação do grupo, porque foi logo dizendo:

— Pela cara de vocês, acho que têm alguma notícia boa.

Joel não se conteve:

— Mãe Maria, temos novidades sensacionais. Carla esteve no Rio para cuidar de assuntos particulares e aproveitou para visitar um amigo.

Carla o interrompeu, falando alto, entusiasmada.

— Mãe Maria, mostrei a um marchand, amigo meu, uma escultura da Clorinda. Ele ficou entusiasmado. Quer conhecer a artista e ser seu empresário.

— Pelo jeito — disse Carlos — Clorinda vai começar criando um mundo novo para ela mesma.

— A função do artista é essa — disse Mãe Maria. — Criar um mundo novo para todos nós, transportar o homem para além da vida cotidiana, dos seus medos, para além da morte. Especialmente da angústia da morte.

— Eu gostei muito do trabalho da Clorinda — disse Carla —, mas, não sendo especialista, não podia dar uma opinião técnica. Esse meu amigo, o Pierre, achou a escultura genial e quer promover a artista.

Foram procurar Clorinda para dar a boa notícia e prepará-la para o encontro com Pierre, que aguardava um telefonema de Carla para vir a Paraty. Ela estava conversando com Onça. Carla falou:

— Ontem eu lhe disse que você poderia ter uma surpresa. Agora, quero lhe comunicar que você está mudando de profissão.

— Mudar de profissão e fazer o quê? Eu só sei cozinhar. Tenho filha para criar e não posso me meter em aventuras.

— Agora você vai ser artista. Quer dizer, artista você já é; vai ganhar dinheiro com seus trabalhos.

Clorinda, surpresa, custou a acreditar que alguém quisesse pagar por sua arte. Depois, apesar de animada, entrou em uma maré de insegurança.

— E se não der certo? E se ninguém quiser comprar meus trabalhos?

— Deixe disso, Clorinda, você já mostrou que é guerreira, vai ser uma vencedora em sua carreira artística — disse Mãe Maria.

Com essa afirmação tão enfática de Mãe Maria, Clorinda criou coragem e abriu um antigo sorriso, como nunca mostrara desde a morte de seu pai. Eles combinaram organizar um encontro na pousada, para apresentar Clorinda ao marchand. Flor também estava entusiasmada. Fez questão de convidar Mãe Maria e Onça para o jantar de Pierre na pousada. Com a presença de amigos, Clorinda se sentiria mais segura.

Flor encomendou a Zefa um prato típico da região: azul-marinho. Era um peixe, pirajica branca, típico da região, feito com bananas-nanicas bem verdes, contendo bastante cica. Acompanhava um pirão feito de farinha de mandioca. O prato era feito em panela de ferro, e a reação do ferro com a cica da banana produzia a cor azulada que dava nome ao prato. Era realmente uma antiga especialidade dos caiçaras da região.

Clorinda trouxe para a pousada todos os trabalhos que haviam sobrado do incêndio. Além das esculturas em madeira, ela tinha também alguns quadros, pintados em pano comum, com molduras rústicas. Esses, ela nem queria mostrar, mas Carla insistiu e fez questão de trazer para a pousada.

Pierre chegou por volta das sete horas da noite. Todos na pousada já o esperavam ansiosos e haviam até improvisado uma exposição das esculturas e quadros de Clorinda na sala de estar. Ele ficou impressionado com a qualidade dos trabalhos. Virou-se para Clorinda, que aguardava nervosamente o resultado de seu exame, e disse:

— O trabalho é ótimo, excepcional. Quero lhe dar os parabéns.

Clorinda largou sua expressão preocupada e abriu um sorriso de alívio.

— É bondade do senhor. Eu nunca estudei escultura nem pintura. Faço o que me vem na cabeça.

— Sua arte é espontânea, pura. Isso é excelente! Às vezes, muita técnica até atrapalha.

— Meu pai era marceneiro e me mostrou como esculpir a madeira. Mas, na pintura, não tive orientação nenhuma. Uma professora do Recife me ensinou um pouco de desenho.

— Temos de fazer uma exposição no Rio. E vai ser uma exclusiva. Para isso, seria bom você fazer mais trabalhos. Minha galeria é grande, temos que preencher todos os espaços.

— As esculturas, eu posso fazer. Telas... não garanto. Não tenho dinheiro pra comprar tinta pra pintar. A grana tá curta.

— Não se preocupe, vou lhe mandar tintas e também umas telas de qualidade. Seu trabalho não merece ser feito em um pano comum. Você agora vai ser uma artista famosa, vai ter muito sucesso.

Podia-se ver a alegria estampada no rosto de Clorinda. Onça, sentado em silêncio no canto da sala, também transbordava de felicidade. Mas parecia um pouco preocupado, talvez achando que uma grande artista não se interessaria por ele. Carla exultava por ter sido a descobridora da nova artista, e Flor também estava toda animada.

— A primeira exposição da grande artista já está acontecendo na minha pousada — disse Flor. — Quando Clorinda ficar famosa, isso vai ficar registrado na história da casa.

— A propósito — disse Pierre —, onde você trabalha?

— No meu barraco mesmo, antes dele ser queimado. Com ajuda de dona Carla, estou construindo um novo. Barraco de pobre se constrói rápido. Amanhã ele já deve estar pronto.

— Faço questão de arranjar um estúdio para você no Rio. Lá, você vai ter tranquilidade para trabalhar.

Clorinda hesitou uns poucos segundos. Talvez achasse que desapontaria seu benfeitor:

— Se o senhor não se importa, prefiro continuar na colônia. Todos os meus amigos moram aqui. Eles estão passando por uma crise, e não quero fugir da luta.

— Amigo, isso até dá uma boa propaganda: "A artista que mora no mato" — disse Onça, talvez temendo perder a companhia de Clorinda.

— Boa ideia. Depois que você fizer sucesso, vou trazer algumas pessoas para ver seus trabalhos no próprio local. Amanhã mesmo, chegam as telas e as tintas. E a madeira, você compra por aqui mesmo?

— Uso madeira que encontro na areia, trazida pela maré. Estou sem estoque desde o incêndio da minha cabana.

— Vou deixar um dinheiro com você, para o que for preciso.

— Isso não, doutor, o senhor já está me dando uma grande chance de melhorar de vida, não posso aceitar seu dinheiro.

— Quero comprar agora algumas de suas peças. E vou fazer um excelente negócio, porque elas vão valorizar muito.

Pierre tirou da carteira algum dinheiro e entregou a Clorinda, que arregalou os olhos.

— Isso é muito, doutor.

— Não, isso é pouco. Não tenho mais dinheiro na carteira agora. Vou mandar o resto depois.

Clorinda ficou parada, como se estivesse anestesiada. Sua vida, desde que conhecera Carla, estava parecendo um sonho do qual temia acordar.

— Pessoal, o jantar está na mesa — disse Flor. — Venham, antes que a comida esfrie. É um jantar em homenagem à nossa grande artista, Clorinda, e ao senhor Pierre.

Flor não precisou falar duas vezes. O aroma da comida chamava mais forte. A fome da turma já era grande. Pierre nunca havia comido tal iguaria e, como bom gourmet, quis logo a receita. A sobremesa foi mais tradicional: quindins caseiros, deliciosos. Enquanto a turma saboreava a sobremesa, Pierre ficou sabendo, por um comentário de Flor, que Mãe Maria era vidente. Ficou logo interessado e perguntou:

— Será que Mãe Maria pode nos dizer se Clorinda vai ter sucesso como artista?

— Para isso, não precisa ser adivinha, seu Pierre. O senhor mesmo, como especialista, pode julgar a qualidade da sua arte. Eu conheço a Clorinda há muito tempo e sei que ela é uma guerreira. Dois mais dois são quatro — concluiu Mãe Maria.

— Mas não dá para saber mais do que isso?

Flor pôde perceber que Pierre estava interessado em conversar com Mãe Maria. E o assunto não era o sucesso de Clorinda como artista, o que ele mesmo poderia prenunciar.

— Que tal marcar um dia para Mãe Maria recebê-lo pessoalmente? — sugeriu Flor.

Pierre se animou, virou-se para Mãe Maria e disse:

— Estarei aqui o dia que você conseguir marcar, só para consultá-la. Preciso de uns conselhos para umas decisões importantes que preciso tomar.

Mãe Maria marcou uma consulta para Pierre para o dia seguinte, o que o deixou alegre. Mais alegre estava Clorinda. Alegre, mas também preocupada, insegura, sem querer acreditar que aquele sonho fosse real, com medo de acordar.

> Uma vida sem sonhos é uma vida sem alegria. Sonhos são para serem sonhados, mas não adianta só sonhar, tem que correr atrás.

CAPÍTULO 27

Sonhos

— É verdade — disse Carlos para Mãe Maria. — Onça agiu rápido. Conseguiu juntar noventa eleitores na colônia. Em duas colônias vizinhas, recrutou mais duzentos. Com esses votos, e mais o que conseguir na cidade, ele pode ser eleito, porque Paraty é uma cidade pequena, com poucos eleitores.

— Se nossas cidades fossem administradas por gente séria, o povo viveria melhor.

Carlos estava animado. Para uma cidade pequena como Paraty, trezentos votos já era um número expressivo. É claro que não se poderia contar com a totalidade desses votos. Sempre é bom não esperar milagres. Onça teria que trabalhar duro, fazer campanha para conseguir votação em outros redutos.

Onça conseguiu se unir a um candidato a prefeito com ideias bem condizentes com as aspirações dos pescadores. O Dr. Alberto pretendia criar empregos em Paraty, favorecendo o turismo, mas sem agressões ao meio ambiente. Via as colônias de pesca como um atrativo turístico e pretendia urbanizá-las, dotando-as de tratamento de esgoto e água encanada. Ele era uma figura diferente. Médico clínico, tinha seu consultório no centro da cidade, onde cobrava dos ricos e atendia de graça os pobres. Gordinho, sessenta anos, nunca havia se interessado por política, apesar dos inúmeros convites que recebera para concorrer à Câmara de Vereadores e mesmo à prefeitura. Desta vez, sua indignação pela forma como o atual prefeito estava conduzindo sua administração fez a mágica de convencê-lo a entrar na disputa eleitoral.

Onça já o conhecia. A maioria dos pescadores da colônia corria ao seu consultório quando algo não ia bem. Carlos foi com Onça ao encontro do Dr. Alberto, este já na condição de candidato a prefeito, e Onça pensando em tentar a vereança. A conversa foi melhor do que esperavam. Onça disse:

— Amigo, gostei muito de saber que o senhor topou a briga com o prefeito. Paraty tem que mudar. E o senhor é o homem certo.

— Não estou muito convencido disso — disse o Dr. Alberto.
— Preferia que outro, mais bem preparado do que eu, aceitasse o desafio. O que não podemos admitir é continuar com essa administração desastrada e corrupta.

— Por isso mesmo, o senhor é um bom candidato — disse Onça. — Precisamos de gente séria na prefeitura.

— Além de sério, o prefeito tem que ser bom administrador. Nunca administrei nada maior que minha clínica, que, apesar da grande clientela, nunca foi lá bem das pernas.

— Porque o senhor é bom demais, não cobra consulta de muitos clientes. Na prefeitura, esse seu lado social poderá se expandir. Mas estou procurando o amigo porque também pretendo entrar na política. A turma da colônia quer que eu concorra para vereador.

— É mesmo? Ótima ideia. Mãe Maria também vai apoiá-lo?

— Claro! Ela me deu muita força. Acha que precisamos mudar a política de Paraty.

O Dr. Alberto se entusiasmou com a ideia de ter o apoio de Mãe Maria e dos pescadores de Praia Brava. Mesmo sem experiência em política, Onça poderia ser o reforço que faltava para que sua campanha deslanchasse. Ele era um lutador.

Nesse mesmo dia, Onça entrou de peito aberto na disputa, acompanhando o Dr. Alberto em um passeio pela cidade. No princípio, ainda estava meio sem jeito. Mas logo, com seu modo desinibido, participava ativamente e estava se divertindo. Coisa fácil para quem gostava tanto de falar.

— Bem, para quem disse que não sabia fazer campanha, você é um político nato — disse o Dr. Alberto.

— Amigo, até que não é tão difícil assim.

Apesar da popularidade do Dr. Alberto, e seus inegáveis méritos, a vitória não seria fácil. O atual prefeito, candidato à reeleição, estava muito bem nas pesquisas. Tinha a máquina municipal na mão e era considerado imbatível. Contava com forte apoio financeiro dos empresários interessados em desenvolver projetos imobiliários na região. Seus candidatos à vereança tinham campanhas bem financiadas, com farto material de propaganda.

— Temos que trabalhar duro — disse Carlos. — Em política, nem sempre o melhor candidato ganha. Geralmente, o que tem mais dinheiro leva vantagem. Político rouba para ter dinheiro de campanha, deixando sempre uma boa sobra para seu bolso.

Onça continuava a trabalhar forte, visitando todas as comunidades e bairros de Paraty. Seu jeito simples e sua facilidade de comunicação cada vez lhe garantiam mais apoio. Apesar de uma campanha barata, Onça estava conseguindo seu espaço. Algumas pessoas de Praia Brava, que, no princípio, não acreditavam em sua vitória, já estavam mudando de opinião. O trabalho de formiguinha desenvolvido por ele, fazendo visitas de casa em casa, levando seu nome e o do seu candidato a prefeito, estava frutificando.

As exigências da campanha afastavam Onça da colônia. Clorinda, atarefada com a nova carreira, também pouco saía. Podia-se ver que a amizade dos dois estava se transformando em algo bem mais forte, mas o relacionamento não progredia. Os olhos de Onça brilhavam quando encontravam Clorinda. Ela também não conseguia disfarçar seu interesse. Porém, com todo o seu desembaraço, Onça ficava tímido na presença dela.

Um fim de tarde, Carlos conversava com Onça. Ele queria ajudá-lo e sabia que Clorinda gostava dele. O jeito de olhá-lo não deixava dúvidas. Virou-se para Onça e disse:

— Você parece gostar da Clorinda. Mas vocês não estão nem namorando.

— Até que eu gostaria, mas a Clorinda vai ficar rica e famosa. Quem sou eu, um pescador pobre, para pretender que ela goste de mim?

— Deixa de bobagem, Onça. Você já falou com Clorinda? Disse que gosta dela?

— Ainda não tive coragem.

— Clorinda é tímida. Sua profissão anterior a deixa insegura. Ela deve pensar que você não quer um relacionamento sério com ela por causa de sua vida passada, e o fato de você não se declarar alimenta essa dúvida. Pode achar que você só quer amizade.

— Não sei não, amigo. Tenho medo de levar um fora. Ainda mais agora que ela é uma artista.

— Pelo modo como olha para você, tenho certeza de que não o recusaria. O amor não liga para fama ou riqueza. É uma química diferente, sem explicação.

— Se ganhar a eleição, se virar vereador, vou falar com ela. Antes não, tenho receio.

— Como esse fim de campanha não vai lhe deixar tempo para nada mesmo, a não ser correr atrás de voto, não faz mal dar um tempo. Mas, pelo menos, mostre que está interessado. Você não é nada tímido. Quando está perto dela, você se transforma, e fica parecendo um gatinho medroso.

— Não creio que pense assim, somos muito amigos.

— Exatamente por isso. Ela pode achar que você só quer amizade. Vá em frente. Pelo menos dê a ela algum sinal.

Bem, pensava Carlos, a vida tem seus ritmos. Como dizia Zeca, suas ensinações. E não adianta brigar contra.

> Quando você toma o pirulito da mão de um menino, ele chora. Da mão de um bandido, ele mata.

CAPÍTULO 28

O rapto

Em Praia Brava, a coisa estava ficando brava mesmo. Sentindo que Onça poderia ser eleito, e que, após sua eleição, ficaria mais difícil tomar as terras dos pescadores, os bandidos resolveram botar pra quebrar.

Além do atentado na estrada, Carlos já tinha recebido uma carta anônima, ameaçando-o de morte caso continuasse se metendo nos assuntos dos pescadores. Ele mostrou a carta a Mãe Maria, pedindo-lhe que não falasse com ninguém.

— Não quero deixar outras pessoas preocupadas, especialmente Flor. Preocupado, chega eu.

— Tome cuidado — disse Mãe Maria —, sinto que você está passando pelo período mais perigoso de sua vida. Tome muito cuidado.

Mãe Maria sugeriu que Carlos falasse com o delegado, mesmo desconfiando que ele não iria se mexer.

— Como você é rico, o delegado pode querer tomar alguma providência.

Carlos, preocupado com a advertência de Mãe Maria, resolveu que iria a Paraty, falar com o delegado, na próxima segunda-feira. Mas os acontecimentos se precipitaram. Era sábado. Carlos, chegando à colônia, viu que a turma estava agitada. Uma mulher correu para Mãe Maria e disse:

— Mãe Maria, raptaram a Anja.

— O quê? Você tem certeza? Será que ela não se perdeu por aí?

— Deixaram até um bilhete. Exigem que Onça vá encontrá-los no Bar das Meninas Alegres. E que não comunique nada à polícia.

Carlos perguntou:

— E ele foi?

— Onça ainda não sabe de nada. Ele saiu cedo para fazer campanha. Ninguém sabe dele. Clorinda saiu desesperada e deve estar lá agora.

— Ela já foi há muito tempo?

— Mais de uma hora. E ainda não deu nenhuma notícia.

— Temos que ir até lá — disse Carlos.

— Ela pediu, pelo amor de Deus, que a deixássemos ir sozinha. Está com medo de que possam maltratar a Anja. Pediu apenas para avisar ao Onça, quando ele chegar.

Nesse momento, Onça apareceu, recebeu a notícia do primeiro morador que o encontrou, e foi imediatamente para o bar, atrás de Anja e Clorinda. Meia hora depois, voltou com Clorinda e Anja. Foram imediatamente cercados por todos.

— O que houve, Onça?

— É a velha história, querem obrigar a gente a vender nossas posses. E o Tuba está do lado deles.

— Acho melhor vender logo, antes que matem alguém — disse um dos pescadores.

As opiniões se dividiam. A turma que queria ceder à chantagem aumentava. Mesmo não estando diretamente envolvido, Carlos resolveu dar sua opinião:

— Gente, logo agora que Onça está quase eleito? Temos de aguentar a briga um pouco mais.

— O senhor não está sendo ameaçado — disse um pescador.

Ao que um outro, ao seu lado, acrescentou:

— Não adianta lutar contra força grande. E o seu projeto dos peixes? Você diz pra gente não desistir, mas desistiu.

— Minha desistência é temporária. Quando mudar o prefeito, vamos voltar à carga. Mas, se vocês entregarem as terras, é definitivo.

— É fácil ser corajoso quando não ameaçam você de morte.

Carlos não queria falar nada sobre a carta anônima que tinha recebido, pois isso só serviria para deixar Flor preocupada e aumentar o medo da turma.

— Reconheço que a situação de vocês é mais vulnerável. Sugiro que façamos queixa ao delegado.

— E vai adiantar? Vocês já foram lá duas vezes. Algum resultado?

Dava para sentir que o clima estava mudando, e que muitos estavam apavorados. Onça entrou na conversa:

— Não adianta ir ao delegado. Eles disseram que a Anja saiu andando por aí, se perdeu e chegou ao bar. Eles me chamaram porque ela estava muito nervosa. Não é o que ela diz, mas vai ser difícil provar. É a palavra de uma criança contra a deles.

— Acho que devemos primeiro nos acalmar. Vamos pensar um pouco antes de tomar qualquer decisão.

Dizendo isso, Carlos pegou Onça pelo braço e falou, baixinho:

— Gostaria de fazer uma reunião particular com vocês ainda hoje. Sugiro que, dentro de meia hora, nos encontremos na pousada. Lá poderemos ter mais privacidade.

Onça veio com Mãe Maria e Clorinda. Agarrada a ela, sua filhinha, ainda não refeita do susto. Depois que todos se assentaram, e Flor ofereceu um suco de caju, Carlos perguntou a Clorinda:

— O que houve?

— Anja me contou que o Tuba apareceu lá em casa e começou a conversar com ela. Primeiro deu um bombom. Depois disse que tinha mais, se ela fosse com ele até o bar. Quando ela se cansou de comer bombons e quis voltar, o Tuba disse que não podia voltar sozinha, e que Onça vinha buscar ela.

— Que bandido! — comentou Flor, indignada.

— Anja começou a chorar, e Tuba ficou bravo, ameaçou bater nela, mas Anja continuou chorando. Ele prendeu ela em um quarto escuro e lhe disse pra ficar bem quietinha, senão uma cobra muito grande ia ouvir o choro e ia comer ela. Anja morre de medo de cobra e está apavorada até agora.

Onça falou:

— Quando eu e Clorinda chegamos lá, o Tuba nos recebeu e foi logo dizendo que, por essa vez, ia devolver a menina, mas que, se eu não apoiasse o prefeito, e se os pescadores não vendessem suas posses, ia ter muita desgraça no nosso caminho.

— Qual foi sua resposta? — perguntou Carlos.

— Que esse assunto eu não poderia resolver sozinho. Teria que conversar com Mãe Maria e com a turma da colônia. Ele queria que eu desse uma resposta no dia seguinte, mas negociei o prazo de uma semana, alegando que precisava de tempo para convencer a turma.

— Bem, você está se saindo um ótimo político. Está enrolando até bandido.

— Tentei ganhar tempo. Mas não estou disposto a ceder. Acho que Clorinda tem que mudar de casa. Tenho amigos em Pedra de Guaratiba, no Rio de Janeiro, que também são pescadores. Gente boa. Lá, Clorinda e Anja estariam protegidas. A coisa aqui vai ficar cada vez mais brava. Já conversei com eles.

— E você pensa que vou fugir da raia? — disse Clorinda. — Estou na luta com vocês até o fim. Não temos que ceder aos bandidos. Se eu fugir, o pessoal vai ficar desencorajado. Minha única preocupação é a Anja.

— Entendo que você não queira abandonar seus amigos — disse Flor —, mas temos de pensar como fazer para evitar que voltem a raptar Anja. Já descobriram que ela é o seu ponto fraco, e todo mundo sabe que Onça gosta de você.

Clorinda e Onça ficaram corados, um sem coragem de olhar para o outro. Flor prosseguiu:

— Teria muito prazer em me oferecer para ficar com Anja até que tudo esteja resolvido, mas não acho que minha pousada seja proteção suficiente contra esses bandidos. Anja estará mais protegida em Angra, pelo menos mais longe deles.

Como ninguém falou nada, Onça deu seu palpite:

— A melhor solução é Anja ir morar em Angra, mas, como estamos livres desses bandidos por uma semana, o tempo que pedi pra tentar o apoio da nossa turma para o prefeito, ela pode ficar estes dias por aqui mesmo.

— Proponho que Anja durma comigo na pousada nessa semana de trégua que Onça arranjou — disse Flor —. Tenho quartos vazios, e um deles pode ser o ateliê de Clorinda e o quarto de Anja. Clorinda pode continuar dormindo na colônia, para não demonstrar medo, e Onça toma conta dela.

Novamente os dois ficaram vermelhos, mas não falaram nada.

Carlos disse:

— O jogo agora está ficando mais claro. Além de Tuba, tinha mais alguém por lá?

— Tinha um cara mal-encarado. Deve ser um capanga do Tuba.

— Falaram o nome do empresário interessado?

— Não, amigo. Disseram apenas que tinha gente grande de olho nas terras, com um projeto imobiliário para criar muitos empregos. Quando perguntei quem eles eram, Tuba desconversou.

— Bem, foi muito bom você ganhar tempo. Estamos a menos de quinze dias da eleição. Temos que resistir esse tempo.

Carlos estava preocupado, sabendo que a coisa ia piorar. Novamente as palavras de Mãe Maria afloravam em sua mente. Não mencionou nada para não causar mais inquietação. Apenas observou:

— Os bandidos também sabem disso. E vão, sem dúvida, intensificar a pressão. Parece claro que o atual prefeito se aliou a eles. Se não, por que essa exigência que Onça o apoie? Eles sabem que suas pretensões estarão liquidadas se o candidato do Onça ganhar. E se, ainda por cima, Onça for eleito vereador, a situação fica mais complicada para eles.

— Clorinda não falou se aceita o convite de Flor — disse Onça.

— Acho que não tenho outra alternativa. Não quero fugir para o Rio.

— Então está tudo certo — disse Carlos. — Temos uma semana de trégua. Depois, vamos todos ficar atentos, porque vem golpe sujo por aí. Como está indo a campanha?

— Parece que muito bem, amigo. O Dr. Alberto está crescendo. Quanto mais as pessoas acreditam que ele possa ganhar, mais apoio ele recebe.

— Entendo o desespero do prefeito. E a sua campanha?

— É difícil a gente falar da própria campanha. Todos dizem que vou ganhar. Nem todos são sinceros. Estou percebendo um entusiasmo maior em minhas caminhadas. Mesmo assim, ainda não dá para avaliar.

Mãe Maria fez um comentário:

— Os búzios dizem que Onça vai ser eleito, mas nada dizem sobre se vai conseguir tomar posse. Dizem também que teremos muitos obstáculos nestes próximos dias.

— Mais obstáculos? — disse Carlos, com certo desânimo na voz.

Todos estavam com grande esperança na reportagem do Anselmo. Tinham certeza de que a repercussão da notícia poderia mudar um pouco o jogo. O jornal era um semanário, e sua próxima edição, aguardada ansiosamente, ia sair no próximo sábado. Nesse dia, bem cedo, Onça procurou por Carlos com o jornal na mão. Estava com muita raiva.

— Amigo, fomos traídos. Foi uma sacanagem. O Anselmo fez a reportagem toda favorável aos empresários. Veja só.

Onça mostrou o jornal a Carlos. A reportagem falava da necessidade de Paraty se desenvolver, de criar empregos, e de atrair grandes investidores para beneficiar a cidade. Carlos também ficou indignado com a sujeira do Anselmo:

— Engraçado! O Anselmo parecia ser um jornalista sério. E se mostrava tão convencido de que a razão estava do nosso lado. O que será que o fez mudar de opinião?

— Amigo, isso não fica assim. Vou ao jornal agora mesmo falar com Anselmo.

Carlos pegou seu carro e foram para Paraty. O jornal estava fechado. O vigia os informou onde Anselmo morava. Foram os dois para lá, e o encontraram ainda dormindo. Na noite anterior, tinha chegado muito tarde, completamente bêbado. Onça não quis esperar e resolveu acordá-lo.

— Eu pensei que você fosse meu amigo. Que sacanagem você fez com a reportagem! Quem te pagou para isso?

Anselmo, agora acordado, apesar dos claros sinais da ressaca, disse:

— Não fui eu. O dono do jornal, quando viu minha reportagem, mandou me chamar e me pediu que escrevesse outra, defendendo os empresários. Disse que o jornal dependia desse pessoal para sobreviver. São eles que pagam a publicidade.

— Mesmo assim, amigo, isso não se faz.

— Eu também acho. Não fui eu quem escreveu a matéria. Pedi demissão. Não sou mais do jornal. Por acaso, você está precisando de um jornalista em sua campanha?

> *Dizem que se pode enganar muita gente por pouco tempo, ou pouca gente por muito tempo. Não é bem assim. Na sociedade moderna, com tantos recursos de mídia, pode-se enganar muita gente por muito tempo. É apenas uma questão de boa propaganda, e os políticos sabem disso.*

CAPÍTULO 29

Conversa de político

O prefeito mandou recado de que queria falar com Onça. Desconfiando de alguma manobra suja, Onça pediu que Carlos o acompanhasse. Carlos, preocupado, concordou, mas observou:

— Vem jogo sujo por aí.

Mãe Maria, que estava perto, comentou:

— Quando o poder ameaça escapar entre os dedos, político faz qualquer negócio.

A eleição estava esquentando. Faltando menos de duas semanas para o pleito, corria na cidade o boato de que, em uma pesquisa encomendada pelo próprio prefeito, o candidato apoiado por Onça assumira a liderança. No seu desespero, o prefeito pedia uma conversa.

Carlos disse:

— É bem provável que ele queira criar uma situação para justificar um pedido de apoio. Deve estar querendo vender a alma ao diabo.

— O amigo está me chamando de diabo? — disse Onça, rindo.

— Não é isso, mesmo porque você certamente não vai querer comprar a alma dele. De qualquer forma, é sempre bom ouvir o que o inimigo tem para dizer.

O encontro estava marcado para as onze da manhã. Os dois saíram de Praia Brava com bastante antecedência, porque Carlos pretendia, antes do encontro, comprar um presente para Flor. Em Paraty, logo na primeira loja de antiguidades pela qual passou, Carlos viu um lindo broche de prata. Tinha certeza de que Flor iria gostar dele.

Chegaram ao gabinete do prefeito alguns minutos antes do combinado, e o encontraram em reunião com seu pessoal de campanha. Mesmo assim, ele não os deixou esperar e encerrou o encontro para falar com Onça. Mostrava-se extremamente cordial, com atitude completamente diferente da que tivera no encontro anterior. Cumprimentos efusivos, tapinhas nas costas, sorrisos em profusão e tudo o mais. Ofereceu-lhes uma limonada e foi logo atacando:

— Prazer em tê-los aqui. É uma honra receber nosso futuro vereador, provavelmente o mais votado do município. E o senhor Carlos, também está na sua campanha?

— Eu estou aproveitando a experiência de executivo do amigo para me ajudar — disse Onça. — Carlos já é querido pela nossa turma e está também à frente da implantação do projeto de coquilles, que vai melhorar a vida dos pescadores.

Dirigindo-se a Carlos, o prefeito falou:

— Fico muito feliz com seu interesse em nossa cidade. Precisamos mesmo de bons empreendedores em Paraty. Já me falaram do projeto de coquilles. É ideal para a preservação do meio ambiente. Pode contar com o apoio, sem restrições, da minha administração.

— Eu lhe agradeço, senhor prefeito, o projeto é mesmo fantástico — disse Carlos. — Vai trazer um aumento considerável de renda para os pescadores da colônia.

— Para enfatizar minha simpatia pelo projeto, faço questão de repetir: pode contar com total apoio de toda a nossa administração para esse seu empreendimento. Se o Brasil tivesse mais pessoas como o senhor, não teríamos tanta pobreza e problemas sociais.

— O problema — disse Carlos — é que o senhor está jogando contra o projeto. Como pode o prefeito elogiar o projeto, e o pessoal da sua prefeitura arrasar com ele?

O prefeito ficou vermelho por poucos segundos, mas não perdeu o controle.

— O quê? Não sei de nada.

— Como não? Disseram que tinham ordens do prefeito, porque o projeto não estava aprovado ainda.

— São uns burocratas. Nunca dei essa ordem. Tomaram a iniciativa porque o projeto ainda não foi aprovado. Eu nem sabia disso. Juro pela minha mãe que está no céu.

Carlos olhou para Onça com um sorriso irônico, antes de pressionar:

— Já que o senhor gosta tanto do projeto, peço sua intervenção para aprová-lo rapidamente. Estamos encontrando muita dificuldade em dar andamento ao processo, e nem mesmo conseguimos saber a razão da demora.

— Burocracia. Esse é o mal do Brasil. Que absurdo!

O prefeito se levantou, abriu a porta do seu gabinete e falou com a secretária.

— Dona Dulce, veja imediatamente a situação do projeto de coquilles. Quero que a senhora me traga as informações agora mesmo, antes desta nossa agradável reunião terminar.

Carlos voltou a falar:

— Agradeço sua atenção, senhor prefeito. Já que o senhor quer ajudar, vou lhe pedir a devolução de todo o material apreendido pelos seus fiscais. Posso lhe assegurar que este projeto tem condições de ajudar também outras colônias de pescadores de Paraty. É nossa ideia, depois de passada a fase inicial do projeto de Praia Brava, implantá-lo em parceria com outras colônias de pescadores. Isso pode evitar que eles vendam suas posses para empresários interessados em fazer projetos imobiliários que degradam o meio ambiente.

— Fique certo de que, na minha administração, não será aprovado nenhum projeto imobiliário que possa, ainda que levemente, prejudicar a ecologia. Nossa cidade vive do turismo, e o turismo ecológico é fundamental. Vendo o dinamismo com que vocês estão implantando o projeto de coquilles em Praia Brava, gostaria de convidá-los, com o apoio da minha administração, para iniciar, imediatamente, empreendimento semelhante em áreas de outras comunidades de pescadores. Não vale a pena perder tempo esperando o sucesso de Praia Brava.

E, olhando para Carlos, continuou:

— Com a sua experiência empresarial, isso é coisa certa.

O prefeito continuou sua lengalenga, elogiando a competência de Carlos e Onça, e oferecendo recursos financeiros da prefeitura para apoiar o projeto de Praia Brava e os novos que seriam implantados em outras praias de Paraty.

— Isso já está em meu projeto para a próxima administração — disse o prefeito. — Vocês sabem que minha vitória está garantida, e eu já estou fazendo meus planos.

O prefeito continuou com seu blá-blá-blá, até ser interrompido por Carlos:

— Fico satisfeito ao ouvir isso de sua boca, senhor prefeito. Me deixa aliviado. Algumas pessoas, dentro da própria prefeitura, acham que o senhor está contra o projeto.

— Absurdo, de jeito algum, posso lhe garantir! Mas vamos ao assunto em pauta. Desde nosso primeiro encontro, venho pensando numa solução para o problema que me trouxeram naquela ocasião.

O prefeito continuou seu discurso, informando estar preparando um projeto de lei para transformar a área de Praia Brava em reserva ecológica, garantindo que nada mais poderia ser construído lá. Somente empreendimentos de caráter ecológico, com aprovação da Secretaria do Meio Ambiente, do prefeito e da Câmara Municipal.

— Na Câmara, a lei vai exigir maioria absoluta — disse o prefeito —, mas não teremos problemas, pois as urnas vão nos dar uma vitória esmagadora. Acho que isso resolve o problema de vocês.

— Eu não entendo muito disso. Só entendo de peixe. O que você acha, Carlos? — perguntou Onça.

— Eu também não sou advogado, mas me parece uma ótima medida — falou Carlos, não deixando transparecer seu ceticismo.

— Faltam poucos dias para a eleição, e não vou conseguir a atenção da Câmara. Todos estão envolvidos em suas campanhas. Porém, quando eu ganhar, o que é certo, prometo isso a vocês. Levo o projeto para votação na primeira sessão após as eleições.

— Fico muito satisfeito com o fato de que o senhor tenha mudado de ideia. Nossa causa é muito justa — disse Carlos.

— Não mudei de ideia, sempre pensei assim. Apenas não queria criar falsas expectativas. É claro que, para cumprir minha palavra, tenho que ganhar as eleições. Acho que não terei nenhum problema quanto a isso, as pesquisas apontam minha vitória por larga margem de votos. Mesmo assim, seria bom se tivesse o apoio daquele que, todos dizem, será o vereador mais votado da cidade. Com o vereador Onça me apoiando, fica mais fácil justificar a proteção que vou propor para a área de Praia Brava.

— Senhor prefeito, o senhor sabe que já estou comprometido com o seu adversário, e não sou homem de trair um aliado — disse Onça.

— Eu sempre soube que você é um homem honrado, e por isso mesmo valorizo seu apoio. Mas não seria propriamente uma traição. Veja bem, meu adversário já conhece as pesquisas e sabe que vai perder. Seu apoio estaria sendo desperdiçado. Por outro lado, você também não pode trair seus eleitores. Os pescadores da colônia não o perdoariam se perdesse essa chance de ajudá-los.

— O senhor tem razão nesse ponto. Prometo submeter o assunto à minha comunidade e volto a lhe procurar.

Dizendo isso, Onça se levantou e estendeu a mão para se despedir.

— Calma, não tenha pressa. Estou pedindo que sirvam mais uma rodada de suco. Ou vocês preferem um cafezinho? Gostaria de lhes dizer que, se eleito, melhor dizendo, quando eleito, vou destinar recursos para melhorar a estrada de acesso a Praia Brava. Ela está toda esburacada. Acho que os pescadores de lá nunca tiveram nenhum apoio do poder municipal, e pretendo corrigir essa injustiça antiga.

Carlos olhou para Onça e pôde perceber outro sorriso irônico em seus lábios. O prefeito continuou, falando diretamente para Onça.

— Também fiquei muito impressionado com o dinamismo e a energia que você vem demonstrando na campanha. Gostaria muito de nomeá-lo meu secretário do Meio Ambiente. A propósito, quando você decidir me apoiar, vou mandar preparar farto material de campanha com nossos nomes. Graças a Deus, na minha campanha não falta dinheiro.

Os dois saíram do gabinete e se entreolharam. Tão logo foi possível uma conversa longe de ouvidos estranhos, Carlos falou:

— Realmente, ele está perdendo as eleições. Você percebeu quantas vezes falou que ia ganhar, que a eleição estava decidida? O desespero está grande.

— É, amigo, o poder subiu à cabeça dele. Parece que os políticos, depois que provam o gostinho, não querem mais largar o osso.

— Bem, ele pode prometer o que quiser. Todo mundo sabe o que são promessas de campanha.

— Não quero trair meu amigo, mas tenho que levar o caso para o pessoal da colônia. Vou convocar uma reunião para discutirmos a proposta do prefeito.

> Se político falasse o que pensa, voto em branco ganhava eleição.

CAPÍTULO 30

E os problemas se avolumam

No dia seguinte, o prefeito fez uma visita de surpresa à colônia. Chegou como quem não quer nada, para ver a situação dos pescadores. O pessoal mandou logo chamar Mãe Maria para receber o visitante. Carlos estava com ela. A conversa foi ouvida por ampla plateia de moradores, que, informados da visita ilustre, acorreram ao local.

— Que prazer encontrar vocês dois —disse o prefeito. — Há muito tempo estava querendo fazer uma visita. Não estou aqui como candidato, mas como prefeito, preocupado com a situação da colônia, e querendo saber como posso ajudar.

— Como o senhor mesmo pode ver, não temos esgoto. Ele corre a céu aberto, perto das casas. E temos muitas crianças, sempre as mais vulneráveis às doenças — disse Mãe Maria.

— O Onça está por aqui?

— Acho que está na cidade. O senhor sabe como ele está trabalhando duro na campanha.

Carlos percebeu um leve sorriso nos lábios do prefeito. Ele já devia sentir que não iria receber o apoio do Onça, e queria fazer a cabeça do pessoal sem sua incômoda presença. Devia pensar que, se convencesse os pescadores, Onça poderia mudar de ideia.

— Que pena, gostaria muito encontrá-lo.

— O senhor não falou com ele hoje de manhã? — perguntou Mãe Maria.

— Tivemos uma rápida troca de ideias. Encontrei com Onça por acaso, em plena campanha no centro da cidade. Pena que ele ainda não tenha resolvido me apoiar. Exatamente porque o admiro muito, a ele e a todos os pescadores que moram aqui, é que os estou visitando hoje mesmo.

— A eleição está próxima — comentou Carlos, disfarçando um sorriso.

— Não pensem que estou aqui por causa da eleição. Todas as pesquisas mostram que eu terei uma vitória folgada. Há muito tempo venho planejando realizar melhorias nessa área. Resolvi vir pessoalmente para ver o local de perto. A senhora sabe, Mãe Maria, o dinheiro está sempre curto. Só agora consegui arrumar uma verba para a colônia.

— Onça está sabendo disso? — perguntou Mãe Maria. — Ele não nos falou nada.

— Só falei com ele sobre esse assunto hoje, em nosso rápido encontro. Ele gostou da minha iniciativa. Disse até que poderia me apoiar, mas que isso dependeria da opinião da maioria dos pescadores. Veja bem, não estou condicionando as obras à adesão de Onça. É claro que seria bom ter um vereador que me apoiou solicitando verba para sua região. Sempre ajuda.

A conversa mole do prefeito se estendeu por duas horas. Em seguida, ele foi de casa em casa, apertando mãos, beijando criancinhas e enfatizando que, apesar de estar tranquilo quanto à sua vitória, seria bom ter muitos votos na colônia para facilitar a liberação de verbas. Com sua conversa fácil, impressionou bastante os moradores.

— Senhor prefeito — disse Carlos —, não quer aproveitar e conhecer o local onde estávamos instalando nosso projeto de coquilles?

— Será um prazer. Você sabe do meu entusiasmo por ele.

Carlos e Mãe Maria levaram o prefeito até a beira do mar.

— Vamos espalhar boias para suportar as linhas em que serão pendurados os balaios cheios de sementes de coquilles e ostras a várias profundidades.

— Paraty exportando para o mundo. É de empresários como o senhor que nossa cidade precisa.

— Aproveito a oportunidade para renovar nosso pedido de seu empenho na aprovação final na prefeitura e na liberação do material apreendido.

— Pois é um absurdo o projeto ainda não estar aprovado. Vou falar novamente com o pessoal do meio ambiente. Esses incompetentes me deixam louco de raiva. Prometo tomar providências imediatas.

Quando ele saiu, Mãe Maria olhou para Carlos com um sorriso maroto e disse:

— Você me disse que ele já fez essa mesma promessa no último encontro.

Onça relatou o encontro com o prefeito na noite do comício na colônia e explicou a proposta em detalhes, sem omitir a oferta de dinheiro para a campanha. Chicão foi o primeiro a falar:

— Tudo qui a gente qué. Pra mim, tá fechado — gritou Chicão.

A turma estava bem dividida. A visita do prefeito deixara suas marcas. Mãe Maria resolveu dar sua opinião:

— Sem contar o fato de que não se pode confiar em promessas de campanha, não devemos trair um aliado, mesmo que a proposta fosse para valer.

Ao que Onça acrescentou:

— Amigos, quem me conhece sabe que não sou traíra. Se vocês quiserem aceitar a proposta, retiro minha candidatura.

Por aclamação, ficou decidido que Onça e todos os pescadores de Praia Brava continuariam apoiando o Dr. Alberto.

* * *

Onça levou um recado de Mãe Maria para Carlos. Ela queria falar com ele. Carlos foi procurá-la, apreensivo. Ela o mandou sentar e começou a falar:

— No primeiro dia em que conversamos, eu disse que você encontraria muitos perigos pela frente. Lembra-se?

— Mesmo que quisesse, não poderia esquecer. Aquela conversa me deixou bastante preocupado. Depois daquele dia, já recebi cartas ameaçadoras. Pior, fui emboscado quando buscava as sementes para o projeto de coquilles. Quase me mataram. Agora acho que passei pela encruzilhada de que a senhora falou. Será que já posso ficar mais tranquilo?

— Ainda não, perigos maiores estão por vir. Foi por esse motivo que pedi a Onça que o chamasse. Todo cuidado é pouco. A fase mais crítica está próxima. Sinto no ar coisa muito ruim.

— Corro muito perigo? É isso que a senhora quer me dizer?

— É. Não desistiram de tentar matá-lo. Você ainda vai sofrer outros atentados, tem grandes inimigos. O caso das terras, a eleição do Onça, tudo isso está somando contra você.

— Outros atentados? Meu Deus! O que devo fazer?

— Rezar e tomar muito cuidado. Vou fazer um trabalho forte de proteção. Para começar, leve a pedra azul que lhe dei sempre em seu bolso. Ganhei-a de Mama Estela. Não é um presente, mas um empréstimo para protegê-lo nessa fase crítica.

— Ela está sempre no meu bolso — disse Carlos, tirando-a e mostrando-a para Mãe Maria. A pedra, de um azul forte, escuro, quase roliça, brilhava na mão de Carlos

Mãe Maria continuou:

— As forças negativas estão se acumulando no horizonte. Vejo nuvens negras sobre sua cabeça.

— Quem é meu inimigo?

— Quem, não, quais são. Mas não consigo ver com clareza. Em minhas visões, dois grupos se confundem. Podem até estar trabalhando juntos.

— Isso me deixa ainda mais preocupado.

— Você é protegido de Xangô, rei e guerreiro. As forças do mal não têm caminho fácil contra você, mas é preciso ter cuidado.

Mãe Maria parou de falar, fechou os olhos e começou a entoar uma canção. No princípio, cantou baixinho. Depois, foi elevando a voz:

AGÔ-UIBE MOCHOPA ALÊ OOU
AGO LÊ LÊ
OLOUÔ CHAME GUÊ GUÊ
SEU AMORINGIUNO
OLODÔ GUÊ OLORUM ICOROUÔ
SEU AMORINGIUNO EJÔ EJÔ.

Depois de cantar por uns bons dez minutos, repetindo sempre essa mesma ladainha, Mãe Maria se calou, abriu os olhos e disse:

— Vai em paz, filho. Todo cuidado é pouco. Não tenho como garantir sua proteção, mesmo você sendo bem agasalhado por Xangô. Os trabalhos feitos contra você são pesados. Seus inimigos querem a sua morte.

> *Os obstáculos da vida servem para deter os fracos e exercitar os fortes. Do mesmo modo que um atleta não vence sem antes muito treinar, a felicidade também não se alcança sem antes muito apanhar.*

CAPÍTULO 31

A *flor* do amor

Carlos estava conversando a sós com Flor na sala da pousada, esperando a chegada dos convidados, mas torcendo para que demorassem, torcendo para ficar mais tempo sozinho com ela. Buscava caminhos para atingir o que parecia inatingível, o coração dessa mulher com nome de símbolo do amor.

Flor se esquivava das indiretas de Carlos, ainda que fosse aparente sua forte atração por ele. Ela sabia que, se desse qualquer abertura, estaria perdida. Sua história de vida já lhe ensinara que o amor machuca, machuca muito, e ela não queria passar por outra experiência ruim. Mas... sentia uma vontade louca de tentar de novo. Não, tinha que se controlar.

Mãe Maria e Onça estavam convidados para o jantar que Clorinda oferecia para comemorar o término da construção de sua casinha. Queria dar o jantar em sua nova casa, mas Flor insistiu que fosse na pousada. Clorinda aceitou a oferta, com a condição de que ela mesma preparasse a comida. Zefa seria apenas sua ajudante.

* * *

Clorinda não era mais a cozinheira do Bar das Meninas Alegres. Ela agora se dedicava inteiramente ao seu trabalho artístico, no ateliê instalado em um quarto da própria pousada. Suas esculturas e seus quadros estavam cada vez melhores. Ela adquirira mais confiança em si mesma, dando mais maturidade a sua criação.

Viera para a pousada mais cedo, para preparar o jantar. No caminho, pensava em seu relacionamento com o Onça. *Tinha que admitir que sentia forte atração por ele. Engraçado! Ele também parecia gostar dela, mas nunca tinha palavras para afirmar isso. Seria timidez? Não! Não o Onça, tão falante, tão desembaraçado. Seria sua vida anterior no puteiro de Tuba? Ela tinha que tirar Onça do pensamento, pois ele não quereria um relacionamento com quem já vivera vida tão irregular. Não foi minha culpa, o João me obrigou. Disse que o matariam se não arranjasse dinheiro. Mas Onça não entenderia, nenhum homem entenderia. Talvez se ela realmente tivesse sucesso como artista, passasse a ser uma mulher respeitável, amável.*

* * *

Os convidados chegaram. Onça escolheu um lugar no sofá bem juntinho de Clorinda. A conversa fluía descontraída, até que Flor comentou:

— Ouvi dizer que tem um macumbeiro abrindo um terreiro perto do Bar das Meninas Alegres.

— É verdade — disse Onça. — Quando passei por lá, vi um movimento estranho. O curioso é que o sujeito está montando o terreiro nas terras do Tuba. Ou o tal do macumbeiro está pagando uma grana, ou o Tuba está com medo de macumba.

— A hipótese da grana é mais provável — disse Flor — Tuba é movido a dinheiro.

— Por que o interesse em fazer um terreiro por aqui? — perguntou Carlos. — Existe algo de misterioso por trás disso tudo. Já temos o terreiro de Mãe Maria. Isso me intriga.

— E a poucos dias da eleição. Amigo, acho que devemos dar uma olhada nesse cara.

— Se você não se importar — disse Carlos —, gostaria de ir com você. Só por curiosidade.

— Tudo bem, amigo. Posso me apresentar como candidato a vereador, e levar você como meu assessor.

A comida foi servida. O peixe estava sensacional, com um tempero nordestino que Clorinda aprendera em sua juventude no Recife. Depois do jantar, Onça teve de sair, pois prometera comparecer ao aniversário do filho de um correligionário na cidade. Clorinda se retirou logo depois dele com Anja, que ainda mostrava sinais do abalo que sofrera. Ela concordara em dormir, até o fim da eleição, na casa de uns amigos em Angra. Joel e Carla perguntaram se Clorinda não queria aproveitar uma carona até Angra. Os quatro seguiram no carro de Carla.

— Acho que você tem que sair de Praia Brava — disse Carla.
— A vida de sua filha vale mais do que um pedaço de terra.

— Não posso abandonar meus amigos — respondeu.
— Você não pode é arriscar a vida de sua filha

* * *

Carlos, Flor e Mãe Maria continuaram conversando, costurando as palavras de fim de festa. Carlos ainda tinha bem presentes as advertências de Mãe Maria nos seus primeiros dias em Praia Brava.

— Mãe Maria, uma vez a senhora me disse que eu devia prestar atenção nos sinais mandados por Deus, e tentar dirigir minha vida em harmonia com eles. Será que estou sabendo levar melhor minha vida?

— Os obstáculos da vida servem para deter os fracos e exercitar os fortes. Do mesmo modo que um atleta não vence sem antes muito treinar, a felicidade também não se alcança sem antes muito apanhar.

— Será que eu já estou bem treinado?

— Você mudou muito nesse pouco tempo em que esteve entre nós. Ficou mais gente. Tudo isso que está fazendo pelos pescadores, essa sua briga contra o poder do dinheiro, mexeu com sua cabeça. Acho que Deus o colocou em Praia Brava para crescer e também para nos ajudar.

— Não sei se cresci, como a senhora diz, mas confesso que há muito tempo não via um propósito em minha vida. Como agora.

— Outro dia estava meditando sobre o projeto de coquilles. Minha intuição me diz que ainda devem aparecer muitos obstáculos pela frente, mas senti que você e Flor vão vencê-los.

— Mais obstáculos? Essa não! Já estou cansado de tanta luta.

— Não é verdade — disse Mãe Maria. — Até que você gosta de luta. Está no seu sangue.

— Mas também quero vencer. Tenho grandes expectativas para o projeto, e estou ansioso para conseguir sua aprovação. A implantação depende da eleição do Dr. Alberto. Só depois disso, podemos implantar o projeto e expandi-lo para outras comunidades.

— Vi, em minha mente, o projeto sendo implantado em outras praias — disse Mãe Maria. — Posso sentir o bem que ele vai fazer aos pescadores. Sei que vai dar certo. Vejo também maiores desafios para você vencer. E isso não tem nada a ver com os coquilles. Alguma aspiração, algum sonho antigo que você tinha.

Carlos ficou em silêncio por uns instantes.

— Não consigo chegar aonde a senhora quer. Será que pode me dar mais detalhes?

— Um projeto na área social? Talvez ligado à velhice. Também para mim ainda não está claro. Pode ser que, em outra ocasião, eu veja um pouco melhor. As imagens que me vêm estão nubladas. Vejo velhos, mas vejo também meninos. Não são filhos nem netos, mas brincam juntos.

— Quando eu era mais novo, eu pensava em organizar um projeto envolvendo velhos, meninos abandonados e órfãos. Os velhos poderiam ajudar a cuidar dos meninos, dando amor, suprindo um pouco a falta dos pais. Ao mesmo tempo, sua vida seria mais plena, mais motivada. Os velhos teriam uma razão de viver, e os meninos, amor

— Você teve essa ideia, mas nada fez? — perguntou Flor.

— Para falar a verdade, há muito tinha me esquecido dela. A vida vai nos levando, entramos na corrente e deixamos para trás muitos sonhos de juventude.

— Talvez você possa propor esse projeto ao Dr. Alberto, se ele ganhar a eleição — disse Mãe Maria.

Flor se dirigiu à cozinha para preparar um suco para eles. Zefa já havia ido embora, e estavam os dois sozinhos na sala. Carlos aproveitou a saída de Flor para perguntar:

— Mãe Maria, a senhora acha que vou viver por aqui?

Ela sorriu para Carlos.

— Viver por aqui só depende de você. Mas não era isso que você queria saber.

Carlos ficou vermelho. Pensou uns segundos e repetiu a pergunta de outra maneira:

— Você acha que Flor se casaria comigo?

Mãe Maria abriu um sorriso:

— Amor, suas raízes levam ao inferno, seus ramos ao céu.

E, depois de uma pausa, continuou:

— Flor tem problemas complicados. A vida dela não é fácil.

— Não me importo. A senhora acha que ela aceitaria meu pedido?

— Não sei. Fale com ela.

— Problemas? Eu gosto dela, e ela parece gostar de mim.

— Ela gosta de você, mas...

— Mas o quê? O amor não é mais forte do que tudo?

Mãe Maria não respondeu. Levantou do sofá, andou até a janela, olhando o mar. De costas para Carlos, falou baixo:

— Já lhe disse, a vida de Flor é complicada. Bem mais complicada do que você pode imaginar.

— Qual é o problema? Sempre acreditei que o amor pode vencer qualquer obstáculo.

Mãe Maria virou-se para ele, olhou nos seus olhos por alguns minutos, e falou:

— Isso só acontece em novela da televisão.

Nesse momento, Flor voltou com o suco de caju.

— Vou agradecer seu suco, mas está na hora de me retirar — disse Mãe Maria. — Acho que Carlos tem assuntos importantes para discutir com você.

Mãe Maria saiu, deixando Carlos a sós com Flor. Sonhava estar perto dela, tinha medo de perdê-la, desconfiava que aquilo pudesse ser amor, mas temia que ela não correspondesse e quisesse somente se divertir um pouco. Isso o deixava preocupado. Flor se mostrava arredia sempre que Carlos buscava um relacionamento mais íntimo. Ele não conseguia decifrar o mistério chamado Flor.

Estava sentado no sofá ao lado de Flor. Discretamente, aproximou-se um pouco mais do corpo dela e disse:

— Flor, você, uma pessoa tão especial, não sei como conseguiu ficar sozinha até hoje.

— Acho que um relacionamento sério precisa mais do que uma simples atração sexual. Por isso, nunca mais me casei.

Antes que a conversa se aprofundasse, Flor pediu licença, alegando cansaço, e foi para seu quarto.

No dia seguinte à tarde, Carlos e Onça foram fazer uma visita ao novo terreiro. Carlos vestia uma bermuda velha que Onça lhe emprestara, e uma camisa que já deveria ter sido aposentada há muito tempo. Não queria chamar a atenção do macumbeiro. Chegaram ao terreiro e encontraram um preto gordo, com seus sessenta anos, pouco simpático. Onça se dirigiu a ele, estendendo a mão para cumprimentá-lo.

— Amigo, vejo que está mudando para nossa área. Pode me chamar de Onça. Sou candidato a vereador e quero oferecer ajuda.

O gordo estendeu sua mão mole para cumprimentar Onça, mostrando má vontade. Com um ar sarcástico, imitou as palavras de Onça.

— Pode me chamar de Corvo. Sou macumbeiro e quero oferecer ajuda. Maninho, se você é candidato, quem pode te ajudar sou eu. Podemos fazer um arranjo. Não cobro caro. Você mora aqui mesmo, maninho?

Corvo era mais um em que o apelido se amoldava à pessoa. Não tanto pela aparência, mas pelas conotações que a ave carrega. Ele tinha cara de bandido. Se os corvos pudessem protestar contra a comparação, certamente o fariam.

— Sou sim. E este aqui é o Carlos, meu chefe de campanha.

O rosto do Corvo se descontraiu um pouco.

— Vamos nos entender bem, maninho. Você é político, e eu também gosto de dinheiro. Me falaram que a turma de pescadores que mora por aqui vai ganhar uma grana preta. Tem gente graúda querendo pagar bem pelas posses deles. Quero um pedaço dessa grana. Você pode ser meu representante na colônia. Garanto uma boa comissão dos clientes que você me trouxer.

— Quem lhe disse isso?

— O cara que é dono do mafuá, o Bar das Meninas Alegres. Ele até deixou eu botar o terreiro nas terras dele. Também quer uma comissão do que eu ganhar.

— Se a turma vender e for embora, de que você vai viver? — perguntou Carlos.

— Não se preocupe, maninho. Quando a turma sair, vão fazer um loteamento pra turista bacana, do Rio e São Paulo. Aí é que a coisa fica mais melhor. Rico gosta de macumba, e paga uma nota preta.

— E se os pescadores não quiserem vender suas terras?

— Vão vender sim, por bem ou por mal. Tem gente brava por trás de tudo, e muita grana no negócio. Vou ajudar com uns trabalhinhos. Macumba também serve pra isso. Tenho uma surpresa dentro da cartola. Seu maninho aqui não é bobo não.

— É, amigo, vejo que você é gente fina. Podemos fazer uns bons negócios. Prometo dar notícias em poucos dias.

— Pode começar sua parte convidando a turma para a inauguração do terreiro no próximo fim de semana. E pode crer que vou mandar votar em você, maninho. Só temos que combinar a grana.

Despediram-se de Corvo e foram direto para a colônia, procurar Mãe Maria. Onça foi logo anunciando:

— Desta você não vai gostar, nos arranjaram um novo inimigo. Cara de bandido, corpo de leão-marinho.

Os dois saíram dali direto para o terreiro de Mãe Maria. Depois de expor a situação, ela falou:

— Vamos ter que vencer mais um obstáculo. Bem que os búzios disseram que teríamos vários. Deus põe barreiras para que possamos ultrapassar e crescer. É como fazer exercício. Deixa os músculos doendo, mas fortalece.

— Sei não, amigo. Esse cara vai botar medo na nossa turma. E você sabe que muita gente vai cair nessa.

— Vamos pensar numa estratégia para neutralizá-lo — disse Carlos. — Cada coisa a seu tempo. Temos preocupações maiores no momento.

> Às vezes, o feitiço vira contra o feiticeiro.

CAPÍTULO 32

Coelho fora da cartola

Quase todos os moradores da colônia estavam presentes no dia da inauguração do terreiro. Curiosidade é uma doença difícil de neutralizar.

Corvo atribuiu o sucesso da grande presença ao trabalho de Onça e o parabenizou por isso:

— Tu tem mesmo força, maninho. Pode contar com meu apoio pra sua campanha.

Corvo trouxera do Rio uma van com gente de terreiro para fazer a festa. Homens e mulheres vestidos de branco, que se encarregavam das danças e dos tambores. Os arranjos deviam ter custado uma boa grana. Tinha gente grande por trás de tudo.

No meio da festa, um espírito baixou em Corvo, que começou a tremer e a gritar. Todos concentraram sua atenção nele.

— Desgraça, desgraça. Terra maldita. Muita morte. Desgraça.

Corvo continuou repetindo essa ladainha, ao som dos tambores. A plateia estava inquieta. Os tambores continuavam. A dança também. O pessoal da colônia parecia realmente impressionado. Carlos virou-se para Joel e falou, baixinho:

— Isso é uma farsa. Esse cara é da turma do Tuba, que emprestou a área para ele instalar o terreiro. O pior é que muita gente vai acreditar nessa comédia. Temos de fazer alguma coisa.

Corvo continuava sua ladainha.

— Desgraça! Quem vive aqui vai ver desgraça. Fujam todos. Terra amaldiçoada.

Nem bem acabara de falar, Joel, até então quieto na plateia, pulou para o meio do terreiro e começou a tremer e agitar seu corpo, da mesma forma que Corvo fizera antes. Aquilo não constava no programa. Todos estavam surpresos, Carlos, Onça, os pescadores. Corvo parecia claramente embaraçado, não sabendo o que fazer. Joel começou a gritar.

— Desgraça, desgraça. O céu está preto. O mar vai secar. Luta, luta, muita luta.

Joel fez uma pausa nas palavras, enquanto continuava sua dança frenética. Corvo estava perplexo. Parecia não saber o que estava acontecendo. Joel continuou:

— Vejo vitória. Vitória, vitória. Vamos vencer. Os orixás estão do nosso lado. Não tenham medo. Está escrito, está escrito. Desgraça para os bandidos que querem tomar as terras. Vitória, vitória dos pescadores.

Joel continuava a clamar e a remexer seu corpo como se acometido da chamada dança de São Vito. Corvo, pego de surpresa pelo teatrinho de Joel, mandou parar os tambores e encerrou a inauguração. No caminho de casa, Carlos foi rindo e comentando com Joel:

— Você está na profissão errada, meu caro, poderia ser um excelente ator.

— Ao contrário, lembre-se de que sou consultor e, para isso, tenho que ser mesmo bom ator. E ganha-se muito mais do que no palco.

Onça e Clorinda, que estavam indo também para a pousada, sacudiam-se de tanto rir.

— Joel roubou a cena — disse Onça

— Tirou o coelho da cartola — disse Carlos. — Foi o dono da noite.

— Quem não deve ter gostado nada foi o Corvo. É bom você se cuidar — disse Mãe Maria.

Ela estava séria. Continuou:

— Hoje deu tudo certo. Algo me diz que esse Corvo vai aprontar pra cima de nós. Nossa guerra contra ele está apenas começando. Só ganhamos a primeira batalha e não podemos nos entusiasmar.

— Também acho — disse Onça. — Temos que estar preparados para o jogo sujo.

— Preparados, como? — disse Carlos. — O jeito é tomar muito cuidado. Esse Corvo não me engana. Tem jeito de matador.

O prazo de uma semana, dado para que Onça se decidisse, havia terminado. A preocupação de todos aumentava. Carlos continuava recebendo cartas anônimas, com ameaças cada vez maiores. A preocupação maior era com Anja, que, mesmo morando em Angra, visitava Clorinda em Praia Brava. Nessas ocasiões, estava sempre vigiada de perto por Clorinda, Flor ou Zefa.

> Não se chega ao Céu sem pelo Inferno passar. Jonas passou pela barriga da baleia; Dante, pelas regiões infernais. Não se chega ao Céu sem pelo Inferno passar.

CAPÍTULO 33

Agora ou nunca

Naquela tarde, a reunião no Bar das Meninas Alegres foi tensa. Xisto estava furioso. Não usava mais meias palavras:

— Esse cara tem que morrer. Deem um jeito nele, ou não tem casa, carro e lancha pra ninguém. Vocês querem que esse tal de Carlos acabe com a boa vida que vocês merecem. Merecem? Porra nenhuma.

— Mas, seu Xisto, o cara é bacana. Matar pé-rapado é uma coisa; matar rico é diferente. O delegado...

Xisto não deixou Tuba terminar:

— Vocês são uns fracos, uns moloides. Têm é que comer grama mesmo. Vaca come mato e morre berrando. É essa a vida que vocês querem?

— Tá bom, seu Xisto, de hoje ele não passa.

— Quero ver! Por enquanto, só ouvi papo furado, desculpas esfarrapadas. Será que vou ter que mandar uma mulher para fazer o serviço dos marmanjos? É agora ou nunca.

> A única certeza que temos nesta vida é de que, um dia, a morte irá nos encontrar.

CAPÍTULO 34

A morte na espreita

Carlos chegou à pousada pouco antes do fim da tarde. O tempo estava fechado e prometia chuva. O ar, parado, dava a impressão de que algo estava para acontecer. Carlos, inquieto, com todos os sentidos em alerta, lembrava as advertências de Mãe Maria.

Parou seu carro no estacionamento atrás da pousada. Seu sexto sentido lhe dizia que algo estava errado, que estava no olho do furacão, prestes a ser atingido pelo redemoinho.

Quando abriu a porta para sair do carro, um tiro. Carlos sentiu uma bala passar zunindo perto de sua cabeça. Olhou para o lado de onde achou ter vindo a bala. Não viu ninguém. Antes que pudesse se proteger, outro tiro, uma dor pontuda no braço esquerdo.

Abaixou-se e correu com os joelhos dobrados para trás de um coqueiro. Olhou para seu braço. A bala havia rasgado a camisa e deixado um rastro de sangue, que já embebia a manga da camisa. Fez uma rápida avaliação da situação. Era alvo de tiros que ainda não sabia de onde partiam. A proteção do coqueiro não era grande coisa, mas ele não tinha melhor alternativa. A semiescuridão da tarde o ajudava um pouco, mas ainda era um alvo bem visível. Esperou alguns minutos sem se mexer. Como nada acontecia, esticou o pescoço para tentar ver alguma coisa. Outro tiro veio em sua direção, acertando o coqueiro.

O que poderia fazer para se safar? Não estava armado. Nos poucos segundos em que arriscara a cabeça, pôde ver dois bandidos, que mudavam de lugar para chegar mais perto dele, para melhorar a posição de tiro.

Carlos olhou em volta. Tinha que arriscar uma fuga. Se ficasse parado, ia ser presa fácil. Nesse instante, surpreendeu-se com a aparição de Zeca.

— O moço deve de esconder atrás da pedra — disse Zeca, apontando para uma grande pedra branca que ficava uns dez metros atrás do coqueiro.

Carlos engatinhou até a pedra que Zeca lhe indicara, melhorando sua proteção. Por causa do tempo fechado, a noite caía rapidamente, trazendo uma escuridão protetora. O céu também ajudava. Começou a cair uma chuva forte, com raios e trovoadas, capaz de esfriar a alma de qualquer bandido.

Nesse instante, já protegido atrás da pedra, Carlos vê Zeca caminhar na direção dos bandidos, soltando gritos terríveis, que mais pareciam grunhidos de animal selvagem.

— Nããão, Zeca — gritou Carlos. *Que loucura! O cara quer ser morto.*

Zeca caminhava em direção aos bandidos e continuava a gritar. Andava lentamente, como se não se preocupasse com a morte. Os bandidos atiravam em sua direção. As balas passavam raspando ao seu lado, e Zeca parecia não se importar.

Tiros, tiros e mais tiros, que se alternavam com os trovões, e que pareciam passar bem perto de Zeca, sem atingi-lo. De repente, silêncio. Até os céus deram uma trégua. Logo em seguida, o barulho de gente correndo. A escuridão agora não permite que Carlos veja o que acontece. Chama por Zeca. Sem resposta. Espera mais uns minutos e, aproveitando a escuridão, arrasta-se até o lugar onde temia encontrar o corpo do protetor. Nada encontra. Chama por ele. Grita. A falta de resposta o deixa preocupado.

Carlos se esgueira até a pousada, ainda com medo de tiros, que não mais acontecem. *Talvez por causa da escuridão, os atiradores foram embora. Mas, e o Zeca?* Perguntava-se Carlos. *Parecia ter o corpo fechado.*

Chegando à pousada, Carlos pega uma lanterna e, cautelosamente, ainda antes de ligar a luz, volta ao coqueiro, perto de onde temia encontrar o corpo de Zeca.

Depois de alguns minutos, já achando que os bandidos deviam ter ido embora, arrisca ligar a lanterna. Liga e desliga rapidamente. Espera tiros que não vêm. Volta a iluminar o chão, procura por Zeca. *Não é possível que ele tenha sobrevivido a tantos tiros.* Procura pelo corpo de Zeca. Nada!

Carlos volta à pousada. Mantivera-se extremamente frio durante todos aqueles minutos. Já dentro da pousada, tendo passado o perigo, não consegue controlar sua emoção. Começa a tremer e xingar os bandidos.

Joel e Carla, que haviam escutado o tiroteio sem se arriscarem a sair da pousada, não sabiam que o alvo era Carlos. Tão logo ouviram sua voz, correram ao seu encontro.

Carlos relatou-lhes o atentado e não pôde esconder as ameaças que vinha regularmente recebendo. Carla, com a ajuda de

Joel, fez um curativo de emergência no braço de Carlos, que pediu que nada comentassem sobre o atentado. Não queria deixar Flor preocupada. Quando ela chegasse de Paraty, aonde fora comprar mantimentos, diria que se ferira em uma queda sobre uma garrafa quebrada. Não queria aumentar a sensação de insegurança que já reinava naqueles dias.

Carlos, Joel e Carla antes de irem ao hospital, ainda voltaram a procurar, com uma lanterna, o corpo de Zeca. Não encontraram nada, nem mesmo qualquer mancha de sangue.

— A coisa está preta — disse Carla. — Acho que você deveria sair dessa. A briga não é sua. Esses caras vão matá-lo.

Como Carlos nada respondesse, Carla insistiu:

— É loucura arriscar a vida por um pedaço de terra que nem mesmo é seu.

Carlos não respondeu imediatamente. Olhava fixo para a estrada negra, iluminada apenas pelos faróis.

— Nunca fui herói e nem quero ser. Falando francamente, estou morrendo de medo. Mas sei que, se eu desistir, os pescadores vão ficar desamparados, nas mãos do bandido que quer as terras.

— Você está disposto a arriscar sua vida por um pedaço de terra?

— Por um pedaço de terra? Não. Por um pouco de justiça? Talvez. Por um sonho, sonho meu e de Flor? Sim.

— Eu conhecia um Carlos pragmático, que não assumia brigas dos outros, mesmo que justas, que usava as mulheres sem se importar com os destroços que deixava — disse Joel — Agora, acho que não o conheço mais.

— Deus nos manda sinais, e a vida é uma boa professora.

— Sinais de Deus? Está virando místico também. Agora tenho certeza de que não o conheço.

— Sessenta anos. Mais do que tempo para aprender alguma coisa, ainda que já bastante tarde.

— Acho que seu filho gostaria de reencontrar esse novo Carlos.

* * *

No fim da tarde seguinte, Carlos foi procurar por Zeca. Caminhou pela estrada até onde o havia visto na primeira vez e pegou o atalho, saindo da estrada. Encontrou Zeca na porta de seu casebre ao lado do cemitério.

— Você me deixou preocupado. Achei que estivesse ferido, ou até morto. Você caminhou na direção dos tiros. Não teve medo? Graças a Deus, você está bem.

— O moço não é de saber desse assunto de morte. O homem só carece morrer uma vez.

Carlos entendeu aquela observação como mais uma prova da coragem que Zeca havia demonstrado no tiroteio.

— Por isso mesmo, porque só se morre uma vez, fiquei preocupado quando você caminhou em direção aos tiros.

— O moço deve dá de cuidar dele melhor. O empresário das terras tá desesperado.

— Como você sabe disso? É concorrente de Mãe Maria?

— O moço vai de encontrar coisa pior, muito pior. O moço, e o Onça também.

— Agora você está falando como Mãe Maria. Você também é vidente?

Zeca se levantou, fez um sinal para que Carlos o acompanhasse, e os dois foram até a praia. Zeca apontou para longe, para duas pessoas que se debatiam no meio do mar. Pareciam perdidos, com suas forças chegando ao limite. Carlos viu que um deles se parecia com Onça e outro consigo mesmo. Firmou a vista. Desapareceram.

— O que é isso? — perguntou, espantado.

— Futuro, moço.

Carlos estava confuso, sem nada entender. A noite caía; o céu, coberto por nuvens, não deixava passar qualquer fímbria de luz.

— Vou te confessar uma coisa: eu estou com medo. Sei que tenho que continuar, ir em frente, mas não sou tão corajoso assim. Acho que estou fraquejando.

— Tem de tá, moço. A diferença entre fraco e forte não é falta de medo, é deixar o medo vencer a luta. O corajoso bate de cara com o medo; o medroso corre.

Carlos ficou pensando nestas últimas palavras. A escuridão do céu sem lua já envolvia tudo, e quando procurou por Zeca, não mais o encontrou. *Já estava se acostumando com seus desaparecimentos misteriosos. O cara devia ser mago.* Ao longe, via as luzes da pousada. Caminhou em direção a elas.

A carta anônima, que recebeu no dia seguinte, dizia que aqueles tiros foram somente uma advertência. Os próximos acertariam o alvo. Dizia também que sabiam que ele gostava de Flor, e que, se ele não parasse de se meter nos negócios dos outros, ela também poderia sofrer.

Naquela noite, Carlos custou a dormir. *Seu dilema: devia desistir? Arriscar sua vida? E a de Flor? Abandonar a luta, voltar para o Rio? E o projeto de criação de peixes? Deixar os pescadores desamparados? Sem sua ajuda, a luta deles estaria perdida. Não podia fugir... mas tinha que pensar na vida de Flor. Se abandonasse a luta, será que teria qualquer possibilidade de estreitar o relacionamento com Flor? Ela estava tão animada com o projeto!*

> Na esquina da vida, a morte lhe espera.
> Não é minha vez, não é minha hora.
> A morte, calada, lhe olha no fundo
> Você não tem vez, você não tem hora.

CAPÍTULO 35

Fogo criminoso

A campanha eleitoral prosseguia, cheia de surpresas. O candidato da oposição ganhava terreno. Podia-se notar que a turma do prefeito estava desesperada. O primeiro sintoma foi a destruição das placas de propaganda da coligação oposicionista. Uma manhã, todas as placas e galhardetes do Dr. Alberto e dos vereadores que o apoiavam sumiram de onde haviam sido colocados, e os lugares agora estavam ocupados por placas de candidatos da situação. A coligação registrou um protesto no cartório eleitoral, mas isso não surtiu efeito algum. Para uma campanha com poucos recursos financeiros, a reposição de toda aquela propaganda seria difícil.

O Dr. Alberto convocou uma reunião de todos os candidatos que o apoiavam para traçar uma linha de ação. Um dos candidatos deu sua opinião:

— Devemos fazer o mesmo com as placas dele. Hoje à noite, poderemos fazer um mutirão.

— Não me parece uma boa ideia — lembrou o Dr. Alberto. — O prefeito tem muito mais dinheiro que nós. Se entrarmos em uma guerra de placas, vamos perder.

Carlos deu uma ideia.

— Acho que devemos fazer um boletim e um mutirão para distribuí-lo, explicando que a turma do prefeito aplicou um golpe sujo, tirando nossa propaganda. Devemos informar que, por ser uma campanha pobre, sem dinheiro roubado da prefeitura, não temos recursos para repor o que foi destruído. Podemos virar o eleitor contra o prefeito e seus candidatos.

— Carlos tem razão — disse o Dr. Alberto. — Vamos atrair a simpatia dos eleitores. O povo não é bobo e conhece o valor do dinheiro.

Depois de muita discussão em que todos queriam dar seu palpite, a sugestão de Carlos foi aceita. O panfleto foi preparado e impresso imediatamente. No dia seguinte, estava nas ruas. Pelas manifestações espontâneas de populares, o contragolpe tinha pegado na veia. O apoio da oposição cresceu mais ainda.

O apoio cresceu, e os problemas também. As preocupações de Mãe Maria com o Corvo eram proféticas. Naquele dia, Clorinda não apareceu para trabalhar em seu novo ateliê na pousada. Flor achou estranho. Alguma coisa havia acontecido, porque ela nunca deixara de ir à pousada. Estava se dedicando, de corpo e alma, aos seus quadros e esculturas.

Flor foi procurar Clorinda na colônia, suspeitando que ela pudesse estar adoentada. Como seu casebre estava vazio, e os vizinhos não podiam dar notícias, resolveu procurar Mãe Maria.

Também ela nada sabia. Perguntando pela colônia, um menino informou-lhe que vira um desconhecido trazendo um recado de Clorinda para Onça. Logo em seguida, Onça saíra em direção ao Bar das Meninas Alegres.

Flor chamou Carlos e foi com ele até o bar do Tuba. Nada de anormal parecia estar acontecendo por lá. Tuba os recebeu com cara de poucos amigos e disse que não havia visto nem Onça nem Clorinda naquele dia. Eles acharam melhor não demonstrar preocupação. Voltaram para a colônia, indo diretamente para o terreiro de Mãe Maria.

— Mãe Maria, alguma coisa estranha está acontecendo com Onça e Clorinda. E o Tuba está envolvido nisso.

Mãe Maria sentou-se no chão e fechou os olhos. Depois de uma espera de alguns minutos que pareceram horas, Mãe Maria falou, com um tom de urgência na voz:

— O sumiço dos dois tem a ver com o Corvo. Vocês têm que correr até o terreiro. E tem que ser rápido.

— O que pode ter acontecido?

— Não sei — disse Mãe Maria. — Tenho um pressentimento de que é coisa séria, e que você deve ir para lá imediatamente. O Zeca vai ajudar vocês.

Carlos deixou Flor para trás e correu até o terreiro. Um incêndio estava começando no casebre que ficava atrás do bar. Ele ainda viu, ao chegar, o Corvo sair correndo do casebre. Chamou por ele, sem sucesso. Parou para olhar o fogo. De repente, Zeca apareceu ao seu lado e correu em direção ao casebre. Gritou para Carlos:

— Vem, moço. Me ajuda.

— Paaara, Zeca, não seja louco, deixa a cabana queimar.

— Onça tá lá — gritou Zeca.

Carlos correu em direção ao fogo. Entrou. A cabana já estava quase totalmente tomada. Ele olhou. Viu uma cama. Viu Onça e Clorinda amarrados nela, um sobre o outro. Com uma faca, cortou as cordas que os prendiam. Os três saíram correndo das chamas. Onça e Clorinda arrancaram as mordaças que os impedia de gritar, enquanto o fogo acabava de consumir o casebre.

Onça respirou fundo e disse:

— Se você tivesse chegado uns poucos minutos depois, ia encontrar dois churrascos.

— Foi Mãe Maria quem salvou vocês — disse Flor, que havia chegado no momento em que saíam do casebre. — Ela viu que vocês estavam em perigo.

— E foi Zeca quem resolveu olhar dentro do casebre — disse Carlos. — Eu não achava que vocês pudessem estar lá dentro.

— Zeca? — perguntou Onça, surpreso.

— Foi ele que me ajudou a desamarrar vocês...

— Outro cara? Só vi você — disse Onça, confuso. — Estava prestando mais atenção ao fogo.

— Afinal, o que aconteceu? — perguntou Carlos.

Onça, incomodado com as queimaduras, falou:

— Acho melhor dar uma chegada ao hospital. No caminho, eu conto.

Carlos voltou correndo até a pousada, pegou seu Ecosport e os encontrou na porta do bar, que estava fechado. Seguiram, acompanhados por Flor, para Paraty.

No caminho, Onça contou o que acontecera. Clorinda estava indo para a pousada, quando um sujeito mal-encarado a abordou, dizendo que Anja estava em poder deles.

Clorinda, que até então se mantivera calada, parecendo estar em estado de choque, disse, quase chorando:

— E onde ela está?

— Não se preocupe, não aconteceu nada com ela. Ela veio de Angra te visitar. Está na pousada te esperando.

Podia-se notar o alívio no rosto de Clorinda. Ela pareceu reviver. E começou a falar aos borbotões.

— Quando cheguei ao terreiro, encontrei o Corvo e fui logo perguntando pela Anja. Ele me disse que só me deixaria falar com ela se eu escrevesse um bilhete chamando o Onça. Não tive outra alternativa.

— O cara que entregou o bilhete me trouxe até aqui — falou Onça. — Encontrei o Corvo me esperando. Quando me dirigia a ele, alguém me deu uma paulada na cabeça. Desmaiei e acordei amarrado e amordaçado, em cima de Clorinda. Corvo exigia que eu assinasse dois documentos e ameaçava matar Clorinda se eu recusasse.

Onça explicou que, em um deles, declarava apoio ao prefeito e falava mal do meu candidato. No outro, informava que, não acreditando mais no seu candidato, para quem fizera campanha, preferia retirar sua candidatura.

— Esses caras foram longe demais — disse Carlos. — Agora o delegado vai ter que se mexer. Vamos ver qual a desculpa dele para escapar dessa. Tentativa de assassinato de candidato a vereador, tentativa de influir criminosamente na eleição de prefeito. Temos um prato cheio.

— Amigo, eles queriam nos manter presos por uma semana, até o fim da eleição. Disseram que só iam nos soltar depois de fechadas as urnas.

— E o incêndio? Se queriam mantê-los presos, não era necessário atear fogo na cabana.

— O chefe do Corvo veio até aqui. Não conseguimos ver a cara dele, porque ele não entrou na cabana. Mas ouvimos o que falou. Disse que, quando fôssemos soltos, íamos jogar merda no ventilador. A oposição ia até tentar anular a eleição. Eu podia alegar que os documentos tinham sido conseguidos à força. Para evitar confusão, era melhor nos matar, uma morte que parecesse acidental.

Onça fez uma pausa para olhar seu braço. Tinha queimaduras que deviam estar doendo.

— Eles nos amarraram como se estivéssemos abraçados. Pretendiam, depois que estivéssemos mortos, tirar as cordas para dar a impressão de que havíamos sido surpreendidos na cama pelo fogo.

— Você poderia reconhecer o chefe pela voz?

— Não sei, acho difícil — disse Onça.

— Eu poderia — disse Clorinda. — Aquela voz, não vou esquecer nunca.

— Não sei se isso serve como prova, mas pode nos ajudar a desvendar o crime. Tem certeza de que não era a voz de Tuba? Afinal, parece claro que ele está por trás disso.

— Não, do Tuba não era — confirmou Clorinda.

— Do jeito que vi o Corvo correndo, acho que ele só para no Rio de Janeiro.

Chegando ao hospital, viram que Onça estava mais queimado do que Clorinda. Ele havia sido amarrado na cama por cima dela, para parecer que estavam fazendo amor, e, por isso, fora mais atingido. Tinha queimaduras que deveriam estar doendo bastante, nas costas e na parte de trás das pernas. Estoicamente, não se queixava. Depois dos curativos, foram todos para a delegacia. Encontraram o delegado atarefado, mas Onça já era famoso, um dos prováveis eleitos, e o delegado os recebeu assim que chegaram.

— Agora, seu delegado, temos um caso concreto para o senhor, e duas vítimas dispostas a dar queixa — disse Carlos.

Onça e Clorinda mostraram suas queimaduras. A notícia se espalhara por toda a cidade. A história, contada no hospital, se alastrara. O candidato a prefeito apoiado por Onça também chegou à delegacia para dar apoio. Muita gente já se aglomerava na porta do posto policial.

Até o prefeito apareceu no meio de toda aquela confusão. Passou pelo pessoal na porta, recebendo uma sonora vaia, e entrou na delegacia, querendo falar com Onça.

— Quero deixar claro que não tenho nada com essa tentativa de assassinato, se é que ela realmente existiu.

— Se ela realmente existiu? — repetiu Onça. — O senhor acha que estas queimaduras são uma brincadeira?

— Ora, pode ser um golpe eleitoral.

— Não estou dizendo que o senhor é culpado. Até acho que não. Mas desconfio que todo esse caso possa ter o dedo do seu amigo, aquele que quer fazer o loteamento em nossa área.

— Primeiro, o cara não é meu amigo. Nem sei quem é. Mas fico satisfeito por seu reconhecimento de que não tenho nada com isso. Espero que esteja disposto a confirmar isso em público. Declarar que eu não sou responsável pelo atentado.

O Dr. Alberto, ao ouvir essas palavras, deu um pulo da cadeira:

— Essa não! Por que livrar a cara desse sujeito que vive falando mentiras sobre nosso grupo?

— Dentro de três dias, teremos um comício grande, na praça central da cidade — disse Onça. — Vou declarar que não acho que o senhor tenha sido diretamente responsável.

— Vamos dar apoio ao inimigo que vive falando mal de nós? — protestou o Dr. Alberto.

— Vou apenas ser franco. Dizer o que acho. Porém, não sei se o senhor prefeito vai gostar.

— Você tem que dizer o que me disse aqui. Que não estou envolvido nesse crime.

— Só para que tudo fique bem claro, vou dizer que acho, repito, acho, que o senhor não está diretamente envolvido. Entenda bem... di-re-ta-men-te.

— Isso é sacanagem. Vai deixar uma dúvida no eleitor.

— Engraçado — comentou o Dr. Alberto —, nem parece o mesmo homem que falou tantas mentiras sobre nós durante toda a campanha.

Aquela observação gerou um bate-boca entre o Dr. Alberto e o prefeito, causando a intervenção enérgica do delegado.

Quando eles voltaram à pousada, descobriram que Anja não estava lá. Desde o episódio do incêndio, ninguém a vira. Clorinda chorava apavorada. Era muita emoção para o mesmo dia. Carlos pediu que Flor tomasse conta dela e saiu com Onça para procurar Anja. Clorinda também queria ir com eles, mas convenceram-na a ficar, dizendo que, sem ela, a busca seria mais eficiente.

> O amor tem gradações. O de mãe é o mais sublime de todos.

CAPÍTULO 36

O drama de Anja

Carlos e Onça estavam deixando a pousada, quando o sudoeste começou a soprar forte. O céu ficou cheio de relâmpagos. Voltaram para pedir que Flor lhes emprestasse capas de chuva. Clorinda já estava pronta para sair.

— Vou com vocês. Vai ser um martírio esperar parada pela minha Anja. Ela morre de medo de raios. Deve estar apavorada.

Não sabiam por onde começar a procura. O jeito era consultar Mãe Maria. Foram ao seu barraco e a encontraram, conversando com alguns companheiros da colônia.

— Mãe Maria, temos uma emergência. Precisamos de sua ajuda. Anja sumiu. Não sabemos por onde começar a procura.

Ela pediu licença aos amigos e entrou, acompanhada por Carlos e Clorinda, para o fundo de seu barraco, onde ficava o pequeno altar. Sentou-se no chão e fechou os olhos. Depois de alguns minutos, falou:

— Anja estava presa no Bar das Meninas Alegres e fugiu. Agora, está escondida no mato, dentro de um buraco, perto de uma árvore grande. Ela está com muito medo.. E corre perigo porque está perto de um ninho de cobras.

— Cobras? Ela morre de medo de cobras — disse Clorinda, e recomeçou a chorar.

— Por onde devemos começar? — perguntou Carlos.

— Ela estava presa em um quarto do Bar das Meninas Alegres. Você deve começar a busca por lá. Anja atravessou a estrada e subiu a montanha. Arranjem lanternas e peçam ajuda ao nosso pessoal. Posso vê-la no meio das árvores, mas não consigo reconhecer o lugar.

A chuva caía forte. O vento uivava, e alguns arbustos se curvavam até o chão. Um grupo de dez pescadores se uniu para auxiliar na busca. Com Clorinda, eram treze pessoas. Mãe Maria ficou em seu barraco, concentrada, rezando, tentando ajudar Anja com sua força espiritual. Lanternas na mão, seguiram para o bar, o ponto de partida.

O bar estava fechado, e Tuba, sumido. Provavelmente não estava disposto a responder perguntas. Todo o lado da estrada contrário à praia, onde Mãe Maria indicara que Anja deveria estar, era coberto por mata cerrada. Seria uma procura difícil, por terreno íngreme. A chuva caía forte, água escorrendo pela encosta até a estrada. Água e mais água, formando filetes, depois córregos.

O pessoal se dividiu em seis pares. Dois grupos deveriam seguir uns trinta metros pela estrada, em direção a Paraty, e dali entrar na mata, subindo o morro por caminhos diferentes. Outros dois fariam o mesmo, mas partindo de trinta metros na direção de Angra. Os dois últimos partiriam dali mesmo, subindo pelo mato, sempre por caminhos diferentes.

Combinaram que, se alguém achasse Anja, deveria trazê-la de volta para o bar, que seria o ponto de encontro, onde Clorinda os esperaria. A princípio, ela relutou. Queria acompanhar um dos grupos, mas entendeu que, com o mato cerrado e a chuva forte, sua presença só atrasaria a procura. Além do mais, alguém deveria ficar por ali, para receber Anja caso ela estivesse por perto e retornasse por conta própria. Não queriam que, se Anja voltasse para o bar, se perdesse novamente.

Clorinda chorava baixinho, repetindo sem parar:

— Meu Jesus Cristo, minha Nossa Senhora, não deixa Anja morrer. Não deixa ela se machucar. Eu quero minha Anja de volta.

O combinado era que quem encontrasse Anja daria três tiros para o ar, para avisar os outros grupos. Com o mato cerrado, os raios caindo, os trovões ribombando, o vento uivando e a chuva descendo forte, era possível que nem todos ouvissem o sinal. Por isso, se em quinze minutos de subida não encontrassem Anja, deveriam retornar para o ponto de encontro, descendo por uma trilha diferente. Era pouco provável que Anja tivesse forças para caminhar, com toda aquela chuva, por tempo maior do que esse, especialmente sendo morro acima.

— Amigos, uma última recomendação. Cuidado com as cobras. Mãe Maria acha que Anja está perto de um ninho delas. Sei que é difícil, com essa chuva e essa escuridão, olhar onde pisam, mas tenham cuidado.

O parceiro de Carlos era o Onça, e pegaram o caminho do centro, o mais difícil, subindo a montanha pela trilha mais íngreme.

Mata fechada. Na pressa de saírem, lembraram, um pouco tarde, que deveriam ter trazido facões de mato. O jeito era tentar vencer a vegetação com as mãos. Os espinhos atrapalhavam bastante e, em pouco tempo, as mãos sangravam. Carlos arrancou pedaços da camisa ensopada e enrolou o pano nas mãos, para conseguir alguma proteção. O progresso era lento. De tempos em tempos, gritavam o nome de Anja, mesmo sabendo que a voz dificilmente poderia vencer o barulho do sudoeste assobiando na floresta e o ribombar dos trovões. Depois de quinze minutos de caminhada, ainda nada. Voltaram. Quem sabe algum outro grupo a encontrara e não haviam escutado o aviso?

O caminho de volta também foi duro, apesar de descida. A chuva forte batia nos rostos, dificultando a visão. A água que descia a montanha tornava o percurso muito escorregadio. Muitos tombos. Carlos e Onça estavam enlameados dos pés à cabeça e, apesar da capa, completamente molhados. O vento entrava por dentro de suas roupas molhadas e os gelava até os ossos.

Foram o penúltimo grupo a chegar ao ponto de encontro. Os outros também nada encontraram. Clorinda, tão logo viu Onça chegar, abraçou-se a ele. Ela continuava chorando baixinho e repetindo seu apelo aos céus. As esperanças se concentravam no último grupo, que ainda não havia regressado.

Mãe Maria chegou à porta do bar e encontrou Clorinda abraçada a Onça. Logo que a viu, Clorinda correu para ela, chorando:

— Mãe Maria, Mãe Maria! — Clorinda falava seu nome e chorava. — Mãe Maria, me ajude a encontrar Anja. Pelo amor de Deus!

Ela agora abraçava Mãe Maria, quando chegou o último grupo. Traziam a manga de um agasalho vermelho na mão.

— Encontramos isto preso a uma árvore. Quem passou por lá estava com pressa.

— É do agasalho da Anja — gritou Clorinda, desesperada.

— Ela deve estar morrendo de frio. Minha filhinha querida, minha Anja ...

— Calma, vamos todos começar nossa busca do ponto onde foi encontrado o pedaço da roupa — disse Carlos.

— Carlos tem razão. Procurem por um buraco perto de uma árvore grossa, bem grande — disse Mãe Maria.

Clorinda falou, chorando:

— Como a senhora sabe? Como a senhora sabe?

— Eu tive uma visão. Vi a Anja sentada lá.

— Você viu a Anja? Ela está bem?

— Ela não tem nenhum ferimento. Está com muito medo e tremendo de frio. Mas tudo vai dar certo. Falei mentalmente com ela. Está se acalmando, e o cansaço vai lhe trazer sono. Fica calma, Deus está com ela.

— Meu Deus! Me ajude!

Clorinda, ainda em estado de choque, ficou um pouco mais animada depois de falar com Mãe Maria. Também, tinha chorado todas as lágrimas que uma pessoa pode produzir.

Com esperança renovada, todos se deslocaram para onde o pedaço da roupa de Anja fora encontrado. Ali seria o novo ponto de encontro. Os seis grupos saíram, subindo a montanha em ângulos diferentes. Mãe Maria ficou com Clorinda no ponto em que fora encontrada a manga de Anja. Ela continuava desesperada, mas Mãe Maria conseguiu tranquilizá-la um pouco.

A combinação agora era subir por dez minutos e voltar por trilha diferente. Os seis grupos partiram. A chuva, o vento e os raios, depois de uma ligeira abrandada, voltaram com força ainda maior. Parecia que as árvores iriam, todas, ser arrancadas da terra. De repente, Carlos viu um galho pesado caindo em cima deles.

— Cuidado! — gritou Carlos, e empurrou Clorinda.

Um pesado galho caía bem em cima do grupo. Com o empurrão, Clorinda caiu para o lado. O galho bateu no chão a poucos centímetros da sua cabeça, mas não a assustou. Toda suja de lama, esgotada de tanto sofrer, ela parecia emocionalmente anestesiada.

Depois de vinte minutos, o pessoal da busca começou a chegar de volta. Voltavam desanimados ao ponto de encontro, arranhados pelos galhos, escorrendo lama pelo corpo. O último grupo a chegar foi o de Carlos. Os outros também nada haviam encontrado. Clorinda, já sem forças, recomeçou a chorar, um choro tímido de quem não tinha mais esperanças. Sem energia até para sofrer.

Mãe Maria perguntou:

— Alguém passou por uma árvore bem grande?

Um dos homens respondeu afirmativamente.

— Seguindo suas instruções, procuramos em volta dela, mas nada encontramos.

Mãe Maria pediu uma descrição da árvore e disse:

— É ela mesma. Vamos lá. Quero ver pessoalmente.

— Não adianta. Nós reviramos tudo em volta.

Mesmo assim, Mãe Maria insistiu em ver a árvore. Todos estavam exaustos, mas não queriam se negar a fazer o que ela pedia. Foram andando, passo cansado, em direção à árvore. Clorinda seguia abraçada a Onça. Os outros, que ainda tinham um restinho de forças para caminhar, acompanhavam, solidários. Foi uma caminhada de uns cinco minutos, o sudoeste entrando forte, a chuva açoitando os corpos e penetrando pelos olhos. Cinco minutos que pareciam cinco horas. Os raios iluminavam o caminho. Eram tantos, que as lanternas se tornavam quase desnecessárias.

A árvore era uma sapucaia gigante, cujo tronco precisaria de três homens para abraçá-lo em sua base. Subia por mais de quarenta metros, qual coluna bem proporcionada de templo grego. Quando chegaram próximo a ela, Mãe Maria olhou para Clorinda e disse.

— Esta é a árvore da minha visão. Anja está por aqui.

— Mas nós já examinamos tudo em volta.

— Ela não está em volta da árvore. Eu a vi dentro da árvore.

A árvore tinha, em sua base, grandes raízes que formavam paredes partindo do tronco, envolvidas por moitas de vegetação que a rodeavam. Mãe Maria andou em volta da sapucaia e, escolhendo o lado mais protegido do sudoeste, afastou uma moita de vegetação. Pediu uma lanterna. Virou o foco de luz para a abertura que fizera na vegetação. Lá estava ela, Anja, escondida em um buraco no tronco. Bem abrigada do vento, fora dominada pelo cansaço e dormia profundamente. Nem mesmo quando Mãe Maria afastou a moita, ela acordou. Clorinda deu um grito e correu para abraçá-la. Anja recobrou a consciência, ainda assustada pelo grito, e começou a chorar copiosamente, agarrada à mãe.

Voltaram para a pousada extenuados, porém aliviados. Clorinda não parava de falar. Entre lágrimas, agradecia a Deus, a Virgem Maria, a Mãe Maria, a Onça, a Carlos, a todo mundo. Anja, agarrada à mãe, seguia calada. Parecia em estado de choque. Quando chegaram à pousada, Flor correu para Clorinda e a abraçou chorando, feliz pela sorte dela.

> A maldade é um poço sem fundo. Jogamos uma pedra e, ouvindo um barulho, pensamos que ela, finalmente, chegou ao fundo. Engano. Apenas atingiu uma saliência, mas continua a cair.

CAPÍTULO 37

É tudo ou nada

— Tuba, aqui é o Xisto, estou indo para aí imediatamente. Convoque o pessoal para uma reunião no seu bar.

Que merda! — pensava Xisto, enquanto dirigia seu carro para o Bar das Meninas Alegres. — *Eu preciso comprar as posses dos caiçaras da Praia Brava de qualquer jeito. Essa turma de incompetentes que arranjei não sabe nem acertar uns tiros nos inimigos.*

As coisas estavam ficando difíceis. Clóvis não teve tempo de alugar um carro e decidiu usar o seu próprio. Estacionou seu Audi preto em frente ao bar. Os outros já o esperavam. Ele abriu a reunião.

— Vocês não fizeram nada do que foi combinado no nosso último encontro. É assim que querem ficar ricos? Casa, carro, lancha?

Como ninguém se manifestasse, Clóvis continuou:

— Ameaças não vão nos levar a lugar algum. Precisamos de ação. Agora, é tudo ou nada.

— Chefe, nós quase matamos o Onça.

— Quase, quase. E o Carlos? Foi quase também? Qual a desculpa?

— O cara tem parte com o diabo. O senhor precisava ver. Um fantasma apareceu pra ajudar ele. Ele caminhava pra nós, sem medo. Nós metemos bala, enchemos ele de tiro. As balas não faziam ele parar. Parecia que atravessavam por dentro do seu corpo, e nada acontecia. Ele nem ligava. Nem sangue saía. Devia ser o próprio diabo. Aí, nós caímos fora. Não dá pra ganhar do diabo

— Conversa imbecil — disse Clóvis com voz de desprezo.
— Marmanjos com medo de fantasma. Não sabem nem atirar direito.

— Nós acertamos. O senhor devia estar lá pra ver.

— Conversa. Não quero ter que dizer que vocês quase ficaram ricos. Quase ganharam casa, carro e lancha. Se uma vez não deu certo, tentem outra, e outra, e outra. Vou mandar chamar o Corvo para ajudá-los. Ele tem experiência disso. É matador.

— Chefe, foi ele quem falhou no caso do Onça.

— Só ele? Todos vocês falharam. Não se fica rico sem coragem. Agora a coisa está mais difícil. Nosso prefeito deve perder a eleição para o Dr. Alberto, e o Onça vai ser vereador. Temos que dar um jeito de liquidar o Onça antes da sua posse. Não tenho dúvidas de que ele vai ser eleito, mesmo com as acusações de assassinato.

— Assassinato? Quem ele matou? — perguntou Tuba, espantado.

— Quero acabar também com esse tal de Carlos — disse Clóvis.

Os dois ficaram olhando para Clóvis, sem dizer nada. Aquilo o deixou mais puto. Ele continuou:

— Tenho um plano que não pode falhar. Vamos implicar o Onça em um assassinato.

— Assassinato de quem? — perguntou Tuba novamente.
— Do João.
— Todo mundo sabe que ele fugiu para Pernambuco. Que história é essa?

— Fugiu nada. Ele foi morto pelo Onça.
— Por que ele o mataria?
— Para ficar com a Clorinda. Você mesmo ouviu o Onça afirmar, mais de uma vez, que iria matar o João se ele continuasse dando surras na Clorinda — disse Clóvis, olhando diretamente para Tuba.

Tuba coçou a cabeça:
— Eu ouvi?
— Claro que ouviu. E você vai confirmar isso para o delegado. Onça ameaçou matar o João várias vezes depois de tomar umas e outras, aqui mesmo no seu bar, e você é testemunha.

Tuba coçou a cabeça mais uma vez, mas acabou entendendo o plano. O outro comparsa ouvia tudo calado, com cara de bobo. Clóvis pegou um revólver no bolso. Estava embrulhado em um lenço, para evitar impressões digitais.

— E tem mais: vocês vão esconder este revólver no barraco do Onça, um lugar onde ele não o encontre.

— Sem o corpo, vai ser difícil provar que o Onça matou o João. Todo mundo sabe que João foi para o Recife.

— O João foi assassinado pelo Onça, eu sei onde o corpo está enterrado.

Aquela afirmação pegou os dois de surpresa. Tuba deu um olhar espantado para Clóvis.

— O plano é o seguinte: o delegado vai receber uma carta anônima informando onde encontrar o corpo. Nessa carta, vamos dar algumas dicas para localizar a arma do crime.

— Genial — disse Tuba. — Só não entendo ainda quem matou o João.

— E isso interessa? Ele estava atrapalhando nosso negócio. Você pode me agradecer pela ajuda que lhe dei — disse Clóvis, com um sorriso irônico.

— Foi melhor mesmo ficar livre dele — respondeu Tuba.

— Tem mais. Hoje de madrugada, vocês vão colar cartazes nos muros de Paraty. E deixem a carta que incrimina o Onça na delegacia.

— O senhor quer que nós entreguemos a carta nas mãos do delegado?

— Claro que não, porra. Joguem a carta na delegacia sem que sejam vistos. De madrugada, isso não deve ser difícil. O guarda de plantão vai estar dormindo — disse, impaciente.

Tuba ajudou Clóvis a tirar, da mala do Audi, uma caixa cheia de cartazes que ele mandara imprimir numa gráfica de Nova Iguaçu. Desse modo, ninguém em Paraty iria saber quem encomendara aqueles panfletos. Os cartazes acusavam Onça de assassinato e pediam à população que não votasse em criminoso.

— Vamos marcar uma reunião para amanhã, quando o Corvo chegar, para discutir nossos outros planos — disse Clóvis. — Agora não quero mais erros. Entendido?

Fez uma pausa longa. Olhou diretamente nos olhos de Tuba para dramatizar a mensagem final:

— E lembrem-se: casa, carro, lancha! Isso não é para frouxo.

> *O homem que luta, querendo e buscando,*
> *nunca alcançará, feliz não será.*
> *O outro que segue, em paz com a vida,*
> *sem nada querer, feliz pode ser.*

CAPÍTULO 38

Comício final

Chegara o grande momento. Era hora do grande comício na praça central de Paraty. Faltando quatro dias para as eleições, aquele encontro era importante. Dependendo das revelações feitas por Onça, as chances de sucesso do atual prefeito estariam definitivamente sepultadas. A curiosidade dos eleitores era grande. Todos queriam ouvir as palavras de Onça sobre o atentado que sofrera. Esse comício e as bombásticas revelações de Onça poderiam liquidar as pretensões do prefeito, coroando com chave de ouro uma campanha duríssima, na qual a oposição, sem recursos financeiros suficientes, tivera que fazer frente ao poder econômico da situação. Não fora fácil neutralizar, sem utilizar as mesmas armas, todos os ataques sujos da turma no poder. Naquela noite, a praça estava cheia. O pessoal da colônia também fora em peso para prestigiar Onça.

Todos os candidatos da coligação iriam falar. Onça, por causa da tentativa de assassinato, estava com o corpo coberto de queimaduras. Seu caso era muito comentado. Curiosidade geral. Com isso, ele ganhara muita projeção, e ficou resolvido que seu discurso seria o penúltimo. O do Dr. Alberto seria o último, encerrando o comício. Os adversários haviam mandado observadores. Estavam preocupados com a maneira pela qual Onça trataria o caso do atentado que sofrera. Aquilo poderia ser decisivo na eleição.

O evento começou às sete horas da noite, com a apresentação de uma banda de música. Enquanto ela tocava, o povo ia chegando e lotando a praça. Em seguida, começaram a falar os candidatos a vereador. Finalmente, chegou a vez de Onça.

— Amigos, muita gente aqui me conhece e sabe que eu nunca quis ser candidato a nada. Nunca quis ser político. Quando me trouxeram a ideia, eu até reagi contra. Mas existem certos deveres a que uma pessoa bem-intencionada não pode se furtar.

Onça pigarreou fundo e retomou o ritmo:

— Já descobri que a vida de político tem perigos com que eu não contava. Eu mesmo fui vítima de um atentado. Quiseram me matar, e a única razão para isso é meu apoio ao Dr. Alberto, nosso candidato a prefeito.

Onça fez uma pausa, e isso desencadeou uma salva de palmas misturada com gritos de "já ganhou". Onça, do alto do palanque, olhava a praça cheia, o povo vibrando. Queria ter a certeza de que via prenúncios da vitória, sua vitória e a de um prefeito honesto, competente para sanear a administração do município, dinamizar a educação e a saúde da cidade e ajudar a criar empregos e renda para a população. Seria um sonho? Fogos de artifício brilharam no ar, estrelinhas brilhantes, estrelinhas esperançosas de que a vida dos pescadores poderia melhorar. Onça sentiu uma onda de orgulho por poder participar, por ter o privilégio de participar desse sonho.

— Por sorte, amigos, não morri queimado. Pela graça de Deus, estou aqui hoje, discursando para meu povo, para meus amigos.

Onça levantou um pouco a camisa e se virou de costas para mostrar seus ferimentos. Uma exclamação de surpresa encheu a praça.

— Quem julgava que isso me fizesse desistir, enganou-se redondamente. Sou um guerreiro, como vocês. Aliás, pobre neste país tem que ser um lutador para sobreviver. Vocês e eu somos de uma raça de bravos. Não vamos desistir à primeira ameaça, nem à segunda, nem à terceira, mesmo que tenha sido uma séria tentativa de morte, da qual me salvei pela ajuda de Deus e de meus bons amigos.

Os aplausos soaram fortes. Não parecia que fossem parar. Onça aproveitou a pausa para beber água em uma garrafa que lhe foi passada. A manifestação só parou quando ele continuou seu discurso.

— Estive, há pouco, na delegacia para dar queixa desse crime. Lá, fui procurado pelo atual prefeito, essa figura que combatemos durante toda a campanha. Ele me disse que nada tinha a ver com o atentado. Será que dá para acreditar nele?

— Não, não! — foi o clamor popular.

— Pois não vou concordar com vocês. Acho que nosso prefeito é um incompetente, um mau-caráter, um ladrão que usa verbas da prefeitura em proveito próprio e dos amigos, mas não acho que ele seja um assassino. Incompetente, sim. Espertinho, sim. Ladrão, sim. Assassino? Não creio.

O pessoal ficou em silêncio. Não era normal um político dar sua opinião sincera e espontânea para desfazer uma dúvida, sabendo que este tema poderia decidir uma eleição. Quando se deram conta da grandeza do gesto, os aplausos foram ensurdecedores.

— Indiretamente, porém, ele protege os assassinos. Amigos, o atentado contra minha pessoa só aconteceu porque aqueles que querem roubar nossas terras lutam para que o prefeito seja reeleito a qualquer custo. Acreditam que minha morte poderia fazer alguma diferença. Não sou tão importante quanto me julgam. Nosso atual prefeito não mandou me matar, não acendeu o fósforo que quase tira minha vida e a de uma pessoa que me é muito querida. Isso não quer dizer que o senhor prefeito, que tanto combatemos, não tenha responsabilidade indireta no caso. As pessoas que tentaram me matar queriam me tirar desta nossa luta para eleger o Dr. Alberto, um homem honesto e competente, um prefeito que vai cuidar da ecologia, tão afetada pelos loteamentos, que contam com a aprovação da prefeitura. Exatamente porque eu fazia campanha contra o atual prefeito, e contra os absurdos praticados pelos que o apoiam, é que quiseram me matar. Será que a culpa é do prefeito? Ele pode não ter participado do planejamento do atentado, mas não deixa de ser culpado. Sua administração corrupta e incompetente é o que leva os bandidos que planejaram me matar a atos criminosos para garantir sua continuação à frente desta cidade.

Onça parou para tomar mais um gole d'água. Foi o pretexto para nova onda de delirantes aplausos.

— Temos que dar um basta nesse estado de impunidade. Para isso, peço seu voto para nosso candidato, o Dr. Alberto, e, caso vocês não tenham melhor escolha para vereador, peço-lhes que votem em mim, seu amigo Onça que lhes fala. Obrigado a todos pela presença e pelo apoio.

Onça foi calorosamente aplaudido. Somente quando anunciaram a fala do Dr. Alberto, a galera se aquietou um pouco.

No dia seguinte, Carlos foi fazer uma visita à colônia e bater um papo. Tinha muitas perguntas para fazer a Mãe Maria. Naquele dia, a conversa começou em torno da pobreza e das injustiças sociais do nosso país.

— O que me deixa desesperançado, Mãe Maria, é que a desigualdade de renda é muito grande. Somos um Brasil de poucos ricos, muito ricos, e muitos pobres, muito pobres. E o governo não faz nada para mudar isso.

— Brasileiro gosta muito de jogar a culpa no governo. Sem querer tirar sua razão, se cada um com condição financeira razoável desse uma pequena contribuição para resolver esse problema, a situação poderia se tornar muito melhor.

— Como?

— O seu projeto de coquilles, por exemplo. Vai mudar a vida de muitos pescadores.

A conversa foi interrompida pela chegada de Carla ao terreiro. Ela vinha acompanhada de Clorinda, para fazer um convite.

— Mãe Maria, quero levar Clorinda ao Rio para ver os preparativos para a exposição. Você e o Carlos querem vir conosco?

Mãe Maria não pôde aceitar o convite, porque ia receber um pessoal que vinha do Rio para se consultar. Carlos aceitou, e foi com Carla e Clorinda.

> A vida, como o mar, tem marés, ora altas, ora baixas.

CAPÍTULO 39

Artista global

No meio da lama, pedrinhas brilhantes. No meio do mundo, quantos vão brilhar? Clorinda, depois de amargar muita maré baixa, parecia que ia subir. A galeria de arte de Pierre ficava em um dos melhores pontos do Leblon. Localizada no andar térreo do Shopping Belas-Artes, na Av. Ataulfo de Paiva era talvez uma das melhores do Rio. Pierre justificava sua fama de ser um dos mais famosos marchands da cidade. A exposição de Clorinda estava muito bem organizada, e o salão, lindamente decorado.

Pierre não descuidara da divulgação da exposição. Com sua habilidade de relações-públicas, já havia conseguido reportagens no *O Globo* e no *Jornal do Brasil*, todos eles com muitos elogios aos trabalhos de Clorinda. Ela estava sendo considerada uma das mais promissoras jovens artistas brasileiras. Algumas estações de televisão haviam gravado entrevistas com ela, deixando-as prontas para sair no primeiro dia da exposição. A expectativa dos conhecedores de arte era muito grande.

Com tudo isso, Clorinda ainda se sentia insegura. Não acreditava que, de repente, a vida voltasse a lhe sorrir, que a maré baixa pudesse subir. Resolveu conversar com Mãe Maria.

— Mãe Maria, estou com medo da exposição não ser bem-sucedida. A Carla e o Pierre me colocaram tantos sonhos na cabeça. Fico pensando se tudo isso não é uma ilusão, se vou acordar e voltar pro inferno em que vivia.

Mãe Maria se concentrou, pegou os búzios que estavam na mesinha ao lado e, depois de consultá-los, disse:

— Não, minha filha, você não está sonhando, não. Você vai se consagrar como artista.

— A senhora tem certeza? — indagou Clorinda, já com um sorriso de esperança em seu semblante.

— Tenho, e vou fazer mais. Vou pedir ajuda aos orixás, para que tudo dê certo.

Emocionada, Clorinda falou:

— Que Deus ajude a senhora, Mãe Maria. Nem em meus sonhos mais loucos, pensava que minha vida pudesse mudar tão depressa. Já vivi no paraíso com papai, depois fui para o inferno. Será que posso voltar a ser feliz?

Clorinda parou de falar e ficou pensando. Alguma coisa a incomodava:

— Mãe Maria, ainda tenho uma dúvida. Será que... será que...

— Será que o Onça gosta d-' você? — completou Mãe Maria, adivinhando a pergunta de Clorinda.

Ela ficou vermelha. Mãe Maria continuou:

— Ele gosta muito, mas é um pouco tímido com você. Você é quem vai ter que se declarar primeiro.

— Eu? Sou mulher.

— E daí? Quem disse que o homem é o sexo forte estava completamente enganado. Ai do mundo se não fossem as mulheres.

Clorinda saiu dali aliviada, confiante, alegre. Dois dias depois, começava o evento. E, como Mãe Maria previra, foi sucesso total. Quase todos os trabalhos expostos foram comprados no primeiro dia, e o segundo dia da exposição já abriu com a maioria das peças ostentando um pequeno cartão indicando que o trabalho já havia sido vendido.

Clorinda, na sua timidez, era só felicidade. Até Anja, que não se separava da mãe, toda orgulhosa de seu vestidinho novo, estava fazendo sucesso. Clorinda, apesar da vitória, continuava a moça simples e espontânea de sempre. Convidara seus amigos da colônia. Eles disseram que não poderiam comparecer, pretendiam fazer-lhe uma surpresa. No dia do coquetel, Carla fretou um ônibus para trazer alguns amigos da colônia. A turma chegou de surpresa, o que deixou Clorinda ainda mais emocionada. Onça era o mais animado.

Carla, que estava ao lado de Clorinda, parecia ter bebido muito. Disse:

— Agora que você está com sua vida resolvida, devia sair correndo de Praia Brava, Parar de arriscar a vida de Anja.

Onça não concordava:

— Agora que você enricou, vê lá se não vai nos abandonar.

— Não é questão de abandonar ninguém. Clorinda pode dar seu apoio sem morar lá.

Carla falava alto, e a conversa atraiu alguns pescadores, que se juntaram ao grupo com ouvidos atentos.

— Eu não entendo essa briga de vocês. Trocar vida por um pedaço de terra. Vende logo essa porcaria.

Clorinda não respondeu a Carla, mas falou, olhando para Onça:

— Você me conhece, Onça. Eu gosto da Praia Brava. Eu gosto do jeito simples e sincero das pessoas de lá. Vou arrumar minha casinha lá mesmo e nunca vou me mudar. Mas, por enquanto, vou aceitar a sugestão da Carla e me mudar para o Rio. Não posso arriscar a vida de Anja.

Onça fez uma cara triste, mas Clorinda completou:

— E eu gosto muito de você.

Onça, pego de surpresa, abriu um largo sorriso.

— Eu também gosto de você.

O sucesso da exposição de Clorinda atraiu a atenção de um jornal do Rio — O Globo, que já havia feito um registro bastante elogioso sobre a exposição e resolveu fazer uma reportagem especial sobre a nova artista em seu local de trabalho. Mandou um repórter e um fotógrafo para visitá-la em Praia Brava. Uma surpresa aguardava a turma da colônia. No dia marcado para a entrevista, chegou à Praia Brava a turma do O Globo: um fotógrafo e o Anselmo.

— Que prazer em vê-lo, meu caro, você agora está no O Globo? — perguntou Clorinda.

— A melhor coisa que poderia me acontecer foi ser despedido por causa da reportagem de Praia Brava. Fui à luta e agora estou no O Globo. A vida tem suas ironias.

Onça, que ouvia a conversa, observou:

— Amigo, talvez possamos fazer o jornal se interessar pelo problema ecológico de Praia Brava.

— Já pensei nisso. Vou aproveitar essa entrevista com a Clorinda para levantar o problema. Espero conseguir chamar a atenção para o assunto e conseguir uma matéria especial. Infelizmente, eu não cubro a área de ecologia no jornal, mas já fiz amizade com a turma de lá e acho que poderemos conseguir a reportagem.

— Beleza! As coisas estão melhorando muito. Maré alta.

— Com a ajuda de Deus — disse Mãe Maria.

> A vida parece menino traquinas brincando de gato. E o rato é você.

CAPÍTULO 40

E agora?

Sábado, um dia antes da eleição. Carlos acordou com Flor batendo na porta do seu quarto:

— Carlos, você sabe da bomba? O rádio está dizendo que Onça foi acusado de um crime.

— O quê?

— A cidade amanheceu lotada de cartazes, chamando-o de assassino.

— Assassinato de quem? — perguntou Carlos, sem se levantar da cama.

— Do marido da Clorinda.

— Isto é sacanagem da oposição. Golpe eleitoral. Acusar sem provas é muito fácil.

— O delegado diz que tem provas.

Carlos deu um pulo da cama e abriu a porta:

— Você já falou com o Onça?

— Conheço o Onça — disse Flor — e sei que ele não mataria ninguém.

Carlos aprontou-se rapidamente e correu para a colônia. Encontrou Mãe Maria conversando com Zeca no terreiro.

— O que está acontecendo? — perguntou Carlos.

— Só pode ser armação — disse Mãe Maria. — Onça não é bandido.

— E o delegado? O que diz?

— Disse que vai ter que apurar. Acharam a arma no barraco do Onça, e o corpo na mata. Uma carta anônima deu todas as pistas.

— Um dia antes das eleições? — perguntou Carlos. — Isso está parecendo coisa de filme americano. Logo agora que o Onça estava praticamente eleito. Isso vai prejudicá-lo.

— Onça se elege — disse Mãe Maria.

— Mas vai dar mais trabalho — disse Carlos. — Onde está ele?

— Foi cedo para a cidade.

— Estou indo atrás dele. Vocês não querem vir comigo?

— Não posso — disse Mãe Maria —, estou esperando uns amigos.

— E você, Zeca?

Zeca não respondeu, saiu e foi andando em direção ao cemitério.

A campanha eleitoral chegara ao fim, teoricamente um dia de descanso antes do domingo de votação. Só teoricamente. Os comícios estavam proibidos, mas o corpo a corpo dos candidatos, tentando serem vistos, falando com o maior número possível de eleitores, continuava. Onça andava incansavelmente pela cidade, pelas colônias de pescadores, buscando desmentir a acusação.

O "descanso" da turma da oposição também estava sendo bravo. Além da acusação feita a Onça, um boletim distribuído na cidade, na manhã de sábado, informava que o Dr. Alberto, sabedor do resultado das pesquisas, retirava sua candidatura de forma irrevogável. Segundo o mentiroso boletim, as pesquisas indicavam que o atual prefeito tinha a preferência de 70% dos eleitores. Novamente a oposição teria de superar outra jogada suja. O Dr. Alberto convocou uma reunião de emergência, e decidiram fazer um boletim, desmentindo a informação. O problema é que, sendo sábado, a gráfica da cidade estava fechada. Procuraram o seu dono, mas ele não estava em casa, pois fora visitar parentes no Rio.

Fazer o quê? Queixar-se ao juiz eleitoral não iria adiantar muita coisa. Resolveram que, nesse mesmo dia e no dia seguinte, os candidatos a vereador deveriam percorrer a cidade para informar ao maior número possível de pessoas que aquilo era mais uma infâmia do prefeito. É verdade que esta comunicação verbal era deficiente, e que muitos poderiam votar em branco, se acreditassem na notícia. A eleição que parecia estar ganha voltara a ficar indefinida.

> *O caminho da vida só termina quando o homem, cansado, extenuado, chega perto de Deus. Se não, vive de novo, sofre de novo, em um ciclo sem fim.*

CAPÍTULO 41

Eleição complicada

Domingo de eleição. Carlos acordou cedo e, depois de tomar o café da manhã, convidou Flor para um mergulho. O mar estava cristalino, a água morna, as ondas bem-comportadas massageavam os corpos, ajudando a esquecer as agitações da temporada, que Carlos, no princípio, pensava que seria calma.

Com a água batendo quase em seu peito, Carlos estava bem junto de Flor, admirando seu belo corpo. Ela, de costas para ele, recebia a água dando pulinhos. Uma onda um pouco mais forte faz com que ela escorregue e a empurra de costas contra o corpo de Carlos. Ele a abraça para ajudá-la a se equilibrar, mas esquece de soltá-la. Começa a dar beijos no seu pescoço e em suas costas. Flor, pega de surpresa, não reage nos primeiros minutos. Parece estar gostando do jogo. Isso dura uns três minutos. De repente, Flor se solta dos braços de Carlos e nada para a praia.

— Já vai sair? — reclamou Carlos.

— Tenho que supervisionar o almoço — disse Flor, sem olhar para trás.

— Ainda são oito horas — retrucou Carlos.

Flor não respondeu. Carlos continuou:

— Flor, eu quero te dizer uma coisa. Eu gosto de você.

Flor apontou para o mar e disse:

— Olha! Tem um cardume de peixes pulando perto daquela pedra.

Carlos olhou, e continuou:

— Será que você gosta um pouquinho de mim?

— A água estava tão gostosa hoje. Foi uma manhã perfeita, você não acha?

— Flor, você não me respondeu.

Carlos vê lágrimas rolando de seus olhos. Imediatamente ela se vira e corre para a pousada, deixando Carlos confuso e desapontado.

Carlos saía do mar, molhado e desapontado, quando Onça chegou e o convidou para irem a Paraty, rodar pelas zonas eleitorais.

— Tenho trabalho dobrado para esclarecer essa armação contra mim.

— Vou pegar meu carro — disse Carlos.

— Vamos no fusca da campanha. Não posso chegar de carrão em Paraty. Não quero perder voto. Vou precisar do amigo para correr todas as zonas de votação. Tenho que esclarecer essa acusação de assassinato.

— Você manda, vereador.

Onça se descontraiu pela primeira vez desde que chegara e riu satisfeito. Se eleito, ia ter que se acostumar ao novo título.

— Calma, amigo, vamos esperar a apuração. A coisa complicou com essa manobra suja.

> Viver, sem lutar por seu ideal, não é viver. A vida pede que você se arrisque por ele.

CAPÍTULO 42

O dilema

Uma nova carta chegou para Carlos na pousada. Nela, o interessado nas terras propunha ceder um terreno próximo para os pescadores, ameaçava uma guerra e dizia: "Muitos podem morrer. É uma pena que, por causa de um pedaço de terra, se arrisque as vidas de tantas pessoas". E, de forma irônica, concluía: "Se fosse somente Carlos e Onça — eles merecem morrer —, mas por que arriscar a vida de jovens como Anja, da Clorinda, com seu futuro agora garantido, e da bela Flor?" A carta sugeria que, se quisessem evitar a guerra, pusessem uma bandeira branca na frente da pousada.

Outra carta, também com ameaças, foi distribuída na colônia, aumentando o medo dos pescadores. As discussões seguiam acaloradas. Apesar dos esforços do Onça, a maioria dos pescadores estava querendo entregar os pontos, querendo evitar um confronto com os bandidos. "Eles estão muito bem armados." "Eles têm muito dinheiro." "É burrice entrar em uma briga para morrer." Estes eram alguns dos argumentos levantados pelo grupo que queria evitar a guerra.

Carlos foi falar com Mãe Maria, e ficou combinado que, naquela noite, fariam uma reunião na pousada.

Na pousada, em torno da mesa na sala de jantar, sete pessoas com fisionomias preocupadas. Carlos abriu a reunião:

— O terreno que eles oferecem não tem praia. Teríamos que fazer uma obra grande, um píer, para dar acesso ao mar para os barcos.

— Além disso, amigo, o mar em frente não presta para o projeto. As correntes ali são muito fortes.

— Temos que pensar nas vidas — disse Carla, que se mostrava visivelmente agitada. — Esse criminoso está disposto a matar muita gente para atingir seus objetivos.

— Se vamos enfrentar assassinos, acho que devemos reagir do mesmo modo — disse Carlos. — Conheço uns policiais do Rio que gostam de matar bandidos. Olho por olho.

Fez-se silêncio, enquanto todos olhavam espantados para Carlos.

— Não podemos nos igualar aos criminosos, usando as mesmas armas — disse Mãe Maria. — Somos pessoas melhores do que eles.

— Não quero ser um melhor defunto — disse Carlos.

— Você devia conversar mais com o Zeca.

Carla voltou a insistir:

— É loucura lutar contra esses criminosos. Arriscar vidas por um pedaço de terra.

Flor também entrou na discussão:

— Por um pedaço de terra, não. Por um sonho. O projeto é a salvação dos pescadores. E pode não ser só dos de Praia Brava. Vai ajudar muita gente.

— Vale a pena morrer por ele? — perguntou Carla.
Flor olhou para o teto antes de responder:
— Eu estou disposta a arriscar. Esse projeto é minha vida.
— Eu também gostaria de ir à luta — disse Onça —, mas a turma da colônia quer desistir. Conversei com vários deles, e o pessoal está cansado.
— Mãe Maria, será que a senhora pode convencer os pescadores? — perguntou Flor.
Nesse instante, todos os olhares se voltaram para Mãe Maria.
— Todos nós, algum dia, vamos morrer. Se você não vive por um ideal, a vida perde seu sentido, você já está morto em vida. Sinto que vamos ter tremendas dificuldades, que nosso adversário tem parte com o demo, que podemos ter gente morrendo, mas acho que não temos escolha. A vida exige que lutemos por nossos ideais.
— Lutar contra esses bandidos é burrice — disse Carla, exasperada, demonstrando um nervosismo incomum. — Eles estão muito mais preparados. Não temos nenhuma chance.
Na manhã seguinte, nenhuma bandeira branca foi hasteada na frente da pousada.

* * *

O café da manhã estava servido. Em volta da mesa, Carlos, Flor e Joel conversavam. Carla também estava à mesa, sentada, calada. Parecia tensa, preocupada. Joel perguntou:
— Você está se sentindo bem, querida?
Não recebeu resposta.
Carlos pegou seu copo de leite. Levou-o até a boca. Carla deu um grito. Levantou da mesa. Correu até Carlos e deu um tapa em seu copo, que se espatifou no chão.

Espanto geral! Carla saiu correndo pela porta da pousada, e ouviu-se o cantar de pneus do carro que saía em velocidade. Todos estavam atônitos.

Depois de alguns segundos de silêncio, Flor falou:

— O que deu nela? Ela parece que enlouqueceu.

Zefa, que chegara à sala atraída pelo barulho, comentou:

— Bem que o pessoal me disse que dona Carla andava comprando droga no Bar das Meninas Alegres.

Nesse instante, Flor olhou para o lado e gritou:

— O gato.

Atraído pelo leite derramado, o gato da pousada agora estava estendido no chão. Morto.

Naquela noite, Carlos custou a dormir. O acidente, o túnel de luz, seu pai e sua mãe o esperando. Ele os perdera por um instante, por ter ficado indeciso se devia ou não ajudar o menino. *Meu dilema é semelhante, mas com uma diferença: naquela época eu não me importava de morrer e, hoje, acho que mamãe pode esperar. Será que devo arriscar a vida por uma luta que não é minha? Os pescadores devem se defender sozinhos. Mas... se eu abandonar o barco, tudo estará perdido. Os bandidos vão expulsar os pescadores. Mas... o que eu tenho com isso? São meus grandes amigos, Onça, Mãe Maria, Clorinda. Vale a pena arriscar minha vida? Mas... e o projeto? Se abandonar tudo, se fugir, certamente vou perder Flor. Perder o que ainda não tenho?* Ele lembrou então a conversa com Mãe Maria. Lembrou que *sonhos são importantes*.

Finalmente o sono foi chegando. Carlos sonhou. Ele voava, voava para além do arco-íris, e Flor ia com ele.

> Um provérbio árabe conta que, informado que a morte iria procurá-lo em sua cidade, um homem se esconde em uma aldeia longínqua. Lá chegando, depara-se com a própria morte, que, espantada, lhe diz que esperava ter que fazer uma longa viagem para encontrá-lo, mas que ele lhe poupou o esforço.

CAPÍTULO 43

Golpe final

Enquanto Carlos e Onça se preparavam para seguir para Paraty, Clóvis fazia uma reunião no Bar das Meninas Alegres.

— Minhas informações asseguram que Onça vai ser eleito — disse Xisto — mesmo com a acusação de assassinato. O povo não acreditou.

— Podemos dar um jeito nele — disse Corvo.

— Esse papo eu já ouvi. Se ele for eleito, vocês podem esquecer da grana que iam ganhar. Esquecer casa, carro, lancha. É isso que querem?

— Não, doutor. Vamos dar um jeito nele.

— Jeito, não. Tem que matar. Ele e o Carlos. Estamos entendidos?

Corvo foi o primeiro a sair. Já estava dentro de sua caminhonete, quando viu o fusca passando. Gritou para dentro do bar:

— É pra já, Tuba. Os dois passaram aqui no fusca do Onça. Parece que vão para Paraty.

— Vamos acabar com eles — disse Tuba, correndo para a caminhonete.

> *Poucos estão preparados para o dia de sua própria morte. Sempre acham que têm tempo para cuidar disso.*

CAPÍTULO 44

Adeus, há Deus!

Ao passar pelo Bar das Meninas Alegres, Carlos percebe, parada em frente ao bar, uma caminhonete vermelha. Um homem parecido com Corvo está sentado na direção do veículo. Quando ele vê que Carlos olha em sua direção, tenta se agachar. Isso aumenta as suspeitas de Carlos, que resolve fingir que não o vira.

— Onça, você viu o Corvo naquela caminhonete parada em frente ao Bar das Meninas?

— Achei que fosse ele, mas não tenho certeza.

— Pois eu tenho, e alguma coisa me diz que eles estão tramando contra nós.

— O amigo agora quer concorrer com Mãe Maria?

— Quero chegar rápido a Paraty para falar com o delegado. Ele está procurando o Corvo por tentativa de homicídio.

E, rindo, acrescentou:

— Quem mandou querer fazer churrasco de onça?

Continuaram na estrada, mas Carlos seguia preocupado. A imagem de Zeca veio-lhe à mente. Parecia fazer-lhe sinais. Carlos se lembrou do dia, na praia, em que ele lhe mostrara a imagem dele com Onça, se afogando nas águas.

— Vai devagar — disse Carlos —, não quero derrapar e acabar molhado.

— O amigo quer chegar rápido e me pede para ir devagar?

Já no meio do caminho, passando por um trecho em que a estrada se aproxima do mar, Carlos percebe que a caminhonete de Corvo está atrás do fusca, e que Tuba, ao lado do Corvo, tem um revólver apontado para eles. Onça também já se dera conta do perigo.

— Eles vão nos matar — gritou Onça.

Onça aperta fundo o acelerador. O fusca dá um pulo para a frente ao ganhar velocidade. Mas, apesar de estarem correndo bem acima do que a estabilidade do veículo permitia, com o carro quase fora do controle, não eram páreo para a caminhonete.

No instante seguinte, a caminhonete entra no acostamento direito, emparelha com o fusca e o empurra com a lateral, forçando-o para a contramão. Uma curva fechada vem chegando. Tuba põe o braço para fora da janela e atira uma, duas vezes. As balas passam rente à cabeça de Carlos, mas o movimento dos veículos não permite uma boa pontaria.

Onça não pode ver o tráfego contrário. Se encontrar um caminhão na curva... fim da história. Puxa o fusca mais para o lado, rodando agora no acostamento da contramão, levando as rodas até o limite do asfalto. A caminhonete se aproxima mais, entrando na curva completamente na contramão. Tuba, talvez percebendo o perigo, se esquece de voltar a atirar e grita qualquer coisa para Corvo. A caminhonete bate de lado no fusca. Com o impacto, o carro quase vira, mas Onça consegue equilibrá-lo. Freia bruscamente. A caminhonete passa, freia logo depois e engrena a marcha a ré. Acelera em direção ao fusca.

— Eles querem nos jogar no mar — disse Carlos.

O motor do fusca morre. Enquanto Onça vira a chave desesperadamente, a caminhonete volta de ré, ganhando velocidade. O motor do fusca pega. Onça também engrena uma ré, tentando evitar uma batida com a caminhonete. Vira o volante, colocando duas rodas para fora do acostamento, na pequena faixa de mato que separa a estrada do mar. O fusca se desequilibra, querendo capotar. A caminhonete atinge o fusca. Com o choque, o carro sai da estrada, voa em direção ao mar.

Em câmera lenta, Carlos vê o carro se aproximando da superfície da água. Naquele instante, parecia que todos os barulhos do mundo haviam sido apagados, e um silêncio absoluto o envolve. Carlos assiste, como se em um filme do qual era um mero espectador, o carro se aproximando, silenciosamente, da superfície da água, rodando, ora de cabeça para baixo, ora virando para cima, a vida de seus dois ocupantes bem perto do fim. Na iminência da morte, Carlos questiona se a água estaria fria.

O carro completa seu giro e atinge a água com as rodas para baixo. Faz um barulho que lembra um bumbo ao bater no mar. Começa a afundar. Ainda tenta um movimento ascendente, como as pedras que os garotos jogam no mar e que ricocheteiam sobre as águas antes do seu mergulho fatal. Porém, não chega a deixar a água completamente. Rapidamente volta a afundar. Nessa hora, Carlos pensa em Flor, despedindo-se em uma prece.

Descem para o fundo do mar. Mesmo com as janelas fechadas, a água entra pelas várias frestas da parte inferior e lateral do fusca. A água já atinge os joelhos dos dois condenados, água fria de um mar engolidor de vidas. Sorte ou azar, apesar da batida forte da caminhonete, eles ainda estão conscientes. Talvez fosse mais fácil se estivessem desacordados. Morte menos traumática.

A água continua a subir. Agora, já está atingindo o peito dos dois infelizes. O carro, já completamente encoberto pelo mar, ainda afunda. Carlos sente um choque quando o carro bate no fundo. Onça dá um grito de dor.

— O que foi?
— Meu pé.
— Pula fora.

Carlos já ia abrir a porta, quando uma súbita inspiração vem-lhe à mente:

— Não! — gritou. — Eles vão nos matar. Estamos perto demais da praia.

— Prefiro tiro. Não quero morrer afogado.
— Espere um pouco. Respire o ar preso no teto do carro.

Carlos espera que a água encha o carro, deixando apenas um colchão de ar junto ao teto. Respiram por alguns minutos, sem saber quanto tempo vão poder esperar. Tinham que esticar aquele ar ao máximo, pois Corvo certamente os estaria esperando para se certificar do sucesso da operação.

Era difícil precisar quanto tempo o ar poderia durar. Carlos sabia que não mais que uns poucos minutos.

— Respira fundo, Onça. Pega o máximo de ar que conseguir, e vamos sair, nadando por debaixo d'água. Nadar para longe da costa. O mais afastado que conseguirmos. Se atirarem, teremos melhores chances.

Onça se mexe no banco, mas não consegue puxar sua perna.

— Meu pé está preso — diz, angustiado
— Por que não falou antes?
— Salve-se sozinho, amigo.
— Espere, vou ajudar.

Carlos mergulha até onde o pé de Onça está preso e, com um puxão forte, consegue liberá-lo. Gasta preciosa reserva de ar nessa operação. Respira ainda um pouco do que resta junto ao teto do carro, abaixa o vidro, e os dois saem pela janela. Nadam o máximo que os pulmões aguentam, mas, por causa da ferida do Onça, não vão muito longe. Onça emerge antes de Carlos.

Os bandidos atiram. Porém, apesar da perna de Onça, não seria fácil acertá-los com tiros de revólver. Eles mergulham novamente e nadam para mais longe da costa. Ao colocarem a cabeça de fora, novos tiros. Os bandidos atiram com um fuzil, que pegaram no carro. A situação fica ainda mais crítica. O fuzil é de grande alcance. As chances de escaparem com vida, remotas.

— Temos que nadar para mais longe ainda — disse Carlos,
— Não podemos, amigo. Vamos ser pegos pela corrente, e não vamos conseguir voltar.
— Aqui vamos morrer. Temos que arriscar.

Novo mergulho, nova emersão. Quando chegam à superfície, podem ver vários carros parando no acostamento. Os bandidos ainda tentam acertá-los com alguns tiros. Uma bala atinge o braço direito de Carlos, e ele começa a sangrar.

Vários motoristas, pressentindo o que se passava, começam a buzinar, espantando os bandidos, que entram na caminhonete e se preparam para ir embora.

Carlos e Onça, sem se darem conta disso, mergulham novamente e nadam para mais longe. Já estão bem afastados da costa, mas, infelizmente, ainda ao alcance de um fuzil. Mergulham e emergem novamente. Agora não veem mais a caminhonete. Os bandidos haviam ido embora.

— Onça, estamos salvos.

— E se eles estiverem escondidos, esperando nossa volta? Será que podemos contar com alguma ajuda? — diz Onça.

— Duvido que os motoristas se arrisquem tanto para nos proteger. Já nos ajudaram bastante com as buzinas. Os bandidos estão bem armados. Mesmo assim, temos que arriscar. Vamos voltar para a praia.

— Voltar para a praia? Temos um outro problema, amigo. Entramos na correnteza.

De fato, cada vez mais eles se afastam da costa. Onça, com sua perna machucada, nunca poderia vencer aquela correnteza. Provavelmente, nem mesmo Carlos conseguiria chegar vivo à costa. Depois de se salvarem dos bandidos, iam ser levados pelo mar. A raiva de Carlos contra essa injustiça aumenta suas forças.

Carlos consegue que Onça levante a perna e vê um corte profundo em seu pé. Ele está perdendo muito sangue. Carlos rasga sua camisa e improvisa um torniquete, o que não resolve completamente, mas diminui o fluxo do sangue. O problema é que, nessa operação, tendo que sustentar a perna de Onça em seu ombro, e se manter flutuando, gasta preciosas reservas de energia, que iriam lhe fazer falta. O seu braço também sangra um pouco. Por sorte, o tiro pegara de raspão.

Depois de várias horas boiando, já exaustos, sendo carregados pela corrente, encontram uma tábua. Foi a única vez em que Carlos agradeceu à inconsequência humana, que estava destruindo o ecossistema da região. Apoiam as pernas na tábua e ficam com o corpo boiando, aproveitando sua natural flutuação. Isso economiza muito as energias que vinham gastando para os manter na superfície.

As horas passam, as forças de Carlos e Onça diminuem. Onça diz:

— É o fim. Minha perna me matou. Largue-me aqui e tente se salvar.

— Salvar, como? Também não tenho mais forças.

— Então, amigo, o jeito é rezar.

— E o que você acha que estou fazendo?

O sol já estava se escondendo no horizonte. Em alguns minutos, Carlos e Onça estariam no escuro. Veem um barco que passa ao longe. Com o resto das forças que lhe sobra, Carlos grita. Onça faz coro com ele. O barco parece fazer uma curva na direção deles. Carlos e Onça respiram aliviados.

Ilusão. O barco não os vê e vai embora. Ainda gritam, mais por desespero, pois ninguém os pode ouvir. O barco segue em frente, some no horizonte, e a salvação, junto com ele. A última esperança os abandona. Onça desmaia. Carlos ainda tenta sustentá-lo na superfície, mas não aguentaria seu peso por muito tempo.

Carlos, já delirando, vê um vulto translúcido, parecendo um anjo, caminhando sobre as águas em direção a eles. *Parece o Zeca.*

Será que estou sonhando? Carlos firma a vista, e o vulto desaparece. Seus pensamentos são interrompidos pela mensagem sem palavras que chega aos seus ouvidos:

— Ponha sua cabeça e a do Onça na tábua e apoie as pernas nesse tronco de árvore — sugeriu Zeca.

Carlos olha ao seu lado e vê um tronco boiando ao lado deles. Uma árvore morta. Agarra-a. Ajeita o corpo desfalecido de Onça. Se ajeita também.

Quase delirando de cansaço, reflete sobre sua vida. *Uma luta eterna desde quando rapaz. Vencer na carreira, ser rico. Vencer, vencer sempre. Subir na empresa, pisar em pessoas que entravavam seu caminho. Nunca matara ninguém, mas não hesitaria em atirar nos bandidos que os perseguiam. Será que era também um assassino? Para que viera ao mundo? Para morrer no meio do mar? Logo agora que encontrara Flor? Logo agora que descobrira um objetivo, um projeto que iria poder ajudar tanta gente? Ria de seu medo da velhice, que chegava cada vez mais perto. Se soubesse que morreria antes, não precisaria ter se preocupado. Se conseguisse se salvar por um milagre, o projeto poderia revivê-lo? Afinal, qual o sentido da vida?*

Carlos via Zeca à sua frente, sorrindo, falando com ele:.

— *A morte não é importante. É apenas um estágio desta vida. Você ainda tem muitas pela frente.*

Ao longe, outro barco aparece. Parecia vir na direção deles, mas Carlos não tem mais forças para pedir ajuda. Desmaia. É o fim.

> A morte é a única certeza desta vida, para a qual poucos estão preparados. Vida, morte, renascimento, ciclo da existência na Terra.

CAPÍTULO 45

A *última batalha*

Mas não era ainda a hora deles. Carlos acordou no hospital em Paraty. Onça, na cama ao seu lado, despertara antes dele. O delegado também estava lá. Onça relatou o atentado e a presença de Corvo no Bar das Meninas Alegres.

Desta vez, a ação do delegado foi imediata. Ele mandou chamar dois detetives para ir atrás de Corvo.

— Seu delegado, também quero ir — disse Carlos.

— Você está muito fraco.

— Meu desmaio me fez descansar. Vou precisar mesmo de uma carona para Praia Brava.

— Eu também vou — disse Onça, com o pé todo enfaixado.

— Você não — disse o médico, tão enfaticamente que Onça não protestou.

Chegando ao bar, viram a caminhonete, que Carlos logo reconheceu como a de Corvo. Estava parada à porta do bar, mas sem ninguém dentro. O delegado saiu do carro, seguido por um detetive, e entraram no bar. Carlos os acompanhou, um pouco atrás, com o outro detetive.

A primeira pessoa que encontraram foi Tuba. Pela cara de espanto, podia-se notar que ele não esperava ver Carlos vivo.

— Onde está esse tal de Corvo? — perguntou o delegado.

— Não o vejo há muito tempo. Desde o incêndio do terreiro, Corvo não aparece por aqui.

Nesse mesmo instante, abre-se uma porta ao fundo, e Corvo aparece de revólver na mão. Carlos se joga ao chão. Corvo atira. Um dos inspetores responde ao fogo.

Começa um tiroteio contra o Corvo e Tuba, que também pega um revólver debaixo do balcão. Eles atiram nos policiais, que saem do bar para se protegerem atrás da caminhonete. Carlos, desarmado, é o primeiro a escapar sob uma saraivada de balas. Não se livra de uma bala, que atinge seu braço já ferido.

O delegado pega um megafone e fala para a turma do bar:

— Vocês não têm saída. Estão cercados. Joguem as armas para fora e saiam devagar.

Nesse momento, Chicão aparece na porta do bar, com as mãos para o alto, caminhando com dificuldade. Sangra na barriga.

— Tô fora. Não quero morrê. Conto tudo procês.

Nem bem acaba de falar, ouvem-se dois tiros vindos do bar. Chicão dá um grito e cai de cara no chão. Mãe Maria corre para junto dele. Senta-se no chão, vira-o de barriga para cima e coloca sua cabeça no colo. Chicão agoniza.

— Por que, meu filho? Por quê?

— Não quero morrê, mãe. Não deixa eu morrê não.
— Vamos rezar juntos, filho.

Com todos os olhares fixos em Chicão, uma pessoa sai do bar por uma porta lateral. Segue em direção à mata. Apenas Carlos a vê, e reconhece o homem do cabelo vermelho. Enquanto o delegado está preocupado com Chicão, Carlos resolve segui-lo. Não está armado, mas pensa pedir ajuda tão logo localize seu esconderijo.

O homem entra na mata. Carlos também, certo de que o bandido não o havia percebido. O homem de cabelo vermelho, depois de penetrar na mata por uns cinquenta metros, para, esconde-se atrás de uma aroeira e aguarda seu inimigo.

Mãe Maria continua sentada no chão, com a cabeça de Chicão no colo. A fisionomia dele, antes crispada, se suaviza. Ele ainda respira três vezes e para. Mãe Maria chora baixinho. Um pescador vai até ela, tentando tirá-la dali, levá-la para um local mais protegido dos tiros. Ela se recusa:

— Eu gostava dele como um filho. Mesmo sabendo que ele estava no mau caminho, tinha esperança de tirar ele desse buraco. A vida é muito curta. Não deu tempo.

Seguiram-se alguns minutos de silêncio. Chicão já não se mexia. Mãe Maria ainda estava sentada no chão, com a cabeça dele em seu colo. De repente, a fuzilaria recomeça. Nesse momento, começam a chegar outros pescadores da colônia, atraídos pelo barulho dos tiros.

Corvo tenta pegar a turma de surpresa. Sai com um capanga, atirando e fugindo para o mato. Não foi longe. Os dois caem, atingidos por várias balas, e imediatamente se rendem. O delegado pede que alguém chame uma ambulância com urgência. Aqueles dois poderiam ser testemunhas importantes para esclarecer quem era o mandante dos crimes. Agora só resta Tuba. O delegado pega novamente seu megafone.

— Só falta você, Tuba, não tente resistir. Saia de mãos para o alto, se não quiser ter o mesmo destino de seus capangas. Três já estão mortos.

Cinco minutos de silêncio. Tuba grita de dentro do bar, pedindo que não atirassem mais. Ia se entregar. Joga dois revólveres para fora do bar e sai de mãos para o alto.

O delegado começa a interrogar Tuba. Todos os presentes se juntam, fazendo uma roda ao redor dos dois.

O delegado fala com Tuba.

— Você está sendo acusado de tentativa de homicídio, resistência à prisão e formação de quadrilha. Você é acusado de ser o mandante do crime contra a vida de Onça e do seu amigo.

— Não sou o mandante.

— Dois de seus capangas ainda estão vivos, e já estão presos. Vão poder confirmar tudo.

— O chefe é o Xisto. Foi ele quem começou o tiroteio, foi ele quem deu o tiro nas costas do Chicão. Falem com ele. Ainda está dentro do bar.

Aquela informação pegou a todos de surpresa. O delegado mandou os detetives fazerem uma verificação completa no bar. Com cuidado, para não receberem tiros, eles realizam a busca, sem nada encontrar. O delegado voltou a falar com Tuba.

— Chega de mentiras, não há ninguém lá dentro.

Tuba mantinha-se firme em sua afirmação, e o delegado começou a suspeitar de que poderia estar falando a verdade. Tão logo conseguisse ouvir os outros bandidos, poderia saber se as declarações coincidiam. Tuba insistia, não pretendia ser considerado o principal responsável.

— Xisto estava conosco. Aquele Audi preto, em frente ao bar, é dele.

Mãe Maria chega perto do delegado e diz:

— Tuba está dizendo a verdade. Vi um homem saindo do bar. Foi naquela direção — falou, apontando o dedo para indicar a direção que Xisto tomara. — Carlos foi atrás dele.

— Desarmado?

* * *

Carlos entra na mata. Para. Tenta ouvir ruídos de passos. Ouve uma voz em suas costas.

— Heroizinho de merda.

Carlos se volta e dá de cara com o homem de cabelo vermelho, segurando um revólver.

— Fim da estrada — disse Clóvis, com um riso sardônico — Aos heróis, terra para comer. Infelizmente não vou poder fazer um buraco para esconder seu corpo, mas prometo cagar em sua sepultura, adubo para as flores.

Carlos, pego de surpresa, pensa em ganhar tempo.

— Você não pode atirar. O barulho vai atrair muita gente.

— Obrigado pela lembrança — disse Xisto, tirando do bolso um silenciador para adaptar ao revólver.

Enquanto tenta encaixar o aparelho, Carlos se atira sobre ele, gritando como nos seus tempos de caratê. O revólver cai no chão, e os dois se embolam. A luta continua, com os dois rolando no chão. Carlos, ainda fraco e com o braço ferido, não é páreo para seu adversário. Clóvis consegue se soltar, recupera o revólver caído e, com um golpe forte na cabeça, deixa Carlos tonto. Tempo para se levantar pegar o revólver e apontar para Carlos.

— Você conseguiu atrasar sua morte por poucos minutos — diz Clóvis. — Mas agora não me escapa.

O grito de Carlos chegara ao ouvido de alguns pescadores. Dois o seguiram, e chegam a tempo de ver o fim da luta. Quando Xisto pega o revólver no chão e domina Carlos, eles correm para chamar o delegado.

O delegado chega, acompanhado de dois policiais e alguns curiosos, e surpreende Clóvis apontando o revólver para Carlos, agora com o silenciador adaptado ao cano. Os policiais têm duas armas apontadas para Xisto. O delegado lhe ordena que largue o revólver. Xisto não tem escolha, joga a arma no chão e levanta os braços.

A turma que estava vendo o tiroteio no bar agora chega para apreciar o próximo capítulo. A confusão é grande. Clóvis aproveita um descuido dos policiais e corre em direção à estrada. O delegado grita para ele parar. Como não é atendido, atira para o ar. Clóvis continua a fugir, e o delegado atira em sua direção.

Clóvis cai, levanta, continua em direção à estrada, pulando em uma perna só, e cruza a rodovia correndo, no momento exato em que uma carreta passa em velocidade. O motorista aciona bruscamente os freios para não atropelá-lo. Não consegue. Um baque forte, um corpo caído no chão. O delegado, ainda com seu revólver na mão, corre para a rodovia. Encontra Clóvis já morto.

— Seu doutor, eu não tive culpa. Ele pulou na frente do meu caminhão.

— Eu vi — disse o delegado.

— Aconteceu uma coisa estranha — disse o motorista com os olhos arregalados — uma fumaça preta saiu do corpo do cara quando ele caiu. Uma fumaça preta. Parecia que a alma dele era preta.

Um rabecão pegou o corpo do Chicão e de Clóvis, assassino e vítima juntos na morte. Tuba foi levado preso para a delegacia. Corvo e o outro capanga foram colocados na ambulância e seguiram para o hospital, onde ficariam sob vigilância. A condição dos dois era delicada, pois estavam perdendo muito sangue.

No hospital, no fim daquele domingo sangrento, Onça acordou de um sono induzido por remédios, encontrando, ao seu lado, Mãe Maria, Clorinda e Carlos. Ficou surpreso ao saber que passara várias horas dormindo. Estava fraco, mas lúcido, e muito curioso. Queria saber das novidades.

— Os depoimentos dos bandidos feridos confirmaram a versão de Tuba — disse Carlos. — Xisto era o responsável pela morte de Chicão. O tiro saiu da arma dele. Aliás, seu nome era falso. Chama-se Clóvis.

— E como o Tuba fica nisso?

— Clóvis era o chefão geral das drogas na região, e Tuba trabalhava para ele. Era muito rico, e o empreendimento imobiliário deveria ser seu modo de lavar o dinheiro.

Carlos estava aliviado. Esperava que sua vida em Praia Brava fosse mais sossegada. Agora poderia se dedicar de corpo e alma ao projeto de coquilles. E a conquistar Flor.

> *Será que eu vou te amar?*
> *Será que eu vou sorrir?*
> *Será que eu vou poder,*
> *um dia ser feliz?*

CAPÍTULO 46

Será que vou te amar?

Carlos estava sozinho em seu quarto na pousada. Pensava em Flor. Pensava em versos:

> será que eu vou te amar?
> será que eu vou sorrir?
> será que eu vou poder
> agora ser feliz?

Onça chegou e despertou-o de seus devaneios, convidando-o para ir a Paraty. Mesmo enfraquecido, queria acompanhar toda a apuração.

O resultado da eleição saiu no princípio da noite. Quando a apuração se encerrou, os dois estavam exaustos. O Dr. Alberto ganhara de barbada, e Onça foi o vereador mais votado de Paraty.

Imediatamente convocou a turma para um forró na colônia, que marcou para a tarde de segunda. Queria comemorar naquela madrugada de domingo, mas o médico o desaconselhou.

Na segunda-feira, no meio da festa organizada na colônia, Onça pediu a palavra. Alguém da turma gritou:

— Fala, vereador. Agora você vai se divertir.

Outro completou:

— Vai falar em toda reunião da Câmara.

— Amigos, Esta festa não é só para agradecer o apoio de vocês. Para mim, ela tem um significado bem maior. Quero comunicar a todos que eu e a Clorinda, essa grande artista revelada aqui mesmo em nossa colônia, vamos nos casar.

Aquele anúncio foi recebido com vivas e aplausos. Clorinda era muito popular, e seu sucesso como artista causara grande satisfação na colônia. Agora ela iria se unir a Onça, outro favorito da turma.

* * *

Os dias passavam rapidamente. O novo prefeito tomara posse, a autorização para o projeto de coquilles fora imediatamente concedida, e a implantação caminhava rapidamente. As sementes já estavam na água, crescendo.

Em frente à pousada, olhando para o mar, Carlos pensava na vida. Naqueles poucos meses em Praia Brava, tanta coisa acontecera. Flor era só entusiasmo com o empreendimento de criação das coquilles.

Carlos tivera algumas vitórias, a principal delas, sua luta particular contra a aposentadoria. Orgulhava-se também de sua participação na preservação das terras dos pescadores e na implantação do projeto de coquilles, que, com o novo prefeito, iria receber sinal verde.

Carlos pensava na vida. Hoje percebia que o antigo Carlos era completamente egocêntrico. *Só pensava em si mesmo, no que poderia ganhar, no sucesso que poderia alcançar. O antigo Carlos seria incapaz de entrar na briga das terras, correndo até risco de vida, sem pensar no que poderia ganhar. Com a ajuda de Zeca e Mãe Maria, mudara. O Carlos atual ganhara muito mais. Ganhara a satisfação de viver.*

Quando chegara a Praia Brava, ele só buscava um jeito de encher sua vida de aposentado, de lhe dar objetivos. Parecia-lhe que isso acontecera havia muito tempo. Agora tinha muitas coisas importantes com que se preocupar. A vida prometia voltar a ser interessante. Porém, talvez mais importante que tudo, sentia-se em paz consigo mesmo. Por esta conquista, tinha que agradecer a Zeca e a Mãe Maria. E, por que não? a Flor.

Porém, faltava uma coisa fundamental: seu relacionamento com Flor ainda não resolvido. Ele prometeu a si mesmo ser mais objetivo e buscar uma definição.

O almoço terminou. Carlos e Flor, depois de caminharem pela praia, gastando um pouco das calorias, estavam sentados em frente à pousada, olhando o mar. Era uma linda tarde. O sol brilhava sobre o mar, colorido com um azul profundo. As gaivotas mergulhavam a cem metros da praia, um lindo espetáculo.

— Acho que o Zeca salvou minha vida em duas ocasiões — disse Carlos, massageando a barriga com a mão direita para ajeitar o excesso de comida.

— Zeca? Quem é Zeca?

— Você não o conhece? Um pescador bem velho, que manca de uma perna. A comunidade não é grande. Pensei que você conhecesse todos.

— O único Zeca pescador que conheci era um amigo de Mãe Maria. Dizem que ele ainda conversa com ela, mas, você sabe, Mãe Maria é bruxa mesmo. Ele já morreu há dois anos. Não tem nenhum outro Zeca por estas bandas.

— Tem, sim. É um cara legal, ele salvou minha vida. Ele mora perto do cemitério.

— Ninguém mora perto do cemitério.

— Vamos passear até lá. Vou apresentá-la a ele.

Carlos e Flor foram caminhando até o cemitério. No local onde Carlos achava que ficava o casebre de Zeca, eles encontraram uma sepultura e uma cruz.

— Mas — Carlos coçou a cabeça — eu falei com ele, ele me salvou.

— Mãe Maria diz que ele também a ajuda — comentou Flor, cética.

Carlos virou-se e começou a voltar com Flor para a pousada. Olhou para trás, na direção da cruz. Viu Zeca acenando para ele. *Uma despedida, um adeus? Ao mesmo tempo, Zeca parecia lhe dizer para ir em frente, criar coragem e falar com Flor.* Carlos não relatou essa última visão para ela.

O sol já se escondia, a lua cheia ameaçava sua entrada triunfal, uma bola vermelha no horizonte. Carlos voltava pensativo. Entrou na pensão. Enquanto Flor se dirigia para a cozinha, ele ficou na sala, matando tempo até a hora do jantar. Agora estava decidido. Flor era a mulher que queria em sua vida, e lutaria por ela.

Foi para seu quarto, tomou um banho, perfumou-se com Fahrenheit, perfume que colocara em sua bagagem sem qualquer razão, pois não esperava usá-lo em Praia Brava, e foi para a sala, esperar por Flor.

Carlos e Flor estavam sentados no banco em frente à pousada. No céu, brilhava a lua cheia, convidando ao romance. Flor estava quieta, silenciosa. Carlos passou o braços sobre os ombros dela, parecendo querer evitar que ela fugisse, e disse:

— Desde que cheguei a Praia Brava e a vi pela primeira vez, não consigo parar de pensar em você. Até tenho esperança de que você goste um pouquinho de mim. Mas, sempre que procuro conversar sobre isso, você escorrega e muda de assunto. Não dá mais para segurar. Quero casar com você.

Flor deu um olhar triste para Carlos, ficou uns minutos calada, pensando. Finalmente, resolveu falar:

— Sou uma pessoa muito machucada pela vida. Confesso que, desde o primeiro dia em que o conheci, fiquei balançada. Cada vez que você tentava me falar alguma coisa, eu desviava a conversa, fugia, tirava o corpo fora. Não quero me arriscar, mas acho que, para se viver, é necessário aceitar alguns riscos.

— Você se casa comigo? — perguntou Carlos.

— Não. Casar, não. Não estou preparada para isso.

— Por quê?

Flor fez uma pausa, pensando:

— Vou lhe contar minha história, e você vai entender por que tenho tanto medo de relacionamentos sérios. A vida me machucou muito. Não é verdade que meu marido morreu.

Um dia ele me pediu para deixá-lo na estrada, dizendo que iria tomar um ônibus para o Rio, para resolver um assunto por lá Nunca mais voltou.

— Você não teve mais nenhuma notícia dele?

— Encontrei uma carta que ele deixou em cima da cama. Pedia desculpas por me haver traído. Já fora punido por isso. Descobriu que tinha AIDS. Estava muito envergonhado e não queria me prejudicar. Ia sair da minha vida. Nunca mais tive qualquer notícia. É verdade que também não o procurei. Estava muito machucada, apavorada, com medo de ter sido contaminada. Corri para falar com um médico e fazer os exames.

Carlos ficou parado, sem saber o que falar. Finalmente, depois de alguns minutos de silêncio, arriscou:

— E qual o resultado?

Flor respirou fundo:

— Não tenho AIDS, mas sou HIV positivo.

Carlos ficou olhando para o teto, sem saber o que falar. Flor continuou:

— Meu filho também ficou chocado. Estava quase completando o segundo grau. Pediu dinheiro para visitar um amigo em Nova York e nunca mais voltou.

Flor parou de falar. Olhou para o alto, pensou um pouco e disse:

— Isso foi há dois anos. Desde então, decidi não ter qualquer outro relacionamento amoroso.

Depois dessas palavras, Carlos viu que, em seu rosto, escorria uma lágrima. Flor se levantou bruscamente e entrou na pousada. Carlos foi atrás, viu-a entrando em seu quarto e ouviu o barulho da chave. Chegou até a entrada do quarto e ouviu, através da porta, seu soluçar. Foi para seu quarto. Naquela noite, só conseguiu dormir de madrugada.

Na manhã seguinte, ficou em seu quarto, continuando a pesquisa que começara de madrugada na internet. Queria saber tudo sobre HIV. Saiu e foi almoçar em Paraty. Pensando, pensando. Só encontrou Flor na hora do jantar. Ela tentava fingir que tudo estava normal, mas Carlos podia perceber seu constrangimento. Olhou para dentro dos olhos dela e disse:

— Flor, eu ainda gostaria de partilhar minha vida com você. Não sou médico, mas sei que podemos ter uma vida normal, tomando certos cuidados.

Flor pareceu surpreendida, e virou o rosto para o lado. Parecia querer fugir da conversa. De repente, tomou uma decisão. Olhou para Carlos e disse:

— Confesso que você virou minha vida de pernas pro ar. Você é uma pessoa muito legal, e acho que talvez eu possa superar esse trauma com sua ajuda. Talvez ... até ser feliz.

— Por que talvez?

— Mas quero dar tempo ao tempo. Casamento é muito forte para este meu momento. Não quero um compromisso firme por enquanto.

— Por enquanto? Isso quer dizer que posso ter esperanças?

Pela primeira vez naquela manhã, ela sorriu, um sorriso malicioso.

— Não sei — disse com voz coquete. — Vamos deixar a vida rolar. A gente se vê mais tarde. Tenho um champanhe guardado para ocasiões especiais. Você aceita?

Flor vestia uma calça jeans e uma blusa branca, abotoada até quase o pescoço. Seus cabelos estavam presos em um coque, dando-lhe uma aparência formal. Carlos aceitou o champanhe que ela oferecia. Ela levantou para ir à copa, e Carlos percebeu que seu jeito de andar balançava um pouco mais. Voltou, trazendo uma garrafa de Veuve Clicot e duas taças. Ela jogava seus cabelos, agora soltos, de um lado para o outro com movimentos da cabeça. Dois botões de sua blusa estavam abertos, colocando à mostra o colo de seus seios, firmes e sensuais. Seus mamilos, intumescidos, apontavam por detrás de sua blusa. Flor tomava o seu champanhe e passava a língua nos lábios por um tempo maior que o normal, olhando para Carlos de um modo que parecia não ser nada inocente.

Naquela noite, pela primeira vez desde que chegara a Praia Brava, Carlos não dormiu sozinho.

No dia seguinte, Carlos acordou tarde. Feliz. Seu sol voltara a brilhar com a força de outros tempos. Flor ainda dormia ao seu lado. Na mesinha ao lado, Carlos encontrou um poema, escrito com letra de mulher:

> Eu faço versos como quem nasce,
> Chorando forte, gritando bravo.
> Querendo o mundo.
> Sugando a vida.
>
> Eu faço versos como quem brinca,
> Alegre sempre, de bem com tudo.
> A vida corre.
> Qual rio forte.

Eu faço versos como quem luta,
Esperneando, abrindo o mundo.
Querendo sempre
Brilhar no escuro.

Eu faço versos como quem sonha,
Pensando grande, voando alto.
A vida segue
No vento forte.

Eu faço versos como quem ama.
Olhos brilhando, cabeça alta.
Olhando o céu,
Fitando a lua.

Eu faço versos como quem vive,
Levando o dia, morrendo um pouco.
Querendo à vida
Voltar um dia.

Eu faço versos como quem chora,
Tentando ainda passar distante
Da morte certa,
E eu fico triste.

Eu faço versos como quem ama.

Além de linda, é poeta, pensou Carlos, espreguiçando.
    Abriu a janela. O dia enevoado, a chuvinha fina, fora substituído por um sol que brilhava no céu. Ele olhou para a parede

onde estava pendurado o quadro que Clorinda dera de presente a Flor: um navio singrando os mares. Lembrou-se do outro quadro em seu apartamento: o navio afundando. *Como as coisas mudaram tanto em tão poucos meses ali em Praia Brava. Sentia que era outro homem, e que podia ser feliz.*

Um mar, calmo, convidava para um banho. Mergulho nas águas, mergulho na vida. Lá fora, o sol brilhava. Flor aceitou o convite, e os dois foram para o mar. Depois do banho, outra sessão de amor louco, outro mergulho no mar. Carlos, em estado de perfeita felicidade, olhava embevecido para Flor, languidamente estirada na areia.

Carlos olha para o céu. O dia, que começara com uma chuvinha fina, se transformara em um glorioso azul. O sol de outono, já quente, parecendo querer imitar os dias de verão. Ele vê um bando de pássaros em formação, voando determinados, buscando seu destino. Ao longe, um glorioso arco-íris, que parecia convidar o viajante para voar à procura do pote de ouro. Para voar além do arco-íris.

Outros livros do autor

Os segredos da Bíblia — A mensagem psicológica do Velho Testamento — Editora Best*Seller* — 2008

Uma abordagem psicológica da Bíblia, com base nas ideias do grande psicólogo suíço, Carl Jung, que dá respostas a algumas questões cuja explicação teológica é complexa. Como explicar que Deus faça uma aposta com Satã e deixe que todos os filhos de Jó, seu fiel servidor, sejam assassinados? Por que Deus não queria que Adão e Eva comessem a fruta do conhecimento do bem e do mal? Por que o suposto erro de Adão nos tirou do Jardim do Éden? Essas e outras perguntas dão ao livro uma leitura interessante e curiosa, que explica para o leigo, de modo simples, alguns preciosos conceitos da psicologia junguiana.

O Pequeno Príncipe para gente grande — Editora Best*Seller* — 2005

Toda obra-prima permite diferentes leituras. *O Pequeno Príncipe de Saint-Exupéry*, considerado um livro para crianças, traz lições importantes para adultos quando olhado sob a ótica da psicologia junguiana. A isso se propõe o livro: trazer à luz uma crítica da vida na sociedade materialista em que vivemos. O livro explica conceitos da psicologia junguiana de modo simples, que o leigo pode facilmente entender.

O Xamã Dourado — Ediouro — 2001

Romance que conta a história de um rapaz que cai com seu aviãozinho na floresta amazônica. Ele é encontrado pelos índios, mas perde a memória na queda, e tem que se submeter a um treinamento xamânico para recuperá-la. Neste processo, passa por diferentes aventuras, aprende importantes lições de vida com os índios e se transforma em um defensor da floresta.

A volta por cima — Editora Record — 1994

A história real da recuperação da CSN — Cia. Siderúrgica Nacional —, o maior caso de "turn-around" de uma empresa na América Latina. A CSN, então estatal, estava em situação pré-falimentar, sendo sustentada por vultosos recursos do governo federal, devido a graves problemas de politicagem, corrupção e péssima administração. Em dois anos o autor, como presidente da empresa, fez com que ela se recuperasse e batesse o recorde de lucratividade, ainda como empresa estatal.

www.robertolimanetto.com.br

Este livro foi composto na tipologia Electra LH
Regular, em corpo 11/16, e impresso em
papel off-white 80g/m² no Sistema Cameron da
Divisão Gráfica da Distribuidora Record.